THE BOOGEYMAN'S
PSYCHOSES

Elésia

D1719587

DÉDICACE

Je souhaiterais dédicacer ce livre à ma moitié littéraire, ma Sandra, qui m'a rencontré sur un forum obscure pour un festival de dark, et qui, depuis m'aime, moi et mes textes.

Et à toutes les personnes qui ont eut peur du noir.

TRIGGER WARNING

Ce livre contient des sujets particuliers tels que la maladie de la schizophrénie, la bipolarité, une légère couche de trouble d'anxiété et de peur phobique. Mais il contient également d'autre sujets pouvant heurter la sensibilité, telle que : le viol, la torture psychologique, et la plongée au cœur de certaines peurs et cauchemars très répandus.

Je conseille donc fortement cet ouvrage à un public majeur.

Préservez-vous, faites attention à vous, et si vous commencez cette aventure, une très bonne lecture à vous.

PLAYLIST

magoyond -le croque-mitaine

Metallica -enter sandman

kittie- paperdoll

John Murphy - 28 weeks later

The ring Theme - before you die, you see

symphony no.3 passacaglia - allegro moderato

Metallica - The call of Ktuku

PROLOGUE

Au sein des pages obscures de ce récit, une énigmatique héroïne se profile, en proie à un tourment mystérieux. Une malédiction mentale, connue sous le nom de schizophrénie, étreint son esprit, mais elle reste dans l'ignorance de son mal, son diagnostic n'étant révélé que bien plus tard dans cette histoire captivante.

La schizophrénie, maladie psychiatrique aux contours changeants, tisse en elle un enchevêtrement déroutant de symptômes. Délires et hallucinations la hantent de façon saisissante, mais ce sont les retraits sociaux et les difficultés cognitives qui l'emprisonnent le plus. Lin, l'héroïne en question, est enserrée dans un délire persistant, prisonnière du Croque-Mitaine et du Marchand de Sable, des êtres aux intentions mystérieuses. L'obscurité l'effraie, cachant en son sein des secrets tourmentés qui hantent ses rêves, et séparent de plus en plus le réel des chimères oniriques.

Aux yeux de Lin, sa réalité se révèle incontestable,

tandis que les autres peinent à saisir ce qu'elle perçoit, persuadée d'être dotée d'un don maudit, s'enfermant ainsi dans un perpétuel déni.

Les mots lui échappent également, laissant sa communication errer dans un labyrinthe impénétrable. Ses pensées, embrouillées et désordonnées, se perdent souvent dans le dédale de sa conscience. Les crises la submergent, l'arrachant à toute notion de réalité, amnésique à son réveil, ne conservant que les spectres hallucinatoires.

Sous traitement, elle recouvre une certaine stabilité, bien que teintée d'une torpeur oppressante. À mesure que sa condition s'améliore, la tentation d'interrompre son traitement s'éveille, entraînant une plongée inéluctable dans le cycle insidieux de la maladie.

Cependant, tout cela n'est que l'avis des praticiens... Et si ses visions révélaient en réalité un autre univers, un monde inexploré qui ne se dévoile qu'à elle seule ? À vous, désormais, d'élucider ce mystère enchanteur qui se dessine dans les méandres de cette intrigue envoûtante...

CHAPITRE 1

— Peux-tu regarder sous le lit s'il te plaît ?

Malgré tous les efforts que je faisais pour rendre ma phrase anodine, ma voix était paniquée. Je savais que la peur du noir, et encore plus celle d'avoir une présence insidieuse sous mon lit, étaient infondées pour les autres. Mais je n'étais pas seulement apeurée, j'étais terrifiée, je dirais même paralysée. La peur me prenait au ventre, aux tripes, et chaque ombre qui se mouvait au gré du vent et de la lune transformait mes nuits en enfer.

— Lin.

Mon prénom fut succédé par un long soufflement. Je n'avais pas besoin de croiser le regard de Cameron pour observer à quel point il était empli de pitié pour moi.

Vivre avec le poids de la peur et des phobies aussi enfantines que les miennes n'était pas chose aisée. Encore moins à mon âge. Mais la pire d'entre toutes était le regard de mes proches lorsque je leur demandais ce genre de petits gestes qui, pour eux, étaient ridicules. Mais ces actions étaient pour moi le prix de la paix, de quelques secondes de sérénité.

— Cam, s'il te plaît.

— Tu sais, je ne pourrais pas toujours le faire.

Il ne rajouta rien, car tout ce qu'il pourrait me dire, je le savais déjà. Nous n'avions eu de cesse d'avoir ce débat en boucle. Que ce soit avec lui, mes parents, mon frère, ma psychologue, mon psychiatre, je n'arrêtais d'entendre que la peur d'un monstre sous son lit était ridicule. Mais les gens ne voyaient pas ce que moi, je voyais.

Le monde n'était pas celui que les gens pensaient entrapercevoir. Car oui, il ne s'agissait en vérité que de cela. L'entièreté du monde ne faisait qu'entrapercevoir des stries de réalité, sans jamais creuser plus loin que l'apparence première. Mais moi, j'étais maudite. Je voyais tout.

Cameron commença par soulever les couettes jonchées au sol, et en allumant l'application lampe torche sur son téléphone, balaya sous mon lit. Il se releva, puis me fit un grand sourire.

— Il n'y a rien, je te le promets.

D'un signe de doigt, je lui indiquais le placard au fond de ma chambre. Il soupira, mais ne rechigna pas plus que cela. Il se remit rapidement en quête pour me rassurer, recommençant l'opération. Cependant, il avait éteint son téléphone, sachant que l'interrupteur de ce sas de malheur était sur la gauche.

J'entendis le bruit du dit interrupteur, mais rien ne se passa, rien ne s'éclaira. Au sol, je commençais à voir une ombre, elle gagnait du terrain. Elle ondulait, sortant de l'obscurité quasi totale du placard en direction du lit, et par extension dans ma direction.

Un hurlement me fit relever les yeux vers l'autre personne réelle de la pièce. Il se débattait avec hargne, mais une force, ou une présence l'attirait toujours plus profondément dans les ténèbres. Je savais que c'était LUI.

— Au secours ! Lin ! Sauve m…

Je ne pus bouger, le monde se figea, et la seule chose que je réussis à faire fut de me recouvrir de ma couette, me pelotonnant en boule, tout en tenant ma veilleuse fortement. Je la tenais si fort, que des brûlures ne tardèrent pas à apparaître.

Les hurlements avaient cessés, le monstre s'était nourri de Cameron. Il ne restait plus que LUI et moi. J'entendais ses pas s'approcher du lit, le vieux parquet de la maison grinçait sous chacun de ses mouvements. Il le faisait exprès, car il aurait pu tout simplement se déplacer telle l'ombre subtile qu'il était. Mais non. Il voulait que je l'entende, que je suffoque à chacun de ses pas. Cette entité se nourrissait de mon effroi, et je ne servais qu'à le renforcer chaque jour un peu plus.

L'ombre d'un bras pesa au-dessus de moi, à travers la couette. Je resserrai mon emprise sur la veilleuse qui se mit à grésiller dangereusement, avant de cesser de fonctionner. La main s'abattit sur la couverture qui faisait illusion de protection, d'ultime rempart, tandis qu'en simultané l'obscurité la plus totale avait enveloppé la pièce, et que mes hurlements, mes cris d'agonies se répercutaient dans toute la maison.

— Bou !

En ouvrant les yeux, je me trouvai devant Cameron, plié en deux de m'avoir fait peur. Cependant, la seule chose qui captait mon attention à cet instant, était les deux yeux rouges dans l'entrebâillement de mon placard, et ces griffes qui vinrent tirer la porte la refermant.

Je ne m'étais pas rendue compte que je n'avais pas cessé de hurler, jusqu'à ce que Cam plaque sa main sur ma bouche, toujours aussi hilare. Son rire avait recouvert le bruit du claquement de la porte en bois menant au refuge du monstre.

— Oh ne pleure pas. Je suis vraiment désolé, je ne pensais pas te mettre dans cet état.

Les larmes se déversaient le long de mon visage, et aucun mot n'aurait pu sortir de la barrière de mes lèvres. La douleur à ma jambe me révéla que j'avais été si apeurée que j'avais planté mes ongles dans ma cuisse jusqu'au sang. Le goût âcre et métallique dans ma bouche m'informa que j'avais également dû me mordre la langue

Tandis que l'homme en face de moi me prenait dans ses bras, ma veilleuse se remit à grésiller avant d'illuminer la pièce. Il me frotta le dos, comme on le faisait à une enfant se réveillant d'un cauchemar. Mais ce que je vivais n'était pas un cauchemar, c'était la réalité.

— Que se passe-t-il ?

J'entendis les pas de ma mère courir dans l'escalier pour arriver à mon étage. Dans sa voix je pouvais déceler toutes ses inquiétudes. Elle se sentait démunie face à ma situation qui la blessait au fur et à mesure des années.

— Ce n'est rien maman, juste Mél qui a encore craint le noir.

La suite de l'échange était quotidienne. Mon frère se moquait de moi, tandis que ma mère lui criait dessus, lui rappelant à quel point j'étais « fragile ». Je ne les entendais plus, les imaginant dans ma tête tant cette conversation était fréquente.

Je n'avais jamais cessé d'entendre ce mot pour me décrire. Je n'étais pas jolie, ni intelligente, ni mignonne, et encore moins discrète. Quand mes parents me décrivaient j'étais une enfant fragile, lorsque c'était mon frère qui cherchait à me caractériser, tout comme les autres gens de notre âge, je devenais la « cinglée », la « perturbée », la « folle ». Toute personne me connaissant de près ou de loin, m'avait déjà vu vriller dans une de ces crises d'impuissances où les ombres se mettaient à me dominer. Aux yeux, des autres, imperméables à ces monstres, je n'étais qu'une folle.

— Lin, je vais devoir y aller. Ton frère va m'attendre sinon.

Il commença à s'éloigner, pensant bien à rallumer la lumière principale de ma chambre, avant de se retourner, de revenir vers moi et de m'embrasser le front rapidement.

— Tu sais, si tu n'étais pas là sœur de mon meilleur ami, et si je n'avais pas déjà une copine, je ne ferais pas que te baiser aussi vite.

Ces mots se voulaient mignons à ses yeux, mais aux miens, il paraissait affreux. Tout comme le sang dans ma bouche, cette phrase était amère, me laissant un relent exécrable collé au palais. Cameron et moi avions toujours fonctionné ainsi. Il venait voir mon frère, prétextait aller aux toilettes, appeler sa copine, et venait me rejoindre dans ma chambre. Il n'était pas question d'amour, il venait, me déshabillais et me prenait, sans même se renseigner sur mon état d'humidité. Mais je le laissais faire, car lors de ce court laps de temps, LUI, n'apparaissait plus. Il semblait disparaître, comme si la porte entre nos deux mondes se refermait l'espace d'un fragment de seconde.

— Mélinoé, as-tu pris tes médicaments ?

D'un signe de tête j'indiquai à ma mère que oui, pourtant à son regard je vis qu'elle ne me croyait pas le moins du monde. Et à juste titre. Je détestais prendre tous ces cachets, Risperdal, Seroquel, Zeldox, des antipsychotiques. D'après les médecins, j'étais «folle», ce n'était que des hallucinations, mais je savais au fond de moi que tout ceci était réel. Mais le pire de tous ses médicaments était sans conteste le Nuctalon, un somnifère bien trop puissant. Vous pouviez boire des litres de café et vous piquer à l'adrénaline, rien n'y ferait, en moins de dix minutes vous sombreriez dans le sommeil le plus profond de votre existence. Mais ce sommeil n'empêchait pas les cauchemars, bien au contraire, il vous plongeait sciemment dans leurs mondes, dans un univers où ce sont eux qui avaient tous les pouvoirs.

Je ne parlais que rarement, que ce soit à mes parents ou à mes amis (à comprendre par-là Cam, et ma seule et unique amie Kathleen). Je sentais toujours cette griffe autour de mes cordes vocales. Je me sentais prisonnière.

Les seules fois où j'en étais délaissée c'était lorsque je parlais de ce que je voyais aux gens, mais à ces instants, on me prenait juste pour une "cinglée". Je ne cessais de faire des allers-retours entre hôpitaux psychiatriques, camps « d'apaisement » et psychologues

Mon monde n'était plus tout rose depuis de très longues années. Tout avait commencé lorsque, âgée de six ans, j'avais entendu une voix m'appeler sous le lit. Comme tout enfant, un peu trop confiante, j'ai passé la tête en dessous, me retrouvant à voir à l'envers. Et qu'est-ce que je n'ai pas vu ?! Deux grandes griffes acérées, faites de ténèbres. Devant elles, des stries au sol, comme si elles avaient cherché à gratter quelque chose d'invisible. Mais le plus terrifiant fut ses deux yeux rouges. Ils semblaient sans fond, composés de colère. Car cette créature était énervée, et c'est à moi qu'elle en voulait. Même à mon jeune âge je l'avais compris. Elle avait bondi sur moi et lorsque les hurlements avaient alertés mes parents et que la porte menant au corridor s'était ouverte, dévoilant avec elle, la lumière, je fus libérée de l'emprise des ombres. Des cicatrices persistent toujours sur le haut de mon crâne et au-dessus de mon œil droit. Vestige de ce premier, mais non dernier, affrontement. Ce jour-là, j'eus beau raconter mon histoire, et en porter les séquelles sur mon corps, mes parents ont penché pour une chute du lit, et des égratignures sur le montant en bois. Un vilain cauchemar comme ils s'étaient amusés à l'appeler.

Les années passèrent et les visites du monstre sous le lit se répétèrent. Il me terrifiait, et plus j'avais peur, plus il se renforçait, et la boucle sans fin continuait. Désormais, IL vivait non seulement sous mon lit, mais également dans mon placard, et dans chaque ombre un peu trop opaque de ma chambre. Mon instinct me répétait que ce n'était que le commencement, car c'était à travers moi qu'il puisait de la force.

Depuis je ne cessais de voir Mr. Guibs, mon psychiatre attitré. Nos rendez vous étaient fixés à trois hebdomadaires. Autant vous dire que pour entretenir une vie sociale, quand bien même j'en aurai eu une, cela aurait été impossible. De toute façon, en dehors de Kathleen, personne ne me considérait autrement que comme un monstre.

— Mélinoé, il n'est pas question de passer outre ton traitement.

D'un soupir, je tendis la main, paume ouverte vers celle de ma mère. Elle y déversa cinq médicaments aux formes et aux couleurs distinctes. Je les mis dans ma bouche mécaniquement, formant un amas de bave et avalais le tout.

— Tu ne peux pas boire de l'eau comme tout le monde ? Bref, dans tous les cas nous devons partir pour le médecin immédiatement.

Je dus ouvrir la bouche pour bel et bien lui prouver qu'il ne restait pas l'ombre d'un poison.

Elle épousseta sa tenue sans un pli, et se rendit sans un regard en arrière dans la cuisine, dans laquelle elle m'attendrait sur le premier tabouret de l'îlot central, comme chaque vendredi, de chacune des dix dernières années. Lorsque ses pas furent étouffés par la distance je recrachai mes médicaments dans ma main, j'avais pris l'habitude de les cacher sous ma langue. Je refusais de m'abrutir de ce traitement. Les prendre revenait à le renforcer.

J'ouvris une boîte à musique positionnée sur le rebord de ma fenêtre, et y jetait négligemment mes cachets. Dedans se trouvaient déjà une trentaine de ces pilules, bientôt il me faudrait aller la vider discrètement.

En partant, je fis bien attention que la lumière, ainsi que mes trois veilleuses, restent sciemment allumées dans ma chambre. Je ne pouvais le laisser déambuler comme il le souhaitait pendant mon absence. Cependant une autre chose capta rapidement mon attention, la porte du placard était ouverte, comme s'IL ne l'avait jamais refermée. Comme si j'étais folle.

— Méli ! Il est temps.

— Maman a raison espèce de folle, casse-toi !

La voix de Hélios mon frère ne me fit ni chaud, ni froid, tant j'étais habituée à ces allusions très peu subtiles. Mais aujourd'hui tout changerait, et je serais normale l'espace d'une soirée. C'est ce que mes parents m'avaient promis en échange d'une tenue irréprochable.

Le trajet se fit dans le silence le plus complet. Ma mère derrière le volant, se fixant comme à son habitude sur la route, réalisant comme toujours une conduite parfaite. Mon père, à sa droite, n'osait regarder ailleurs que par la fenêtre. Et ceci était habituel. Il ne parlait que très peu lorsque ma mère était là.

19

Je m'amusais à regarder la course faite par deux gouttes d'eau sur ma vitre lorsqu'un détail attira mon attention. Nous vivions en campagne, et pour accéder au cabinet médical, il nous fallait emprunter des routes éclairées par quelques rares lampadaires. C'est dans l'ombre exacte de l'un deux que je vis ses deux yeux rouges. J'eus beau fermer fortement les paupières et me convaincre qu'IL ne pouvait s'échapper de la maison, la réalité était là. Ce n'était tout bonnement pas possible. Les règles, que j'avais dressées au fil des années pour mieux le comprendre, étaient claires, il ne pouvait vivre ailleurs que dans ma chambre et mes cauchemars.

Pourtant à chaque nouveau réverbère, sa silhouette se dessinait de mieux en mieux. J'étais captivée par sa façon de se dresser sur ce qui semblait être deux pattes arrière, courbées telles les images de lycanthropes que l'on pouvait voir dans le cinéma d'horreur. Ses yeux restaient rouges, mais sa taille ne cessait d'augmenter. Et ce fut dans une dernière image que je sus que les règles venaient d'être brisées. Il me sourit, laissant une bouche gigantesque apparaître, des dents pointues blanches qui brillaient à des mètres de distance. Et sa main droite vint me faire un signe… Amical ? Menaçant ? Un salut…

Je dus me retenir de hurler, et de pleurer, au risque de perdre le peu de liberté qu'il me serait accordé aujourd'hui. C'est donc en plantant mes ongles dans la peau nue découverte par mon petit short printanier que je réussis à me canaliser.

— Veux-tu que l'on t'attende dans la voiture ou dans la salle ?

Je répondis d'un simple mouvement d'épaule, et ma mère soupira, comprenant, qu'une fois encore elle n'aurait pas de réponse verbale de ma part. Mon père me sourit lorsque je passai devant sa fenêtre pour rejoindre ma séance.

Le docteur Guibs était un gentil vieil homme d'une soixantaine d'années bien tassée. Il me suivait depuis mes dix ans et je lui en étais et en serais éternellement reconnaissante. Normalement, étant pédopsychiatre à mes dix-huit ans, il aurait dû laisser un confrère s'occuper de mon dossier. Mais ce monsieur avait compris qu'il n'y aurait qu'avec lui que je me livrerais totalement. Enfin généralement. Quelquefois. Occasionnellement. C'était arrivé.

— Bonjour ma chère Lin ! Comment vas-tu aujourd'hui ? Et surtout, un très joyeux anniversaire à toi, cela te fait bien vingt ans ?

Je souriais et hochai la tête. Depuis le temps, cet homme m'inspirait confiance. Et il le savait. Notre relation était solide, je me confiai, et il ne me voyait pas comme une folle, juste comme une jeune adulte choisissant de ne pas prendre son traitement.

— Te sens-tu de me parler verbalement ce soir ?

— Oui.

Un simple mot, une troisième phrase pour la journée, la première étant ma supplique à Cameron pour qu'il vérifie sous mon lit. Je pris une grande inspiration et m'apprêtai à libérer pratiquement deux jours sans parler, d'un coup. Mr.Guibs savait qu'il ne faudrait pas m'interrompre pendant cet exercice périlleux, au risque de me coincer dans un nouveau mutisme, ainsi, il s'installa confortablement dans son fauteuil et m'invita d'un simple geste de la main à commencer.

— Les deux derniers jours se sont passés sans problème. Sans cris, et sans pleurs. Traitement pris deux fois par jour intégralement et sans rechigner. Aucune vision, aucun cauchemar grâce aux nouveaux somnifères. Aujourd'hui un léger décalage dans la prise du traitement a déclenché une crise minime, très vite canalisée. Exercices respiratoires pour me calmer, fait quotidiennement, à de nombreuses reprises. Je me sens relativement bien, autant que je peux l'être tant je suis dans les vapes avec mes médicaments. Je me sens prête à aller en soirée ce soir, et je me sens également prête à retourner en cours dès lundi.

Il me sourit et me fit comprendre d'une douce pression de la main sur mon genou qu'il était fier de moi et de ma prise de parole. Je soufflai, parler était compliqué mais j'avais réussi. Cela faisait des années que je m'étais promis de ne pas mentir à cet homme, il était là pour m'aider. Mais l'enjeu de ce soir était trop important pour laisser ma folie prendre le pas dessus. Ce soir, j'aurai le droit d'aller à une fête, une véritable soirée avec ma meilleure amie, de l'alcool et des garçons.

Pourtant je compris qu'en touchant ma jambe il avait appuyé sur les mutilations que je m'étais infligée à l'aide de mes ongles. Il venait de me signaler qu'il les avait vues, mais qu'il ne ferait pas de commentaire dessus. Pas aujourd'hui, car à ses yeux, j'avais déjà bien avancé.

— Je suis très fier de toi Lin. Je te félicite grandement, je pense que nous sommes sur le chemin de la rédemption pour toi. Nous allons parvenir à vaincre ce monstre, toi et moi, ensemble, d'accord ?

Je lui montrai mon assentiment d'un signe de tête. Je savais cependant quelle allait être sa prochaine question, et à celle-là, je ne pourrais pas mentir sous peine de me faire découvrir et interdire de liberté. Il ne restait plus qu'à prier pour que la sincérité paye.

— Dors-tu les lumières allumées ? Si oui combien ? Où ?

— Grande lumière, trois veilleuses et placard.

La séance continua sans que j'aie besoin de parler à nouveau, nous contentant de travailler sur des exercices respiratoires destinés à abaisser mon rythme cardiaque en cas de « crise ». Ce qu'il ne comprenait pas, c'était que lorsque je me retrouvais en face de LUI, je ne pouvais plus respirer, j'étais paralysée, et soumise à la peur. Ces entrainements étaient vains.

Cela arrivait à chaque fois que je le voyais, et ce soir ne ferait pas exception à la règle. Car cette nuit, pour le jour de mes vingt ans, j'allais encore une fois croiser le chemin du Croque-Mitaine.

CHAPITRE 2

— Tu te rappelles les consignes Mélinoé ?

Je soupirai pour la dixième fois d'affilée, las d'entendre ma mère boucler sur les mêmes points depuis déjà un quart d'heure. Elle était bien trop inquiète quant au sujet de ma sortie, plus que moi pour ainsi dire. Je la comprenais, sa fille allait à une fête pour la première fois de sa vie. Elle se devait de m'expliquer toutes les préventions qu'elle n'avait pas encore eues l'occasion de me donner.

— Je te les redonne quand même, pas d'alcool, pas de drogue, pas de relation sexuelle. Au moindre problème, tu m'appelles, tu m'envoies un message et je viens.

Je vis les rouages de son cerveau tourner en boucle, je voyais le cheminement obscur de ses pensées qui la menait vers l'idée de garder sa voiture garée ici. À savoir que cela faisait plus de quinze minutes que nous étions stationnées devant la maison dans laquelle avait lieu la soirée. De nombreux jeunes étaient sur la pelouse, dansant au son d'une musique entraînante, des bières à la main. Et devant le portail, ma meilleure amie m'attendait, le sourire le plus béat que je n'ai jamais vu, dressé sur son visage.

Tout en me détachant, je hochais la tête en direction de ma mère.. Je voulais mettre fin à ce calvaire au plus vite. Je voulais être normale l'espace d'une soirée. Une unique soirée.

— Parle-moi. Dis-moi quelque chose et je te laisse y aller.

Mes yeux s'écarquillèrent, en grande incompréhension face à cette demande. Ma mère tenait l'une de mes mains avec les siennes, et me la serrait si fort que j'en avais mal. Pourtant ce qui réussit à me surprendre le plus fut l'intervention de mon père.

— Mathilde ! Laisse-la. Elle va sortir de cette voiture, s'amuser, danser, elle boira même. Elle rencontrera quelqu'un et tombera sous son charme.

Mon père prit une grande inspiration pour continuer son monologue. il semblait souffrir de chaque mot, mais il persistait. Pour mon bien, pour sa tranquillité et pour enfin défier ma mère.

— Elle va vivre comme une adulte normale, elle oubliera tous ses problèmes le temps d'une soirée. Va ma fille, amuse-toi. Et si tu en ressens le besoin, contacte-moi et j'accourrai.

Je restais choquée de ce discours. Mon père parlait évidemment bien plus que moi, mais si rarement que j'en arrivais parfois à oublier le son de sa voix. J'avais oublié les accents japonais qui découlaient de lui. La beauté de ce qu'il me dit me fit battre le cœur. Et je m'octroyai le droit de faire quelque chose d'assez inhabituel. Je détachai ma paume de celles de ma mère, et passai ma tête entre leurs deux sièges, les serrant tour à tour et embrassant leurs joues.

Ma mère laissa couler une larme en même temps qu'un hoquet de surprise, mon père quant à lui embrassa ma tempe en me murmurant qu'il m'aimait.

— Ça ira. Je vous aime.

Deux phrases prononcées et le plaisir se dépeignît sur les traits de mes parents. Même mon père semblait surpris de cette prise de parole. Je décidai qu'il était temps pour moi de fuir l'habitacle de cette voiture qui semblait soudainement bien trop émotif.

Je quittai la magnifique voiture de ma mère, un modèle de Ford GT rouge à rayures blanches. Encore une nouvelle façon d'étaler leurs argents au reste du monde. Seule tache d'ombre dans l'histoire familiale : moi. Mais ce soir était un soir différent, il était strictement hors de question que je gâche mon mental ou que je ne repense ne serait ce qu'une fois à mes peurs. Ce soir j'étais normale.

— Tu es venue ! Je n'y crois pas !

Kathleen se jeta dans mes bras, envahissant une fois encore mon espace vital, que j'avais pour habitude de conserver comme un bien précieux. Mais comme toujours avec elle, le contact physique était une démonstration de sa joie. Je fis même l'effort de l'étreindre à mon tour, fermant les yeux quand je vis deux points rouges devant la maison.

—Allez ! J'ai pensé à tous les détails, ici, pratiquement personne ne te connaît. Alors pour une soirée nous te ferons passer pour ma correspondante australienne qui ne parle pas notre langue !

Je l'arrêtai dans sa marche, la forçant à me regarder, pour qu'elle croise mon regard hautement dubitatif. Elle et moi savions que ceci ne marcherait pas.

— C'est ton anniversaire, laisse-moi rendre ça inoubliable !

N'ayant pas le courage de lui dire non au risque de casser sa joie, j'acceptais d'un simple mouvement d'épaule. C'est ainsi que je me retrouvai à traverser la maison entière et les étages, en me faisant tirer par la main. La soirée se passait chez Kathleen comme quasiment toutes les fêtes démentielles de cette ville. Elle était la personne "cool" par excellence, celle que l'on ne peut qu'aimer ou détester, aucune demi-mesure n'existait avec elle. Et pour je ne sais quelle raison, elle avait décidé que moi, la muette cinglée, deviendrait sa meilleure amie.

Lorsque je sortis de la bulle noire de mes pensées je pris conscience de là où nous nous trouvions. Elle m'avait emmené dans sa chambre, ou plutôt, devrais-je dire dans son dressing. Cette pièce me mettait en confiance par sa décoration et de ses lumières partout. La maison de Kathleen avait de tout temps été la seule où j'acceptais de me trouver en dehors de la mienne. Le style épuré et moderne au ton blanc contrastait avec le côté verdoyant, et cosy de sa chambre, mais je m'y sentais bien.

— Est-ce que je peux pour la première et sûrement

dernière fois de ma vie, jouer à la poupée avec toi ?

Je levai les bras tout en regardant ma tenue. Je ne comprenais pas ce qu'elle attendait de plus que l'effort que j'avais déjà fait. Je portais un short en jean assez court, montrant la pâleur de mes jambes, et par extension mes cicatrices, aussi récentes qu'anciennes. En haut, j'avais opté pour un t-shirt d'un groupe de métal que j'affectionnais particulièrement. Pour une fois seul le logo était visible, aucune tête de mort, ou signe un peu trop « satanique » pour les culs bénits d'ici. J'avais même libéré mes cheveux pour avoir l'air mignonne comme me le répétait toujours ma meilleure amie. J'avais soigné l'intégralité de tous ces détails, pourtant sous son regard défait, je pris conscience que quelque chose avait dû m'échapper.

Actuellement je devais ressembler à une métissée classique américano-japonaise, avec une belle peau blanche lisse et sans imperfection, de longs cheveux noirs et des yeux marron banals. Je n'étais pas bien grande, ni bien forte. J'étais moyenne en tout. Ne pouvant même pas me reposer sur de jolies petites taches de rousseur contrairement à Kaithleen.

— Non. Je t'assure que non, cette tenue n'est pas une tenue festive.

— Si !

Ma meilleure amie qui s'était mise à fouiller dans sa garde-robe, se retourna soudainement vers moi. Cela devait être la toute première fois de ma vie que je m'adressais à elle autrement que par langage corporel ou écrit. Et les paillettes dans ses yeux valaient bien la douleur que je ressentais à la gorge et dans mon âme. Je sentais des griffes me lacérer la trachée, je sentais une main serrer mon cœur jusqu'à l'étouffement, et j'entendis résonner dans mon crâne un grognement, SON grognement. Comme chaque fois que je parlais sans l'évoquer.

— Tu m'as parlé !

Je n'arrivais pas à savoir s'il s'agissait d'une question ou d'une affirmation, mais l'alcool qu'elle avait déjà dû ingurgiter lui semblait monté à la tête. Elle sautillait en s'exclamant et tournant de joie sur elle-même, me rabâchant que ce soir serait un jour particulier.

Finalement, elle réussit tout de même à me faire changer de vêtements pour correspondre à ce qu'elle attendait d'une tenue « iconique ». Malgré ma bataille (perdue d'avance), je me retrouvai au beau milieu de son salon, entourée de bien trop de monde, vêtue toujours de mon short mais accompagné d'un haut court dévoilant mes épaules, et cachant l'absence la plus totale de poitrine que mère nature m'avait octroyé.

— Allez ! Déhanche-toi !

Elle savait pertinemment que je ne me sentais pas à l'aise, ainsi, quand un groupe de garçons un peu trop éméchés à mon goût vint l'aborder et flirter de manière très directe, je lui laissai de l'espace. Je pris la fuite en direction du salon, élue zone alcoolisée de la soirée, de ce que je pouvais en voir. Et pour cause, plus j'avançais plus j'identifiais ce qui était en fait une table gigantesque sur laquelle reposaient des dizaines et des dizaines de bouteilles d'alcool différentes. Beaucoup de gens se tenaient autour. Si certains se contentaient des traditionnels jager-bomb, ou rhum coca, d'autres s'expérimentaient à l'art subtil des cocktails.

— Tu veux boire quelque chose ?

La voix qui interrompit mes pensées, me fit sursauter. L'individu me semblait bien trop proche. Il enfreignait les lois de mon espace vital. En me tournant, tout en reculant, je pus faire face au jeune homme. Il s'agissait d'une personne plus âgée que moi, à vue d'œil, je lui donnais vingt-six ou vingt-sept. Grand, brun, les yeux noirs. Le fantasme de toutes les lectrices de mon genre, il fallait se l'avouer. Pourtant rien ne sortait de l'ordinaire chez lui.

— Oui ou non ?

L'intru commençait à s'impatienter, et je pus apercevoir qu'il tenait un shooter et un shaker dans ses main. Le problème étant que je n'avais pas, moi-même, la réponse à sa question Sans compter sur le fait que je ne pouvais tout simplement pas lui parler. Les médicaments étaient prohibés avec l'alcool, mais je ne les prenais déjà plus, donc je ne craignais rien ce côté-là. Mais que donnerait le mélange dangereux de l'alcool avec mes visions ? Allais-je tenter le coup ?

— Tiens.

Sans vraiment me laisser le choix, il me tendit un verre qu'il avait dû faire pendant que j'étais, une fois de plus, plongée dans mes pensées et coupée du monde. En regardant ce qu'il m'offrait je m'aperçus qu'il était d'une jolie couleur taupe dans le fond et tirait vers le rose ensuite.

— Promis, je ne cherche pas à t'empoisonner ! Sinon, je t'aurais tendu une bière.

Il m'indiqua du doigt un amas de packs de bière de mauvaise qualité qui jonchaient le sol, ayant déjà trouvé des adeptes. Je fus prise d'un rire devant la moue dédaigneuse qu'il fit face auxdits adeptes de cet alcool.

D'un signe de tête je le remerciai et essayai de lui faire comprendre que je voulais savoir ce qui composait mon verre. J'eus beau montrer en boucle le verre et le shaker, je voyais l'incompréhension se figer dans ses traits.

Je le vis mimer un va-et-vient de ses mains, puis taper sur sa gorge et me pointer du doigt. Alors là c'était moi qui semblais ne plus rien comprendre maintenant.

— Tu n'es pas muette ? Je pensais que tu signais. Excuse-moi. Je te demandais si tu voulais savoir ce que tu buvais comme alcool, mais je crois m'y être très mal pris.

Je souris et levai mes deux pouces en l'air. Et un sourire naquit sur son visage à lui en réponse au mien. Il baissa la tête, gêné, tandis que ses joues rougissaient doucement. Et je sentis mon cœur faire un bond dans ma poitrine.

— Du coup tu ne parles pas ? Genre pas du tout ?

Je secouai la tête tout en formant une croix de mes bras pour que l'information soit comprise d'une manière ou d'une autre. Je pensais qu'il allait tout simplement partir, mais non. Il semblait confiant dans cette non-conversation.

— C'est parfait ! Sache que je sais parler pour deux de toute façon, et ça fait du bien une fille qui ne jacassera pas pour rien dire. Je m'appelle Jace, je ne te ferais pas l'affront de te demander ton prénom pour le coup. Je t'appellerais Yoku, je trouve que ça te correspond très bien. C'est japonais

Il continuait à parler, étudiant mes mimiques et mes regards à chacune de ces phrases. Et pour une première fois, j'eus l'impression d'entretenir une conversation normale sans le moindre mot. Je n'étais pas différente.

— Tu es là ! Je t'ai cherché partout ! Et tu es en très bonne compagnie à je ce que je vois.

Ma meilleure amie vint placer un de ses bras autour de mon épaule tout en souriant, de sa tête qui signifiait qu'elle avait encore des choses à me raconter. Elle se présenta rapidement à mon interlocuteur avant de lancer un regard étonné à mon verre que je bus immédiatement. Le goût était indescriptible, c'était sucré, absolument pas amer ou âcre comme je m'y attendais avec de l'alcool fort. Je levai les sourcils de surprise face au jeune homme, qui haussa les épaules.

— Un bon barman ne dévoile pas ses recettes, encore moins si je veux être sûr que tu reviennes me voir pour que je t'en refasse. Je dois te laisser Yoku, une très bonne soirée à toi. En espérant te recroiser avant que tu ne t'éclipses.

Il partit sans même m'effleurer, pourtant je happai à plein nez sa flagrance. Cet homme sentait quelque chose de particulier, une odeur entêtante de bois, de menthe et d'autre chose de salé. Je dus m'arrêter, prenant conscience que ma meilleure amie me regardait sniffer l'air comme la cinglée que j'étais.

— Yoku hein ? Je ne rajoute rien j'imagine ?

Je tapais son épaule en m'esclaffant, la laissant m'emmener sur la piste de danse improvisée sur sa terrasse. Elle ondulait comme quelqu'un qui avait confiance en elle tandis que moi, je ne faisais que passer d'une jambe à l'autre dans un rythme rien qu'à moi, désordonné. Tout ça en tirant sur mon vêtement pour qu'il couvre plus de mon ventre. Mais les musiques passèrent et sans que je n'en comprenne la raison je sentis mon corps s'échauffer. Je réussis enfin à lâcher prise pleinement, à me sentir normale.

Lorsque l'appel de la soif se fit ressentir j'indiquai à l'aide de mouvements chaotiques à Kathleen que je m'éclipsai pour boire un verre d'eau glacé. En allant dans le salon je ne vis cependant aucune bouteille d'eau, et décidai donc de monter à l'étage pour atteindre une salle de bain dans laquelle je pourrais me rafraîchir.

Les escaliers me semblèrent hostiles, je n'arrêtais pas de trébucher, mais étrangement il n'y avait rien, aucune ombre pour une fois. Juste ma maladresse. Ce fut pratiquement à quatre pattes que je finis par réussir à franchir la dernière marche. Je dus ouvrir ce qui me parut des dizaines de portes, m'affalant dessus presque à chaque fois, et perturbant des couples en pleine action, avant de trouver l'objet de ma convoitise.. J'ouvris le robinet et passai immédiatement de l'eau glacée sur mon visage, insistant particulièrement sur mes tempes et ma nuque. J'avais l'impression de brûler, de suinter et de dégouliner sous la chaleur ambiante. En ouvrant les yeux je vis que les formes devant moi commençaient à bouger, se mouvoir. Le lavabo semblait couler, le sol se fissura, et en relevant la tête, je croisai mon reflet dans le miroir.

Je me vis, les yeux rouges, vêtue d'une cape noire recouvrant le sommet de ma tête. Le sourire qui me faisait face n'était pas le mien, il semblait agressif et cruel, démuni de tout ce qui me composait.

- Eh bien alors douce Lin, que t'arrive-t-il ? Tu as peur ? La folie te guette ? Tu te laisses entraîner espèce de cinglée ?

J'essayai de me rattraper au lavabo, mais ce dernier était devenu totalement liquide, la seule chose que je réussis à toucher fut le sol lorsque j'y tombais. J'étais écroulée, hurlant, appelant à l'aide, tandis que le reflet du miroir semblait sortir par une fissure.

Une fois intégralement matérialisée devant moi, et tandis qu'elle se métamorphosait, la silhouette me toucha la joue et appuya sur ma cicatrice droite. Le monstre semblait naître sous la cape, devenant la forme que j'avais vue dans l'obscurité des lampadaires, celle qui habitait ma chambre depuis des années.

Le croque-mitaine se tenait droit dans sa forme monstrueuse, ses griffes acérées touchaient les marques qu'il m'avait laissées jadis.

Il grognait mon nom, le murmurait, tandis que chaque lumière explosait sous la puissance saturante dont faisait preuve la chose. Il prenait en force à chacun de mes cris, à chacun de mes hurlements, il enflait.

Cependant, une de mes prières fut exaucée, je réussis à m'enfuir loin de cette réalité et de ma mort prochaine. Je me sentis happée par quelque chose de fort, quelque chose en dehors de mon contrôle. Mais j'étais volontaire, je me jetai, tête en avant, vers cette fuite.

Ω

Quand j'ouvris les yeux, un mal de crâne m'assiégeait de toutes parts. J'étais étendue sur un sol rocailleux, nappée dans un tapis de poussière. Je me relevai tout en toussant et fus surprise de ne pas voir de sang tant mes poumons m'en semblaient imbibés. J'avais la désagréable impression de me noyer à chaque respiration. En observant autour de moi, je ne voyais rien, j'étais dans le cœur d'un épais brouillard. Seules quelques ombres persistaient.

— Il y a quelqu'un ? Ohé ! Quelqu'un m'entend ?

J'avais crié de manière mécanique, et lorsque je m'en étais rendu compte j'avais amené mes mains autour de mon cou, comme pour compenser la future douleur des griffes autour de mes cordes vocales. Pourtant, rien ne vint. Aucune douleur, aucun sentiment lugubre.

— Je peux parler ?!

Je testais mes limites, je voulais savoir s'il ne s'agissait que d'un coup de chance, mais non, j'y arrivais. J'étais libre.

— Comme tout le monde. Félicitations tu sais parler, tu veux une médaille ?

La voix me sortit de ma torpeur. J'eus beau tourner et avancer à l'aveuglette, je n'arrivais pas à trouver son origine. C'était une voix grave, suintant de mépris et de sarcasme, mais elle me rappelait quelque chose de connu.

— Qui est là ?

Seul le silence me répondit. Je continuai donc d'avancer dans le brouillard tandis que mon cœur palpitait de plus en plus fort. La peur me tenait à l'âme. De plus, j'étais transie de froid, mais je poursuivais ma route, tout en répétant les mêmes questions à voix haute. Je n'entendais aucune voix, pourtant je m'entêtais à continuer, espérant engendrer une quelconque réaction de la part de mon homologue.

Après ce qui me sembla une éternité, je réussis néanmoins à sortir de l'épaisse brume et à atteindre une ancienne rivière aujourd'hui asséchée. À l'horizon, je pouvais voir sur une haute montagne un château magnifique. Et en regardant derrière moi, plus aucun voile brumeux, seule l'immensité d'une plaine désertique et aride. Néanmoins, en regardant le ciel je compris que quelque chose n'allait pas, il ne faisait ni jour, ni nuit. Nous étions dans un entre-deux crépusculaire, dans lequel les ombres dansaient.

— Elle a réussi en fin de compte.

Un homme se dressait à quelques mètres devant moi, droit et imposant de sa stature. Vêtus d'une longue cape noire, seuls deux yeux rouges brillaient. Devant cette vue je reculai en trébuchant. Au sol, terrifiée, devant lui j'eus beau essayer de me défaire de ses ombres, elles m'avaient atteinte. De longues traînées noires partaient de sa cape et réussissaient à cerner mes chevilles, me tirant à lui.

Je n'arrivais plus à émettre le moindre bruit, la douleur dans mon cœur était sans précédent, et les cicatrices sur mon visage palpitaient à la vue de leur créateur. J'étais une fois encore face au Croque-mitaine. Mais cette fois, j'étais dans son royaume.

— Oh qu'elle comprend vite. Ici nous sommes dans le royaume des rêves Lin, et je suis ton cauchemar. Mais tu ne survivras pas assez longtemps pour le comprendre.

Les ombres rentrèrent comme des aiguilles dans ma peau tandis que le cri de douleur que je produisis me ramena dans mon monde.

$$\Omega$$

C'est en suffoquant et en hurlant que je pris conscience que j'étais de retour dans la salle de bain de Kathleen. À l'exception de quelques taches de sang, le carrelage était intact. Le lavabo n'avait pas bougé, mais le miroir était brisé en son centre. En relevant ma main gauche, je la vis ensanglantée et bandée dans des compresses. L'incompréhension avait élu domicile en moi.

— Lin, ne t'inquiète pas, je suis là. J'ai appelé tes parents, ils ne vont pas tarder.

Ma meilleure amie avait passé ses bras autour de mes épaules et je pouvais sentir l'humidité de ses larmes sur mon cou. Elle pensait avoir échoué à sa tâche consistant à faire passer une soirée normale. Elle pensait que j'avais encore fait une crise de folie. Mais ce à quoi je venais d'assister était autre chose, d'un autre acabit. Le monde changeait. Je venais de passer à travers le voile de la réalité. J'avais survécu par deux fois, dans deux mondes à LUI.

— Ça va aller Yoku ? Euh Lin ?

Je n'osai pas répondre tant j'étais perturbée par les derniers événements. Pourtant, en croisant mon reflet dans un des fragments de miroir brisé, je vis mon reflet aux yeux rouges me faire un clin d'œil, signe que je n'avais pas rêvé.

CHAPITRE 3

— Et donc ?

Le silence répondit à mon psychiatre. Je ne voyais pas quoi rajouter de plus que la diatribe verbale dont venait de nous affluer ma mère, relatant, ou devrais-je dire, dramatisant les événements d'hier soir. À ses yeux, je m'étais saoulée jusqu'à la mort, j'avais fricoté avec un garçon, et le tout mélangé à mes médicaments auraient provoqué la plus grosse crise jamais vue depuis le diagnostic ma maladie.

Je soufflai, continuant à regarder par la fenêtre. Ma seule envie était de m'enfuir loin d'ici, loin de ce monde. Je paniquais à l'idée de me retrouver dans l'obscurité, plus que jamais. Mais désormais ce qui m'effrayait était de m'endormir et de me retrouver dans son royaume.

Dorénavant, dormir signifiait me jeter dans ses griffes, et je savais qu'il ne me voulait rien de bien. Si dans la réalité, il me suffisait d'allumer des lumières pour le tenir à distance, je n'avais aucune idée de comment me défendre en dormant. Je ne savais même pas si c'était de l'ordre du possible.

Heureusement pour moi, hier était flou. Je me rappelais être resté figée dans la salle de bain de Kathleen, entourée de ses bras sous le regard médusé de Jace. Mes parents étaient arrivés et après un trou noir. Pas de rêve, ni de cauchemar. Aucun souvenir non plus, juste un vide abyssal.

Tout comme ma visite de cet autre monde. Je n'osais expliquer à Mr. Guibs ce qu'il s'était véritablement passé à cette soirée. Il me prendrait évidemment pour une folle si je lui annonçais de but en blanc que je m'étais retrouvée agressée par le maitre des cauchemars qui était sorti d'un miroir, et qu'ensuite j'avais été projetée pour je ne sais quelle raison dans son royaume.

Aux yeux des autres, j'avais juste eu une crise d'hallucination, tonitruante en regardant mon reflet. Sous le coup de la colère et de la peur, j'aurais frappé le miroir de mon poing jusqu'à ce qu'il se brise en des dizaines de morceaux. Mais tout ceci me laissait un goût âcre de mensonge dans la bouche. Je refusais d'y croire. Je n'étais pas folle.

— Madame Tanaka, je pense qu'il ne faut pas dramatiser. Cela n'aidera en rien votre fille. Certes je comprends vos inquiétudes, elle a bu et ça donné un très mauvais résultat avec les médicaments, mais rien de surprenant. Votre fille s'est amusée, elle est sortie. Elle avance.

— J'entends ce que vous dites monsieur. Mais elle aurait pu se faire du mal !

Le médecin souffla de concert avec moi, voyant

qu'une fois encore, un débat avec ma mère était un débat stérile. Rien ne la ferait changer d'avis. Encore moins au sujet de la dangerosité de ma vie sociale.

— Je pense que nous avons fait le tour madame. Je vais garder votre fille pendant deux ou trois minutes et je vous libère.

Ma mère se leva, furieuse d'être mise à la porte avec si peu de considération, mais elle savait également que peu importe ce qu'elle m'imposerait, je ne parlerais de mes problèmes qu'avec cet homme. Une fois la porte claquée et le bureau plongé dans le silence je me tournai vers Mr.Guibs.

— Tu ne prends plus tes médicaments. J'ai vu tes blessures, cette crise n'est pas la seule qu'il y ait eue n'est-ce pas ?

Un simple hochement de tête, il était trop tard pour mentir. Cet homme m'avait couverte auprès de ma mère, je lui devais au moins la vérité.

—Je ne dirais rien à ta famille, mais tu vas recommencer à prendre ton traitement, car tu vas mieux. Ce n'était rien qu'un petit écart, mais sans ses cachets nous ne savons pas de quoi sera faite la prochaine. Ne gâche pas tous tes efforts parce que tu te sens mieux. Après-demain tu retournes à l'université. Pense à ton avenir.

Il se leva, m'invitant à suivre son geste. J'étais honteuse, car il s'inquiétait simplement pour moi. Mais ce qu'il ne comprenait pas, en revanche, c'était que je n'étais pas malade. Je n'étais pas folle. Je n'étais pas juste une schizophrène qui voyait des éléphants roses, j'étais témoin d'un monde entier dont il ignorait l'existence.

Sans croiser son regard, je montais à l'avant de la voiture de ma mère. Elle eut beau me sermonner durant tout le trajet, se plaindre du traitement que lui avait infligé le docteur. Deux choses tournaient en boucle dans mon esprit, le regard rouge du monstre et le sourire doux de Jace. Dire que ce dernier devait me prendre, à l'heure actuelle, pour une détraquée serait un euphémisme.

— Va te laver, je m'occupe du repas.

La phrase était en réalité un ordre visant à laisser ma mère seule pour que je ne la voie pas s'effondrer en larmes. J'avais envie de la prendre dans mes bras, de lui dire que rien n'était sa faute. Elle ne cessait de se flageller en se considérant comme une mère ratée, et moi, je n'arrivais jamais à ne pas la décevoir, entretenant cette horrible pensée qui accaparait sa vie.

Je ne fis donc rien, la laissant souffler. En montant à l'étage je croisai mon frère, son regard était hostile, il m'en voulait d'avoir fait du mal à nos parents. Et je le comprenais. Il pensait que je ne parlais pas par choix, ignorant totalement ce que le fait d'oraliser me provoquait comme sensation. Ignorant ce sentiment d'étouffer, de mourir sous le joug du monstre.

Une fois au seuil de ma porte, je regardais ma chambre, les dimensions étaient gigantesques, lumineuses, mais rien ne me rassurait ici. J'eus un mouvement de recul en voyant la porte de mon dressing s'ouvrir toute seule. Une main d'ombre, allongée par d'affreuses griffes ténébreuses, sortirent de l'entrebâillement.

— Ma Lin, je vais te dévorer toute crue.

La voix n'était plus un grondement sourd comme habituellement, maintenant il s'agissait de la même voix à laquelle j'avais fait face dans le royaume des cauchemars. Une voix séduisante, aux mots distincts, menaçants.

— Tu n'es pas réel. Tu proviens du fait que je n'ai pas pris mes médicaments.

— Tu ne crois pas toi-même en tes mots petite Lin.

Ce monstre n'avait pas tort. Je ne croyais aucunement ce que je venais de dire. La preuve en était, j'étais paralysée au chambranle de porte. Terrifiée tel l'enfant de six ans que j'avais été à notre première rencontre, toujours aussi démunie malgré les années.

La porte derrière moi se referma violemment, venant percuter mon dos. Je me retrouvais enfermé dans ma propre chambre face à la griffe obscure du monstre. J'eus beau essayer d'attraper la poignée sans le lâcher des yeux, cette dernière semblait avoir disparu.

La poignée métallique de ma porte vint rouler jusqu'à mes pieds. J'entendis le monstre s'esclaffer. C'était lui. Il m'avait piégée. Je mentirais en disant que je ne commençais pas à être effrayée. J'essayai de mettre en pratique l'exercice de respiration de mon psy. Rien n'y faisait. Mon cœur battait si vite que cela m'étonnait qu'il ne soit pas encore sorti de ma poitrine.

— Tu te sens piégée ? Tu penses toujours que je ne suis qu'une hallucination ?

Tandis que les mots venaient à mes oreilles, je vis la porte du placard, s'ouvrir un peu plus, les ombres au sol avançant vers moi. J'étais si collée à mon échappatoire germé, que je pensais m'y fondre. Le plafonnier se mit à trembler avant que l'ampoule n'explose, plongeant la salle dans une obscurité complète et opaque.

Je voulus crier quand je sentis une main se poser sur ma bouche. Des doigts, pas des griffes. Un souffle froid vint taper mon épaule nue, tandis que je sentais une autre main se positionner sur mes hanches.

Je me sentais mourir de peur, si jusque-là j'avais été terrifiée par ce monstre, désormais je me pensais morte. Je ne pouvais plus respirer ou bouger. Je sentais ma mort arriver tandis que sa main remontait le long de mon flanc.

— Je ne suis donc que le fruit d'un manque de traitement, ma Lin ?

La voix me susurrait à l'oreille, me faisant frémir de peur. Il prit une grande respiration, se nourrissant en happant l'odeur de ma terreur. Je pleurais silencieusement. Mes larmes étaient salées sur mes lèvres, et pourtant je n'arrivais toujours pas à émettre le moindre bruit. IL avait gagné, il allait réussir à m'emporter dans la mort sans un bruit, laissant penser au monde que je m'étais suicidé dans une crise de folie.

— Oh non, hors de question que tu meurs, tu m'es bien trop précieuse. Trop délicieuse. Ta peur est le plus doux des élixirs que j'ai pu goûter jusqu'ici.

Je sentis sa langue venir me lécher la joue. Il poussa le vice jusqu'à émettre un grognement de contentement. Je vis ses deux yeux rouges vaciller de bonheur.

Sans que je comprenne comment, la lumière réapparut

et mon hurlement réussit enfin à s'échapper de ma gorge. Je m'aperçus qu'une douleur lancinante avait élu domicile dans mon dos. Quand la porte s'ouvrit avec fracas, je m'écroulai sur le sol du corridor. Mon corps se réfugia immédiatement en position fœtale.

— Mélinoé !

Mon frère semblait pour la première fois vraiment paniqué à la vue de mon état. En fermant les yeux je me rendis compte que sous le coup de la terreur, je m'étais faite dessus comme une enfant. J'étais véritablement une gamine pleurnicheuse, apeurée par le noir.

Et pour la première fois de ma vie, j'en vins à me questionner sur ma santé mentale. Étais-je folle ? Était-ce mon esprit qui imaginait tout cela depuis le début ?

— Mélinoé ! Réponds-moi !

Je sanglotais terriblement, roulée en boule, couverte de mon urine. J'étais à bout. Ma vie ne valait plus rien. J'étais juste folle.

Ma mère arriva paniquée et me tendis des cachets que j'avalai pour la première fois sans réfléchir. Je voulais que tout s'arrête. Je voulais mourir. Je voulais vivre sans ses visions. Pourquoi moi? Avais-je été choisie par quelque chose de supérieur pour voir la passerelle de nos mondes? Où avais-je juste manqué le bingo neurologique et psychiatrique de la famille?

— Pourquoi ta joue est gluante ?

Cette question me fit prendre conscience que je n'étais peut-être pas si cinglée. Il m'avait léché, et une marque de lui existait encore. Il n'était pas une simple hallucination, jamais je n'aurais pu me lécher cette partie-là seule. Cette simple phrase me prouvait qu'il était peut-être possible que j'aie raison depuis le début. Pourtant le savoir ne me rendait pas heureuse, loin de là. J'étais condamnée à errer dans un monde dans lequel je passerais pour une anomalie.

Le reste de la soirée fut calme. Les cachets me rendirent amorphe, épuisée de la vie en général. Ma mère m'avait lavée au gant dans la baignoire puis m'avait nourrie dans le canapé tandis que je continuais à pleurer, enroulée dans une couverture. Même mon frère, eu la bonté de venir se poser à mes côtés pour regarder un film.

Je passai la nuit et la journée qui suivit allongée dans le canapé du grand salon, toutes lumières allumées, shootée aux médicaments. Et jamais seule. Pas un seul instant. Même pour aller aux toilettes, je quémandais une présence.

Ω

— Tu veux que je t'emmène ?

La voix de mon frère me fit sursauter. J'avais la tête dans mes céréales depuis déjà une vingtaine de minutes, perdue dans le vide. Le problème de mon traitement est qu'il m'endormait les vingt-quatre premières heures, mais lors des jours d'après mes sens revenaient, et les visions aussi. Mon esprit finissait toujours par revoir ces « hallucinations », qui, maintenant, j'en étais sûre, n'étaient que la vérité d'un monde invisible.

— Mélinoé ?

Je hochai la tête en me rappelant la promesse intérieure que je m'étais faite au réveil. Aujourd'hui serait mon premier jour d'école pour cette année. Je n'avais loupé qu'un mois, mais je savais que la journée serait rude. Mais je m'étais promis de tenir. Pour moi, pour ma mère, mais aussi pour mon frère qui se retrouvait dans la même université que la mienne.

Je me levais et pris mon sac à dos, attendant devant la porte que mon frère enfile ses baskets. Le trajet se fit dans le silence. Pas un mot, ni même une musique. Hélios n'avait jamais rien eu à me dire, me jugeant trop fille, trop bizarre ou tout simplement trop moi.

— Si tu as un problème envoie-moi un message d'accord ? Ce soir j'ai entraînement de rugby mais je peux te ramener si tu m'attends au stade.

Pour lui répondre, je levai mes deux pouces en l'air et forçai un sourire à naître sur mon visage. Il faisait des efforts je le voyais bien. Il était temps que j'en fasse de même.

— On se voit ce soir au stade alors, bonne journée.

Il se retourna pour rejoindre ses amis. Il paradait fièrement, et il avait raison, c'était la coqueluche de l'université. Membre actif du Bureau Des Élèves, major de promo de Staps, président du comité de bal, mon frère était le garçon populaire typique. Il vivait la meilleure vie possible, tandis que moi, je me sentais dériver vers une mort prochaine.

Kathleen n'étant pas étudiante dans cette institution.

Tandis que j'avais fuis pour dépasser les rumeurs à mon sujet, elle était restée dans mon ancienne école. Elle ne serait donc pas présente pour moi aujourd'hui. J'allais devoir faire mes preuves par moi-même.

Je partis en direction de ma salle de cours, je commençais par de la physique quantique. N'ayant aucune base en cette matière, je ne savais absolument pas à quoi m'attendre. En arrivant dans ce que je pensais être un amphithéâtre, je me retrouvai en fait, dans une petite pièce d'une trentaine de place, semblable à une salle de cours de lycée. Des élèves déjà installés de toutes parts.

Je pris une grande inspiration et me décidai à aller m'asseoir, me rappelant, que j'avais autant le droit d'être ici que les autres. Quelques regards curieux se portèrent sur moi, mais rien d'insurmontable face à la présence des yeux rouges que je n'avais cessés de voir dans l'ombre d'un casier ou d'une porte fermée.

Le cours se passa normalement, je n'interrompis pas ma prise de note, bien que ne comprenant pas un traître mot des équations au tableau. Les explications des différents états de la matière me laissaient perplexe, d'autant plus quand le professeur, une femme aux cheveux en pétard, ne cessait de revenir sur ce qu'elle disait à cause d'erreurs répétées.

Je quittais la salle, prête à enchaîner avec le deuxième et dernier cours de ma journée quand une main vint se poser sur mon épaule.

Je reculai immédiatement pour me dégager de l'emprise et du contact. Face à moi se trouvait un adorable brun à bouclette, il aurait pu sans problème poser pour les devantures de coiffeurs. Il souriait, et ne s'était pas fâché face à ma froideur, prenant pratiquement ça pour un aval à engager une simili conversation.

— Tu es nouvelle non ? Je te propose de venir avec nous, histoire que tu ne te perdes pas.

Il me montra du doigt ses amis, et en un simple regard, je sus que je ne m'entendrais pas avec. Il ressemblait beaucoup trop à mon frère. Et c'était pile ce que je voulais éviter. Je le dépassais donc avec un haussement d'épaules et me rendis, grâce aux pancartes, aux toilettes les plus proches.

Arrivée devant l'évier, je mis de l'eau sur mon visage, n'osant pas regarder de nouveau le reflet qui me ferait face. Je sentais son souffle sur mon cou, et l'air se raréfiait. IL était derrière moi.

— Pourquoi ?

— Je te l'ai dit, tu m'es bien trop précieuse. Une source intarissable de peur et d'angoisse. Il me suffit d'éteindre les lumières pour que je me régale.

Les lumières étaient allumées, nous étions dans une université, à onze heures, et pourtant il me parlait comme si de rien n'était. Ce monstre était bien trop fort pour moi, il était trop tard, je l'avais trop nourri de mes peurs. Désormais, il était inarrêtable.

Tandis que je me fis absorber dans un autre monde dans la terreur la plus complète, il remit une mèche de cheveux derrière mon oreille, déposant un baiser dans mon cou..

Ω

Je percutais le sol rocheux une fois de plus. La chute fut douloureuse, mon poignet était tordu dans un angle anormal, et mon genou saignait abondamment. Je n'eus pas le temps de réagir qu'une cape noire me faisait face, m'obligeant à relever les yeux vers deux cavités rouges.

— Tu es donc revenue ?

— Comme si je pouvais le contrôler ! C'est vous le maître de ce royaume !

Je ne gérais plus le flot de mots sortant de mes lèvres, j'étais énervée, effrayée et résignée à mourir de ses mains que ce soit ici ou dans la réalité.

— Saches que je ne t'ai pas attiré ici. Ni aujourd'hui, ni la dernière fois. Tu te trompes de cible. À mes yeux tu n'es qu'une gamine pleureuse qui se pisse dessus de peur.

La douleur de ses mots me rappela à qui je m'adressai. Devant moi se trouvait le maître des cauchemars, un monstre informe né à la nuit des temps, le Croque-Mitaine.

— Cependant tu as raison sur une chose. J'ai besoin de ton aide. Une menace se prépare dans ce monde et cela touchera bientôt le tien. Et pour une raison que j'ignore encore, tu sembles liée de près à cette histoire.

— Qui êtes-vous précisément ? Je veux comprendre.

Un rire gras et glauque sortit du tréfonds de la gorge de mon interlocuteur. Sa cape noire se mouvait de manière à redevenir l'horrible monstre que j'avais vu à plusieurs reprises, des griffes acérées s'allongèrent au bout de ses doigts, et ses yeux rouges se mirent à luire.

— Je suis le Marchand de Sable. Je veille sur ce monde qui est mon royaume. Cependant depuis quelque temps, le monde ne me répond plus, il obéit à quelqu'un d'autre. Et c'est ici que tu interviens. Pour je ne sais quelle raison le Croque-Mitaine a décrété qu'il te voulait, tu resteras donc à mes côtés.

La seule réponse que je réussis à produire devant le monstre face à moi fut un long hurlement, pratiquement un déchirement intérieur. La terreur m'avait atteinte si vite une fois encore. Et sous le coup de l'adrénaline trop forte, et de mon rythme cardiaque insoutenable, je me sentis m'évanouir. Le noir me percuta, et pour une fois, je l'accueillis avec plaisir, comme une libération.

CHAPITRE 4

Lorsque mes paupières s'ouvrirent, je me retrouvais de nouveau dans les toilettes universitaires, face à mon reflet. Ma respiration était saccadée, mais aucune trace d'un potentiel voyage inter-mondes.

Je remis de l'eau sur mon visage, comptant jusqu'à dix et soufflant pendant trois longues secondes. Je répétais l'expérience quatre fois supplémentaires. Il fallait que je m'apaise avant de commencer à réfléchir franchement à ce qui allait arriver.

Cette rencontre avec cet individu m'avait bouleversée. Je ne savais plus quoi penser de qui. Il prétendait être le Marchand de Sable, pourtant je n'arrivais pas à mettre ce nom sur le monstre cauchemardesque qui m'avait fait face. J'avais toujours imaginé le maître des rêves comme un petit bonhomme, presque un enfant joufflu et souriant, irradiant de lumière.

Il prétendait ne plus être maître de son royaume, et ça j'en convenais. J'avais vu le monde des rêves, et jamais je n'aurais pu imaginer un endroit pareil. Tout était aride, sombre et en ruine, aucun espoir ne vivait dans ces lieux. Pourtant l'univers des rêves aurait dû être empli de bonheur et d'espoir. Ce que j'avais vu devait être la conséquence de l'arrivée du monstre des cauchemars. Il avait conquis ces terres et y avait déversé toute son empreinte lugubre

Le fait qu'il assure avec autant de certitude qu'il n'était en rien liée à mes apparitions dans son monde, me faisait peur. Car cela sous-entendait que je ne connaissais pas réellement mon ennemi. Je refusais de croire que l'apparence du Dévoreur de cauchemar soit la même que celle de l'homme qui amène le monde au repos. Il devait y avoir un menteur dans l'énoncé, il était de mon devoir de trouver lequel c'était.

Il me faudrait désormais jongler entre le monstre de mon placard, le véritable Croque-Mitaine, jouer à son jeu malsain et le Marchand de Sable, qui avait décidé de me garder à ses côtés pour sauver un royaume dont je ne connaissais rien.

Sachant que le monstre devenait de plus en plus fort, je ne savais plus quoi faire. Dorénavant, il se jouait de moi, il me touchait, m'effrayait quand et où il le voulait. Je me doutais que je devais avoir une place prédominante dans ses desseins démoniaque, sinon il ne me traiterait pas ainsi, se contentant de m'ignorer ou de me tuer. Mais je voulais percer les secrets de ces deux monstres.

En regardant mon téléphone, je vis que j'avais déjà trente minutes de retard pour mon cours. Je n'étais donc pas restée dans cet autre monde pendant quelques secondes. Voici une nouvelle piste de recherche pour résoudre ces énigmes. Je devais me préparer correctement. Et pour cela, il me faudrait récupérer l'intégralité de mes capacités mentales, j'allais donc, une fois de plus, arrêter mon traitement.

Je pris mon sac à dos et me lançai dans la recherche de la bibliothèque universitaire. Elle était bien moins impressionnante que ce à quoi je m'attendais. Je m'installai sur une grande table et me mit à chercher sur mon ordinateur les contes et légendes autour du Croque-Mitaine et du Marchand de Sable. Peu importe comment je tapais mes questions, et mes mots clefs, les résultats vers lesquels on me renvoyait sans cesse n'étaient pas qualitatifs. Je ne cessais de tourner en rond, sans aucun fondement. J'avais beau essayer de revenir à leurs différentes origines dans des cultures que tout opposait, aucun détail ne m'apparut pour éclairer la solution dans laquelle j'étais plongée. On me proposait sans cesse des films d'horreur traitant du monstre sous le placard, mais en lisant leur résumé détaillé, les héros finissaient toujours par s'en sortir grâce à la lumière. Or, je savais dorénavant que la lumière n'était plus un véritable obstacle pour lui.

Quand mon ventre gronda, je sus qu'il était temps de me rendre à la cafétéria. Cependant, en me retrouvant devant, seule, je ne fus plus très sûre de mon choix. S'isoler à la bibliothèque était une chose, se retrouver dans la jungle des élèves, seule à une table, en était une autre. J'étais en train de peser le pour et le contre quant au fait de sauter le repas lorsqu'une voix m'interpella.

— Hey ! Hey !

Je regardai la personne dont provenaient les appels. Il s'agissait d'une fille, blonde et habillée aux dernières pointes de la mode. Je l'avais déjà croisée en compagnie de Kathleen, mais surtout de Cameron. Je dirais même que je ne faisais que ça, la croiser. Elle continuait d'interpeller quelqu'un avec ce petit bruit horripilant, quand je décidai de tourner la tête pour voir qui était la personne dont elle cherchait à attirer le regard. J'étais seule. Il n'y avait personne derrière ou devant moi, cela signifiait donc que c'était à moi qu'elle parlait.

Je tentai de me montrer du doigt un peu perplexe, tandis qu'elle se mit à rire avec ses deux copines. Une seule interaction avec elles et je ne me sentais déjà pas à ma place, stupide et mal fringuée. Et nous n'avions pas encore « parler ». Désormais, je n'avais plus qu'à attendre de voir l'étendue de la catastrophe qui allait me tomber dessus..

Je la laissais arriver à ma hauteur, un sourire faux plaqué sur le visage. Tout puait le faux chez elle. Et non, ce n'était pas des préjugés, j'avais des raisons de le penser, je ne la connaissais que trop bien. Nous nous côtoyions indirectement depuis plus de dix ans et pourtant elle ne connaissait toujours pas mon prénom. Elle était la petite amie de Cameron, et une des plus proches amies de mon frère.

— Lia c'est ça ?

D'un signe de tête, j'eus beau lui dire que non, elle ne

s'en formalisa pas. Autant renoncer, quoi que je fasse, elle continuerait de m'appeler ainsi, juste pour me rappeler qu'elle et moi ne faisions pas partie du même monde.

— Cam m'avait dit que tu allais commencer les cours ici. Tu es seule ?

Sa question n'en était pas une. Il était évident que j'étais seule, je ne parlais pas et je venais d'arriver aujourd'hui. Ajoutons à cela qu'il était onze heures trente et que j'étais justement seule devant la cafétéria.

— Oh c'est trop triste !

— Tu veux rester avec nous ?

Les deux suiveuses prirent leurs voix de pitié pour me proposer ce que leur chef avait déjà dû décider bien avant cet échange. Je suspectais presque mon frère d'être à l'origine de cette manœuvre. Et c'est d'ailleurs le fait de penser à de ce dernier qui me décida à dire oui de la tête. Ces personnes étaient ses amis, et je m'étais fait la promesse de ne pas lui faire honte.

Je suivis les trois filles qui ne cessèrent à aucun moment de critiquer telles et telles personnes, me laissant les suivre comme une ombre silencieuse. D'un point de vue extérieur, on aurait pu croire que je les filais sans qu'elles ne s'en rendent compte. Cette idée réussit à me dérober un petit rire.

Nous étions assises toutes les quatre lorsque je sentis des regards se braquer sur moi. En effet, je n'avais pas prêté attention à la conversation, mais en cet instant un silence des plus complet nous entourait. J'espérais juste qu'elles n'attendaient pas une réponse de moi.

Je les regardais tour à tour, attendant que l'une ait l'amabilité de répéter.

— On se demandait si tu savais quelque chose à ce sujet ?

Elles avaient apparemment décidé de ne pas m'aider. Je dus donc rendre mes expressions faciales très caractéristiques pour montrer que j'étais perdue. Je détestais devoir faire ça, car je me sentais ridicule, mais avec ce genre de personne, c'était inévitable.

— On soupçonne Cameron de tromper Natacha, et vu qu'il est souvent chez toi tu as peut-être déjà entendu quelque chose ?

Je dus me contrôler au maximum pour ne pas laisser mes joues devenir rouges, et l'angoisse me faire suer. Je me demandais si elles étaient au courant et cherchaient à me tester, ou si elles étaient sincères. Dans un cas comme dans l'autre ce que je m'étais promis d'éviter se réalisait. Lorsque j'avais commencé cette pseudo-relation avec Cam, je m'étais toujours arrangée pour ne pas avoir à faire amie amie avec sa copine. Elle n'était pas quelqu'un qui m'intéressait et je me fichais de lui faire du mal. Mais là, si nous étions amenés à nous fréquenter, tout changerait. J'allais devoir lui mentir droit dans les yeux.

Les regards devenaient insistants, me montrant qu'il fallait que je donne une réponse au plus vite. N'ayant pas davantage de temps pour y réfléchir, je levais simplement les épaules avec une moue désolée. Cela parut leur suffire, car elles reprirent leurs conversations comme si de rien n'était. Je me levai bien avant elles, leur faisant un signe je partis au plus vite pour reprendre mes recherches sur le mal qui me rongeait.

Je n'atteignis jamais la bibliothèque. Car je fus transportée dans cet autre monde avant même de traverser le passage piéton qui m'aurait éloignée un tant soit peu du restaurant universitaire.

Ω

Pour la première fois depuis que j'apparaissais dans ce royaume, ce ne furent pas des graviers et de la poussière qui m'accueillirent, mais du marbre blanc. J'étais allongée de tout mon long, sur ce sol royalement froid.

— Te voilà enfin. Il n'est pas trop tôt.

En me relevant je vis le Marchand de Sable dans sa forme la plus présentable. Il n'était qu'une silhouette d'ombre, encapuchonné dans une cape noire. Deux yeux rouges seulement étaient visibles.

— Je t'ai fait venir pour t'expliquer le plan que nous allons suivre. Si tu pouvais te taire et hocher la tête, je t'en saurais gré. Tu n'es qu'une enfant pleurnicheuse qui a peur du noir, et je suis le maitre des rêves. Donc, gentille, assise.

En me relevant je me rendis vers la chaise qu'il m'avait indiquée, installée devant une grande table de plusieurs mètres de long. Dessus était modélisée en trois dimensions une maquette de ce qui devait être le royaume.

— Je ne suis pas une gamine insignifiante. Je n'ai pas peur du noir, j'ai peur du monstre qui t'a destitué et que

TU essayes de combattre en te servant de MOI.

Je vis l'homme se métamorphoser en la bête cauchemardesque qui accaparait mes pensées. Il grognait de colère et avançait de manière violente vers moi. Et oubliant le regain de force dont je venais de profiter, je redevins l'enfant pleurnicheuse..

Je m'assis sur la chaise, pratiquement prostrée, avec un teint aussi livide qu'un cadavre, et des membres tremblants Le monstre reprit sa première forme et se plaça de l'autre côté de la table, comme de rien. Je ne voyais pas son visage, pourtant je pouvais être sûre, qu'il avait un sourire narquois et fier. Il commença à bouger ses doigts et des ombres en tombèrent, commençant à se métamorphoser en deux petites pièces d'échiquier.

— Ceci nous représente. Et ceci, le représente, LUI.

Il me montra une petite statuette de lune, installée à l'opposé de la table, sur une haute colline. Pourtant une fois encore, je me mis à rire en observant qu'il appelait le Croque-Mitaine, de la même manière que moi. Il n'osait pas lui donner un nom, de peur de le renforcer.

— Oh mais si il a un nom. Je l'utilise même très souvent, mais je n'aime pas qu'il sache que je parle de lui, surtout lorsque je complote pour sa destitution. Dans ce monde, un nom n'est pas anodin, sache-le. Ne le donne sous aucun prétexte.

Il indiquait ensuite du doigt différentes zones telles que les deux châteaux distincts des deux îles. La première, bien plus grande et conséquente, était initialement l'île du Marchand de Sable, composé d'un château somptueux et doré, entouré de montagnes. Sur cette île gigantesque se trouvait une rivière, une falaise et un bois. Mais surtout, des cinquantaines de petits villages nommés tel que « guérison ; créatures fantastiques ; souvenirs ».

— Ce sont là où les dormants vont . Une fois à l'intérieur, leurs rêves commencent en fonction de là où leurs pas les ont guidés. Certaines nuits les dormants marchent tant sans se décider, qu'ils ne rêvent pas. Se réveillant sans rien.

— Et cette autre île c'est la sienne ?

Il acquiesça et je pris connaissance de la similitude, pour ne pas dire le copié collé de l'une et l'autre. La différence était quet la deuxième était bien plus terne, elle représentait les cauchemars, l'abandon et la peur.

— Chacun son royaume. Les dormants arrivent sur l'île intermédiaire et ils sont répartis aléatoirement dans l'un des deux côtés. Chacun ses règles, et on n'interfère pas avec l'autre.

Mais ça c'était avant compris-je. Désormais le Croque-Mitaine avait pris possession du royaume des rêves, condamnant le pauvre Marchand de Sable à errer et à gouverner un royaume de perdition où il ne trouvait pas sa place.

— Aucune passerelle n'existe entre ces deux mondes, pourtant il me faut rejoindre ce monde pour y récupérer ma pleine puissance et l'en chasser.

Je pouvais comprendre cette partie, mais ce que j'ignorais encore était quel était mon rôle. Je voyais bien que j'étais une sorte de passerelle permanente entre réalité et royaume endormis, mais pouvais-je traverser rêve et cauchemar ?

— Tu pourras . Une vieille légende raconte « un dormant réveillé, réussira à allumer sept lumières dans le monde de l'envers, tandis qu'elle en éteindra quatre dans le monde d'en haut. Le monde ainsi retourné, un passage s'ouvrira pour tous ceux qui le souhaiteront.

— Donc, si je comprends bien, tu vas te servir de moi, pour allumer et éteindre des bougies ?

Il se mit à rire avant de disparaître dans un nuage d'ombre. Il m'avait laissée, seule, face à cette carte immense. Mais j'étais surtout seule dans ce monde, sans savoir comment revenir au mien. Je n'eus pas le temps de m'attarder sur la moindre pensée que la lumière crépusculaire disparut au profit des ténèbres. Seules quelques flammes vacillantes de bougies, m'éclairaient. Pourtant même sans ces lumières, j'aurais pu affirmer qu'IL était à mes côtés.

— Tu viens dans mon monde, sans même que je t'y invite désormais. Tu es si pleine de surprise *Yume*. J'ai dû effrayer mon frère en prétextant une mort prochaine de dormant pour t'avoir à moi seul l'espace de quelques instants.

Encore une fois, face à lui, aucun son n'arrivait à percevoir le jour. J'étais muette face à ce monstre, et même de dos, il me terrifiait. Car il finissait toujours par gagner, que ce soit ici ou ailleurs. C'était notre deuxième rencontre dans la même journée, et c'était bien trop à mes yeux.

— Notre entrevue de ce matin m'a laissé sur ma faim. J'ai "rêvé" de toi, n'est ce pas fou ?

Il se mit à rire tout en nouant ses bras autour de moi et posant sa tête sur mon épaule. Le détail qui me surprit fut ses mains humaines. Il n'était pas sous forme monstrueuse en ce moment. Le contrôlait-il ? Pouvait- il le choisir ? Était-ce seulement dans ce monde ? Il avait parlé de ce matin, alors que le temps de nos deux mondes s'écoulait différemment, allait et venait-il dans les deux ?

— Un jour tu auras les réponses à toutes ces questions je te le jure. Mais pas de suite ma Lin. J'aime tant te terrifier si tu savais. Ta peur, ton effroi et ton envie de mourir sont si fortes quand je suis près de toi. Et cette terreur à un goût unique, un goût de paradis que j'aime effleurer du doigt. Tu es mon shoot d'adrénaline, une drogue même. Si tu savais comme j'aime ça.

Tandis que je me mettais à pleurer à chaudes larmes, incapable du moindre mouvement, sa bouche vint se poser sous mon oreille . J'étais une poupée désarticulée, qui allait encore se faire dessus de panique. Je voulais mourir avant qu'il n'ait le temps de me dévorer toute crue.

— Éloigne-toi d'elle immédiatement, connard !

— Oh, mais mon cher frère, n'avais-tu pas une urgence avec des dormants ?

J'étais au coeur de la confrontation des deux ombres, et au moindre mot, je serais un dommage collatéral de leurs disputes. Je me demandais soudainement si mourir ici engendrerait une mort dans la réalité.

— Laisse-la en paix.

— Elle est mienne. La preuve, c'est moi qui me nourris d'elle, c'est moi qui la terrifie, c'est moi qui la touche et qui savoure chacune de ses larmes, chacune de ses respirations, et chacun de ses cris.

Sans que je ne puisse comprendre ce qui m'arrivait, je me retrouvais mordue à l'épaule, la peau perforée par deux crocs abominablement acérés et mon esprit se sentit happé vers un autre monde. Mon monde.

CHAPITRE 5

— Mademoiselle? Mademoiselle?

En ouvrant les yeux, je me retrouvai nez à nez avec une femme âgée d'une soixantaine d'années. Elle avait une main sur la veine de mon cou, probablement à la recherche de mon pouls.

— Elle est réveillée ! Que l'on m'appelle une ambulance !

J'eus beau dire non de la tête et du doigt, la vieille dame ne voulait rien entendre. Heureusement pour moi, Cameron et Hélios réussirent à lui faire comprendre, non sans difficultés, qu'ils me connaissaient et prenaient le relais.

Mon frère me prit par le bras, me tenant le temps que je m'époussète de la saleté de la rue. Il ne dit rien, plaçant simplement un bras autour de moi pour m'aider à marcher. Cameron prit la parole.

— Je suis là, d'accord? Mais il faut que je sache, tu as encore arrêté ton traitement ?

Je niais de la tête, peut-être de manière trop rapide et

peu crédible, car il souffla, en marmonnant des choses incompréhensibles dans sa barbe. Je voyais bien qu'il ne pouvait plus supporter cette situation, mais ce que lui, ne voyait pas, c'est que je n'étais pas folle. Et ces médicaments me rendaient amorphe, un zombie sans cerveau qui refusait la vérité. Dehors, il existait des centaines de choses incompréhensibles, telle l'existence de Dieu, mais on n'enfermait pas ses croyants. Or, moi je ne croyais pas, je savais.

— Il est treize heures et quelques, je te propose de m'accompagner en amphi jusqu'à seize heures et ensuite de te poser au stade pendant mon entraînement ?

Je ne voulais pas, je ne voulais absolument pas être enfermée, dans le périmètre de vue de mon frère, comme une enfant punie. Mais je n'avais pas le choix, il avait compris pour mon traitement, et jamais il ne me laisserait déambuler en liberté dans cet état. Déjà je devais me trouver chanceuse qu'il n'ait pas appelé notre mère pour qu'elle vienne immédiatement me chercher.

Je les suivis donc gentiment à travers les bâtiments du campus jusqu'à leur salle de classe. Si au début, j'avais eu la crainte de me faire découvrir par leur professeur, je compris qu'il n'en serait rien. Nous étions dans un véritable amphithéâtre de trois cents sièges. Cameron et mon frère se dirigèrent vers des places de la colonne de gauche, approximativement au centre.

— Ici, c'est l'emplacement parfait, les profs ne regardent jamais vers nous.

Cameron semblait fier de son explication car il me

gratifia d'un grand sourire. Il me laissa m'asseoir au fond de cette rangée, s'installant à mes côtés. Entre lui et mon frère, deux autres garçons de leurs bandes s'étaient insérés. Dans cette configuration, je pourrais échapper à l'aura furieuse d'Hélios. Il était en pleine conversation avec une fille à sa gauche, si bien qu'il ne remarqua pas, tout comme les autres personnes nous entourant. La main de Cameron se poser sur mon genou.

— Ça me fait plaisir que tu sois là. Pour la première fois de l'année, ce cours sera intéressant.

Cam avait toujours eu, ce je ne sais quoi dans le regard qui me donnait envie de lui offrir monts et merveilles. C'était peut-être l'explication de pourquoi, avec lui, j'arrivais à prononcer quelques phrases ponctuelles. Ou peut-être était-ce parce qu'il avait réussi à prendre le contrôle de mon cœur il y a de ça des années ? Je n'en étais plus sûre. Tout avait commencé lorsqu'il avait douze ans et qu'il m'avait promis qu'un jour, je serais sa femme, sa princesse comme il me l'avait raconté. Depuis je ne cessais d'y croire, malgré les années et les preuves que je n'étais rien d'autre que son plan « évacuation ».

Je sentis sa main remonter le long de ma cuisse, ce geste me crispai. Je lui mis un coup sur la main de manière discrète pour qu'il cesse son manège, mais rien n'y fit. Il continua de plus belle, allant et venant sur l'intérieur de ma cuisse, tout entretenant une conversation avec son ami à côté. J'eus beau resserrer les jambes l'une contre l'autre, il me pinça fortement, jusqu'à laisser une marque, de manière à ce que je lui obéisse. Une fois sa conversation finie, il vint murmurer à mon oreille.

— Tu es à moi ma Lin. Tu m'appartiens depuis toujours. Je suis toutes tes premières fois, et ce vilain secret restera un secret si tu te laisses faire.

Il glissa une œillade vers le groupe et ce que je pensai être mon frère, si peu subtile que ce dernier fronça les sourcils d'incompréhension. Heureusement, situé comme nous l'étions, personne ne pouvait voir ce qu'il se passait sous le pupitre. Cam leva les épaules d'indifférence, toujours un sourire innocent gravé sur son visage.

Je me laissai faire, consciente de ce que j'allais subir si mon frère apprenait l'existence de cette relation. Bien que je me sente parfois à l'aise avec lui, Cam n'était pas un gentil garçon, il ne l'avait jamais été. Si ces boucles blondes et son sourire pouvaient vous berner, ses yeux eux, restaient la porte vers son âme. Et cette dernière était noire comme l'ébène. Il ne trompait pas seulement sa copine, la liste des péchés et addiction de Cam ne tenaient pas en une simple phrase, loin de là. Il fumait, se droguait, aimait l'adrénaline, se battre, vandaliser, manquait de respect à tout le monde. Il aimait les dangers, il aimait désobéir. Il me rappelait souvent que la vie humaine était trop courte, et qu'il fallait toucher du bout des doigts tout ce qui pouvait nous faire rêver. Mais moi, je ne partageais pas ses idées.

Pourtant quand il me souriait, j'acceptais tout de lui. Il avait de tout temps réussi à faire fuir mes peurs. Quand il était là, les monstres disparaissaient, et je me sentais enfin vivante.

— Lin ?

Mes yeux papillonnèrent pour revenir à la réalité. J'avais été absorbé à travers mes songes et mes pensées, si bien, que j'avais fini par inquiéter le jeune homme. Il se rapprochait pour me murmurer à l'oreille.

— Tu n'as pas l'air bien, ça va aller ? Veux-tu que je te raccompagne chez toi ?

D'un signe de tête, je lui fis comprendre que oui. J'avais envie, et même besoin, de me blottir dans mes couettes, si possible à ses côtés. La journée avait été bien trop intense et je ne tiendrais pas une heure de plus. Lorsque la pause entre les deux heures sonna, nous firent lever la rangée de personnes pour sortir de la salle. Mon frère comprit vite le problème et acquiesça, en envoyant un message à notre mère, pour la prévenir de mon arrivée imminente. Le trajet se fit dans le silence le plus complet, Cameron semblait en proie à ses propres démons et pensées. Il paraissait ailleurs comme il ne l'avait jamais été.

Une fois dans l'allée de mes parents, tandis que je détachais ma ceinture et me préparais à ouvrir la portière, il me retint par le poignet. J'étais surprise, ceci n'était pas le comportement habituel de Cameron.

— Qu'est-ce que tu me fais Mélinoé ?

Je ne comprenais pas de quoi il parlait. Il avait l'air d'être en proie à un combat intérieur violent. À travers ses yeux je pouvais voir l'affrontement de bien trop de sentiments différents. Je me contentais de lever les épaules pour lui répondre.

— Tout serait plus simple autrement. Mais tu es toi.

J'aimerais t'effrayer, que tu me craignes, mais dès que tu poses tes yeux de biche sur moi, je me sens chavirer. Tu es mienne.

— Natacha.

Je prononçais un simple mot, un prénom banal. Pourtant tant de choses résonnaient derrière. Ce que nous faisions était mal. Il avait une personne dans sa vie. Je n'étais que l'autre fille. Et même s'il m'offrait calme et repos par sa simple présence, il était temps d'arrêter cette mascarade.

— Non. Ne fais pas ça Lin ! Tu es mienne. Tu m'appartiens !

Il commençait à s'énerver, resserrant fortement son emprise sur mon poignet. Dans ses yeux, je voyais la colère danser. Mais ce qui m'inquiétait était le vacillement lumineux de la voiture, les ombres gagnaient du terrain. Je devais reprendre le contrôle avant de disparaître dans l'autre royaume,une troisième fois dans la même journée.

Je fermai les yeux, me concentrant sur mes exercices de respirations, j'entendais Cameron faire de même. Là où la marque de son doigt encerclait mon bras, il vint prodiguer une caresse délicate et déposer un baiser d'excuse.

— Je vais arrêter tout ça. Natacha et moi ça n'a aucun sens. Je te le promets. Mais ne met pas fin à ce qui existe entre nous. Ce n'est pas juste du sexe, tu le sais, tu le ressens toi aussi, cette impression de calme dans la tempête ?

Je hochai la tête une fois encore, car il avait raison.

Il venait de décrire parfaitement ce qu'il se passait dans mon cœur quand j'étais dans ses bras. Et savoir qu'il ressentait la même chose me donnait des papillons dans le ventre. L'espace d'un instant, je me sentis aimé, inconditionnellement.

— Je t'en prie, laisse-moi juste le temps de régler la situation ?

Je déposai un baiser chaste sur ses lèvres, pour lui donner mon aval. Cependant, lorsque ma bouche se posa sur la sienne, des flashs m'assaillirent, des flashs de lumière, de joie, de prairie verdoyante, un sentiment d'espoir. Je ne compris pas immédiatement l'origine de ces visions, mais le bien-être dans lequel elle m'avait plongé, était réel.

Je sortis de la voiture et allai immédiatement me blottir dans mon lit. Le reste de la journée se passa sans encombre ni vision. La lumière du jour irradiait par chaque fenêtre, venant baigner la pièce dans une immensité lumineuse. Lorsque les vingt heures sonnèrent à la pendule, je descendis pour manger.

La table était déjà mise, mon père installé à sa place, tandis que mon frère se nettoyait les mains dans la cuisine. Ma mère transvasait les plats du traiteur dans des assiettes, pour se donner bonne conscience sur le fait qu'on mangeait sainement.

— Mélinoé, tes médicaments t'attendent dans ton assiette.

Le ton n'acceptait aucune négociation. Je les pris donc avec un verre d'eau. Quelques chose fit tilt lorsque je les regardais dans ma main. Leurs formes étaient différentes. On avait changé mon traitement. Je n'essayai pas de les mettre sous ma langue de peur que l'on découvre la supercherie, et à juste titre, car ma mère inspecta ma bouche pour s'assurer de leur prise.

Le repas fut agréable, ponctué par le récit de la journée d'Hélios, des anecdotes sur le travail de ma mère. Mon père et moi nous restions murés dans un silence, bien que quelques rires et hoquet de surprise perçaient parfois la coque.

Avant même le dessert, je sentis une fatigue tiraillante dans mon corps, l'obscurité se propageait autour de moi. Mais ce n'était que mes paupières qui n'arrivaient pas à rester ouvertes. Je me laissai sombrer dans ces ténèbres qui m'ouvraient les bras.

Ω

La semaine entière passa sans le moindre incident. Plus de monstres, plus de visions. Je prenais mes médicaments et l'effet ne s'estompait pas. J'avais pu aller en cours tous les jours, récupérer ceux que j'avais manqués manqués, et même faire des fiches de révisions. Si la mécanique quantique, et l'algèbre relationnelle restaient floues, une véritable passion pour la thermique et l'énergétique était née. Je n'avais toujours pas d'amis, ni même de personne avec qui trainer. J'avais réussi à esquiver les tentatives de socialisation du garçon de ma classe. J'avais appris qu'il s'appelait Nathanaël, au bout de quelques jours. Et malgré tous mes refus, il ne se décourageait pas et continuait d'essayer quotidiennement. Il me faisait sourire, ses tentatives étaient adorables. Hier, il avait même réussi à me tirer un rire avant que je ne m'éloigne. J'en étais venue à me demander s'il ne s'agissait pas d'un défi avec ses amis, ou juste une façon de rassurer son égo de mes rejets répétés.

Quand j'entrai dans la cuisine samedi soir, dans l'optique de voler de quoi me faire un mini pic-nique dans mon lit, j'interceptai une conversation entre mes parents.

— Depuis qu'elle prend ce nouveau traitement, elle va mieux. Plus d'hallucinations, plus de crises, et elle dort la nuit sans cauchemar.

— Je suis d'accord Mathilde. Notre fille va mieux. Elle va en cours, elle rentre avec le sourire, et semble s'épanouir.

Je souris, en restant collé au mur, dans l'espoir de passer inaperçue. C'était fini, j'étais sur la voie de la guérison. Pourtant un goût amer persistait en moi. Je refusais de me laisser convaincre que tout ce que j'avais vu, sentis, n'était que le fruit de mon imagination. Je ne pouvais pas juste être malade, tout était réel. Tout devait être réel. Mais je devais me rendre à l'évidence, depuis le début de ce nouveau traitement, je n'avais plus rien vu. Je n'étais pas encore assez rassurée pour éteindre les veilleuses ou ouvrir la porte du placard, mais j'étais plus en confiance.

Des doutes commencèrent à m'assiéger. Étais-je folle ? Avais-je tout imaginé ? Je n'avais aucune preuve de ce que j'avançais. La seule chance qui me permettrait de le prouver serait de le filmer. C'était ça la clef de tout, si je filmais un échange avec ce monstre et qu'il apparaissait sur la vidéo, je devrais me rendre à l'évidence, c'était la réalité, et si au contraire rien n'était visible à la caméra, alors je saurais. Je saurais ce que je redoutais au fond de moi.

D'un autre côté, tester cette expérience sous-entendait d'arrêter mon traitement et de revoir le croque-mitaine. En avais-je réellement envie ? J'hésitais. Est-ce que le poids de la vérité ne serait pas trop lourd pour mes épaules ? Est-ce que me rendre compte que tout n'était que dans mon esprit me détruirait ?

La voix de ma mère interrompue le cheminement de mes pensées. Elle se tenait droite face à moi, un sourire aux lèvres qu'elle essayait de cacher sans vraiment y parvenir.

— Méli, quelqu'un t'attend dans le salon, j'étais en route pour venir te prévenir.

Bien que dans une incompréhension la plus totale, je souris.. Certes, nous étions le weekend, mais jamais personne ne me rendait visite excepté Kathleen, or cette semaine, elle était chez sa grand-mère à quelques heures de route d'ici.

En allant dans le salon je vis Jace assis, mal à l'aise, tenant un verre d'eau comme si sa vie en dépendait. En me voyant arriver il se leva, et se mit à bafouiller des salutations nerveuses. Il dansait d'un pied sur l'autre ne sachant pas comment me dire bonjour. Il finit par me tendre la main, tandis que je riais, le tout sous le regard approbateur de mes parents.

— J'ai demandé à Kathleen. Enfin, je lui avais demandé ton numéro mais elle n'a pas voulu me le donner. Par contre elle m'a donné ton adresse. Je veux dire l'adresse de tes parents. Et je suis venu.

Je me mis à sourire bêtement, laissant mes joues rougir de cette visite inopinée. Je levai mon doigt en l'air lui indiquant d'attendre une seconde tandis que je courus jusqu'à la cuisine pour récupérer mon ardoise et un feutre.

Je revins dans la pièce et lui tandis l'objet sur lequel je lui demandais pourquoi il était ici.

— Ah, c'est si gênant. Je voulais te proposer de sortir ce soir ?

Je repris l'ardoise, effaçant le premier mot pour le remplacer par une question toute sauf anodine. « Serait-ce un rendez-vous galant ? ».

— Je … euh… Je ne dirais pas ça… fin' sauf si toi tu le veux. Dans ce cas ça en serait un. Pas que parce que tu le veux. Parce que je le veux aussi. Mais si tu ne le veux pas tant pis. Ça sera juste deux a…

Je coupais son monologue d'un doigt sur sa bouche tout en riant. Et d'un signe de tête je lui signifiais que, oui ça en serait un. Jace, que je n'avais pourtant vu qu'une fois, avais ce don pour me faire penser à rien, tout comme Cameron. Je me sentais à l'aise et cela n'avait rien à voir avec mes médicaments.

Je courus dans ma chambre pour me changer. De base, le programme de cette soirée était de regarder des comédies romantiques emmitouflées dans un plaid en mangeant des cochonneries. C'est dans cette optique que j'avais revêtue un pyjama en pilou, qu'il fallait maintenant que j'enlève au plus vite. Heureusement pour moi, le jeune homme était si stressé qu'il n'avait pas prêté attention aux petits oursons sur mon haut.

Je mis un simple jeans et un t-shirt d'un groupe de métal que j'affectionnais tout particulièrement. Cette tenue me montrait comme j'étais réellement. Je nouai mes cheveux en une queue-de-cheval haute, et choisis de m'appliquer un trait de liner. Fin prête, je soufflai, et me rassurai en me disant que s'il n'avait pas fuis après notre première rencontre, c'était sûrement lui le fou de l'équation.

— Tu es magnifique. Après tu l'es toujours. Mais là particulièrement.

Le sourire de mes parents me fit chaud au cœur. Mon frère était je ne sais où avec Cameron. La simple évocation de ce dernier prénom m'enleva instantanément le sourire. Je l'avais revu cette semaine, toujours accompagné de sa Natacha. J'attendais qu'il mette fin à cette relation, mais de ce que je voyais, il n'en avait pas vraiment envie.

Ce soir, j'allais l'oublier, et me concentrer sur ce jeune homme mature et timide, qui venait de supporter un interrogatoire de ma mère complet, le temps que je me prépare.

— Il est médecin. Bon parti, me susurra ma mère morte de rire.

Je lui tapai sur le bras, me dressant fièrement face à

78

mon cavalier, prêt pour la soirée que nous allions passer.

Il prit ma main et m'ouvrit la porte, veillant bien à rassurer mes parents sur l'heure à laquelle il me ramènerait. Il ouvrit la portière passagère de sa voiture, et la referma une fois que je fus installé correctement. Un véritable gentleman. Il s'assit à la place du conducteur, et souffla une longue respiration.

— J'ai plusieurs plans. Soit on va se faire un cinéma, comme ça, pas besoin de parler. Soit on va manger une glace et là, je comblerai la conversation. La dernière option est d'aller à une fête. À toi de me dire.

D'un côté je voulais vraiment être seule avec lui, mais de l'autre j'avais ce besoin viscéral de sortir et de profiter de la vie. Profiter de toutes ces choses que j'avais manquées jusque-là. Donc je levai trois doigts avec un sourire. Il m'y répondit par un hochement de tête.

Le trajet fut ponctué de rire et de chansons. Il me donna l'accès à son téléphone pour mettre de la musique et je pus assister à un véritable massacre de Katy Perry, Rihanna et d'autres. Il tenta de les imiter de manière arythmique et humoristique. Ma préférence alla à sa parodie de Shakira avec un mouvement d'épaule qui nous valut un coup de klaxon d'un autre automobiliste. Je riais à gorge déployée, si bien que je me mis à chantonner avec lui sans m'en rendre compte. Je me laissais aller, sans faire attention au monde.

CHAPITRE 6

— Ce que je voulais te dire, c'est que tu es vraiment belle ce soir. Je me répète, mais je veux que tu te voies comme moi je te vois. Avec les yeux que j'ai en te regardant.

Je souris timidement, et mis ma main sur la sienne en rougissant. Ce soir allait être une véritable soirée normale, juste lui et moi, sans le bagage émotionnel qu'était ma maladie.

Il vint m'ouvrir la porte et attrapa ma main qu'il ne lâcha plus par la suite. Nous avions pénétré dans une boite de nuit, ou un bar dansant, en ce moment je ne voyais pas bien la différence. Tout ce que je savais, c'était que j'allais m'amuser en sa compagnie.

Les gens remuaient les uns sur les autres, l'odeur d'alcool et de transpiration était forte, mais surtout, tout paraissait normal. La musique hurlait, les basses faisaient résonner mon corps tout entier sur des sons particulièrement mauvais, mais je rayonnais d'être ici.

Jace partit me chercher un verre dans la marée des

gens agglutinés au bar, tandis que je me laissais aller sur la piste de danse. Pour la première fois, je n'étais pas gênée, je n'avais pas peur. La salle était plongée dans l'obscurité, éclairée que par quelques faisceaux et stroboscopes, pourtant je n'étais pas sous SON emprise.

Lorsque mes hanches commencèrent à bouger au rythme des notes d'une musique qui passait bien trop à la radio ces derniers temps, je me sentis happée vers un autre monde. Un monde de joie et de bonheur. Je sentis deux mains venir se poser sur mon ventre, m'entourant et me serrant contre un corps masculin et viril. Le sentir derrière moi, à cet instant, aussi excité par MON corps, me permit d'éprouver un sentiment de désir et de dangerosité mélangés, agrémentés d'une pulsion de joie.

Cependant, lorsque je renversai la tête en arrière, sur l'épaule de mon nouveau compagnon de fortune, je repensai au beau Jace qui m'accompagnait ce soir. Je me sentais horrible de le trahir ainsi. Pourtant ce fut bien son sourire que je croisais. Et je soufflais de contentement. Nous étions enlacés sur la piste de danse, seul lui et moi persistaient en cet instant.

Du moins, jusqu'à ce qu'une voix vint agresser mon esprit, SA voix. Elle me hurla le mot « traîtrise ». Je ne savais pas pourquoi ce mot me collait au corps aujourd'hui. Pourtant, IL continuait de hurler de plus en plus fort. Sa voix semblait perceptible et tangible tant elle m'entourait.

Plus les cris m'attaquaient, plus je fermais les yeux dans l'espoir de les faire disparaître. En les rouvrant, je vis une tache informe se déplacer au plafond tel un monstre. Je sortis des bras de mon compagnon et commençai à me rendre aux toilettes pour me passer de l'eau sur le visage quand un souvenir m'arrêta net. Je me rappelais la soirée chez Kathleen et trouvais une alternative pour faire passer cette folie. Je retournais dans les bras de Jace, venant l'enlacer et posais ma joue sur son épaule. Les battements de son cœur vinrent apaiser le mien, et son souffle dans mon cou me ramena à la réalité de l'instant présent.

Tout ceci n'avait été qu'une petite vision de mon cerveau cassé. J'avais une tendance à l'autodestruction comme me le rappelait souvent mon psychiatre. Et il fallait que j'apprenne à lâcher prise et comprendre que, des fois, tout pouvait bien se passer

Nous enchainâmes les danses et c'est transpirante et moite que je me décollai, lui faisant signe que j'allais nous chercher à boire. Tâche qu'il avait tenté initialement et pour laquelle il avait échoué.

En allant jusqu'au bar, je sentis une main sur mon poignet me retenir et je me mis à rire du fait qu'il n'arrivait pas à me laisser quelques secondes. Une force intérieure réussit à m'extraire naturellement une phrase de la bouche.

— Oh tu ne peux plus te passer de moi ?

En me tournant le constat se fit seul. Je ne faisais pas face à Jace, mais bel et bien à Cameron. Il se tenait si près de moi, que malgré le bruit nous entourant, il avait parfaitement compris ce que j'avais dit. Ses yeux reflétaient la trahison et la colère. Et sans que je ne comprenne pourquoi, je reculai, me sentant menacée par sa présence. Je récupérai mon poignet, me dégageant de sa poigne et mis une main devant ma bouche, en réalisant que j'avais parlé librement.

Cameron avait dû boire ou prendre beaucoup de choses pour être dans cet état. Et je pensais que l'alcool en lui devait exacerber ses sentiments et ses réactions. Ses pupilles étaient dilatées, son torse se levait rapidement à chacune de ses respirations. Et moi, je le craignais. Je tremblais devant lui, telle une enfant prise la main dans le sac. Pourtant, je n'avais rien fait.

— Alors c'est comme ça ?

Je levai mes épaules, cherchant à paraître indifférente face à lui. Pourtant, rien en moi ne devait transpirer ce sentiment. J'étais folle amoureuse de ce garçon depuis bien trop longtemps. Il avait un ascendant complet sur ma personne, le savait et s'en servait.

— Je n'ai pas largué Natacha donc tu te venges en faisant la pute avec le premier mec venu ?!

J'étais horrifiée devant ses propos. Il m'insultait et me dégradait parce que je n'étais pas à son entière disposition à l'attendre en me morfondant. J'hallucinais, et pour la première fois je sentais une véritable colère monter en moi. Des ombres commencèrent à danser autour de nous. Si je laissais la haine m'envahir, la boîte de nuit allait devenir le témoin macabre de l'une de mes crises de démence.

Mais je n'y pouvais rien. La douleur, la violence de

mes sentiments me dominait, le visage de Cameron se drapait de ténèbres et je vis ses yeux luire d'un rouge bien trop familier. Devant la puissance de ma vision je reculai une fois encore, bousculant quelqu'un par mégarde. Je n'arrivais pas à quitter le monstre qui se métamorphosait sous mes yeux.

Ω

Il me happait par son simple regard. Ensuite, ce regard gagna, m'emmenant dans un monde cauchemardesque. Je me sentais aspirée vers une terre aride, sous le joug d'un soleil bien trop fort et en proie à une tempête de sable.

Alors que des vagues ensablées m'entouraient, la boîte de nuit m'apparaissait comme un lointain souvenir. Je sentais les grains pénétrer ma bouche pour venir se loger dans mes poumons.

De tout temps j'avais toujours pensé que la mort par noyade était la pire, sentir l'eau envahir ses poumons, ne pas pouvoir reprendre son souffle, s'amenuiser en force. Mais aujourd'hui j'en venais à reconsidérer cette idée. Mourir ensevelie par le sable égalait l'horreur de mon premier choix. Je me noyais tout en brûlant de l'intérieur. Le trajet de chaque particule venait arracher ma gorge et ma trachée. J'étais submergée par la douleur. Mes yeux s'étaient fermés pour échapper à la brûlure et au frottement, tandis que mon corps s'était prostré dans une position de soumission. Je me soumettais à ce monde qui

85

voulait ma mort, je me soumettais aux éléments qui me dominaient. Mais surtout, je me soumettais à ce monstre qui malgré mon médicament venait de me prouver qu'il avait toujours tout le contrôle sur ma personne.

— Lin ! Lin ! Relève-toi !

Une voix qui ne m'était pas inconnue me parvint aux oreilles. Mais il m'était impossible de me relever, je restais dans la prise de la tempête qui semblait se nourrir de ma peur pour se renforcer. Plus je sentais ma vie s'éloigner, plus elle devenait virulente. Une boucle sans fin et cauchemardesque qui recommençait. Tout comme avec LUI. Je me doutais qu'il était le maître de cette attaque. Il n'y avait que lui pour m'infliger cela.

— Ne meurs pas maintenant stupide humaine !

Pour faire face à la colère des mots prononcés, j'essayais de rire. Mauvaise idée. La seule chose que je parvins à faire fut de laisser entrer toujours plus de sable dans ma gorge. Je m'étouffais toujours plus. Je voyais la lumière de ma vie danser sous mes paupières closes. Elle s'amenuisait à chaque seconde.

— Oh tu m'emmerdes !

Un bras vint entourer mon buste, le corps de l'individu fit barrière entre ma carcasse mourante et l'attaque des éléments. Cette dernière sembla se calmer sans que je comprenne pourquoi. En à peine quelques instants, je fus libérée de toute emprise.

En revanche, la douleur, elle, n'avait pas quitté mon corps. Chacun de mes muscles était perforé de douleur, contracté sous l'effort qu'il venait de subir. En ouvrant les yeux, je vis une main dressée devant moi. Je prie cette dernière pour m'aider à me relever. Chancelante, je tombai dans les bras de mon sauveur.

Je pris une seconde pour l'observer et eus un mouvement de recul. Je me tenais face au "Marchand de Sable", sa cape lui recouvrait intégralement le visage, à l'exception de sa bouche. Ses manches étaient relevées, laissant apercevoir des tatouages qui me glacèrent le sang.

Le bout de son doigt était noir, comme couvert d'encre, mais je ne me faisais pas d'illusion, il s'agissait des ténèbres, du monstre sous le lit. Des phases lunaires étaient ancrées dans la chair de ses avants bras, des constellations venaient illuminer ce tableau sinistre. Mais le détail le plus effrayant de ce tatouage était la tache noire de laquelle deux yeux rouges ainsi qu'une griffe noire acérée cherchait à s'enfuir.

Absolument toutes mes peurs étaient incrustées dans la peau de ce monstre. Quand mon cœur commença à s'emballer, mes pieds reculèrent, et ma respiration se coupa sous le choc de la révélation. L'homme que je pensais être mon sauveur était le monstre qui hantait mes nuits depuis des années.

Le sourire qui me faisait face s'agrandit, laissant entrevoir des dents aiguisées, prêtes à me dévorer. J'étais bientôt morte. Il ne m'avait sauvée que pour entrevoir une lueur d'espoir dans mes yeux. Avant de m'anéantir complètement.

— C'est toi.

— Non.

Toujours cet air macabre sur le visage, il avançait vers moi. J'étais pétrifiée , prisonnière de mon propre corps. Je ne pouvais plus bouger, victime de la terreur qui me remplissait une fois encore.

Quand le monstre fut assez proche de moi pour que je puisse sentir son souffle sur mon visage, je le vis remettre une mèche de mes cheveux derrière une oreille. Il me caressa le visage, et vint nicher son nez caché par le vêtement noir dans mon cou. Je l'entendis prendre une grande inspiration avant de lécher ma peau et d'en grogner de plaisir.

— Ta peur à un goût si particulier Mélinoé. Je pourrais venir juste en la goûtant. Si tu savais, tu pourrais me faire tourner la tête si vite. Mais je ne suis pas le seul, LUI aussi pourrait perdre la raison en te contemplant.

Il me tapota la tête, comme on le ferait à une enfant, avant de poser ses lèvres sur les miennes. J'étais toujours paralysée, incapable de me défendre face à cette agression. Sa langue vint me caresser, avant que ses dents ne viennent me tirer doucement la lèvre inférieure. Un gémissement sortit de ma gorge sans que je ne puisse le retenir.

— Je ne suis pas le monstre dont tu parles. Celui-là est bien plus imprévisible, et ses desseins sont plus obscurs que les miens. Actuellement je suis ton meilleur allié, alors ne gâche pas tout ma Lin.

Le monde vacilla de nouveau, le bruit m'entoura, et l'obscurité dansa devant mes paupières.

Ω

Lorsque j'ouvris les yeux, j'étais toujours face à Cameron. Il me tenait à nouveau le poignet, mais la différence notable était que la colère dans ses yeux avait été remplacée par de la fascination. Du désir à l'état pur.

— Tu es mienne ma Lin. La mienne pour toujours. Arrête de chercher à me remplacer, tu m'as dans la peau. La pensée de ma personne coule dans tes veines. Je suis le poison qui te tient éveillée chaque jour.

Je récupérais ma main, mais cette fois ma détermination était réelle. Je m'approchai de lui, envahissant son espace vital, pris son menton entre deux de mes doigts, le forçant à tourner la tête pour parler directement à son oreille.

— Je ne me répéterai pas. Tu es un connard. Je te hais. Je t'ai dans la peau et dans le corps c'est certain. Mon cœur t'appartient, mais je ne suis pas ta putain. Je ne suis pas à ta disposition, je ne t'attendrais plus.

La douleur des griffes enserrant ma gorge avait commencé dès le second mot prononcé, pourtant je ne m'étais pas démontée, continuant ce monologue. J'avais besoin de dire ce que je pensais et de mettre les choses au clair.

— Tu vas bien ?

La voix de Jace m'envahit. Le jeune homme venait d'apparaître derrière moi, passant un de ses bras autour de mon ventre dans un geste protecteur et un tant soit peu possessif. Le regard de Cameron naviguag de moi à ce bras à plusieurs reprises.

89

Je hochai la tête en guise de réponse sans pour autant quitter Cameron des yeux. Ce dernier s'excusa et partit, nous laissant seuls. D'un sourire, je rassurai mon compagnon sur mon état.

Il dut cependant comprendre que je n'étais plus dans les dispositions particulières de la boîte de nuit puisqu'il me prit par la main et m'emmena vers la sortie. Il récupéra sa veste et mon sac à main dans le vestiaire et me fit marcher. Tout du long de cette balade, il meubla la conversation d'anecdotes sur sa famille, son passé, son travail à l'hôpital.

Il me permettait de penser à autre chose qu'à la confrontation avec mon ex-amant, et pour cela, je lui étais extrêmement reconnaissante.

Après un certain temps, il se stoppa, tirant sur ma main qui tenait la sienne. Nous nous trouvions face à la devanture d'un glacier réputé de la ville. Cet endroit était plein, de l'ouverture à la fermeture. Pour une simple glace il fallait attendre au minimum, et encore, dans les jours pluvieux une heure et demie. Les prix, eux aussi, avaient des raisons de me faire rebrousser chemin. Malgré tout l'argent que possédait ma famille, je voulais payer mes plaisirs grâce à mes propres économies acquises par le travail.

J'attendis que Jace parle, mais il se contentait de me regarder un grand sourire aux lèvres. Il ne bougeait pas, commençant à s'amuser de mon incompréhension la plus totale. Je le vis sortir d'une poche une clé avec laquelle il ouvrit la porte. Il passa un badge sur l'alarme, la désactivant avant de me faire signe de rentrer. Je le vis évoluer dans l'espace comme s'il le faisait tous les jours.

J'avais beau essayer de lui parler, rien n'arrivait à sortir de ma bouche. Cela me contrariait de ne pouvoir lui demander tout ce qui me passait en tête.

— La boutique appartient à mon père. Je viens souvent ici la nuit. Je peux te demander quel parfum tu veux ?

Mes lèvres s'ouvraient et se fermaient, mais rien ne pouvait sortir. Je sentais les griffes de l'ombre s'enrouler autour de moi, et j'entendais la voix me murmurer à l'oreille :

— Ma Lin, si tu ne parles pas de moi, je ne te laisserai jamais parler. Je suis ta raison de vivre, tu n'existes que pour me craindre.

Je secouais la tête pour chasser le monstre de ce moment romantique où seul Jace et moi devions exister. En cherchant ce dernier, je vis qu'il avait disparu, me laissant au centre de la pièce éclairée par la seule présence de la Lune à travers la baie vitrée.

Les voitures passaient dans la rue, et dans la lueur de leurs phares, je voyais le monstre se dresser sur ses pattes arrières velues, ses deux billes rouges fixées sur moi. Mon cœur battait bien trop fort, et ma respiration se coupait de manière aléatoire entre deux inspirations bruyantes.

— Tu aurais dû allumer la lumière. Fais comme chez toi.

La voix de mon partenaire me fit me retourner tandis qu'il éclairait la boutique d'une douce lumière halogène me rassurant. Dans ses mains, se trouvait un saladier gigantesque avec des boules de glace dépassant et coulant de toutes parts. Il le posa sur une table et m'invita à le rejoindre.

— Je ne savais pas ce que tu voulais comme glace, donc dans le doute je les ai toutes prises.

Il ne mentait pas, tous les parfums étaient là. Et pour la première fois, je réussis à parler librement, sans avoir peur de la douleur, de LUI, ou de bégayer.

— J'adore les crèmes glacées, même si aucun goût ne dépassera jamais le tiramisu. Mais j'avoue avoir une préférence pour les sorbets. Par contre mets-moi devant une glace à la noisette et je ne réponds plus de rien !

Malgré son air surpris, il me regardait tendrement. On aurait dit qu'il cherchait à ne pas laisser percevoir ce qu'il ressentait. Il ne voulait pas me brusquer et pour ça, une fois encore, je le remerciais intérieurement.

— Le son de ta voix est magnifique. Plus doux et cristallin que ce que j'avais imaginé. Je pourrais t'écouter parler pendant des heures, de tout et de rien.

— Ne t'y habitue pas. C'est exceptionnel. Je ne sais pas quand je ne pourrai plus, ni même pourquoi là, je peux.

La soirée continua, je refusais de me taire, je voulais profiter de cet instant de répit, de cette lueur de bonheur dans l'océan triste et morne des jours qui passaient. Il me parla de la pluie et du beau temps, et je lui fis la conversation, ponctuant le tout par des épisodes de ma vie. On passa sous silence, d'un accord tacite, ma maladie et mes anomalies.

Il me raccompagna chez moi aux alentours de trois heures du matin. Et devant le seuil de ma porte d'entrée, tandis que j'étais sur la marche la plus haute de mon perron, je me penchai vers lui et scellai nos lèvres d'un doux baiser chaste.

Les flashs qui m'envahirent me firent très vite regretter cette action. Je fus assaillie de ténèbres, de monstres, de hurlements et de haine à l'état brut. La violence m'envahit, me faisant reculer, ébahie par cette découverte. Lorsque j'embrassais Cameron, je me retrouvais plongée dans une mer de bonheur, mais lorsque je m'approchai de Jace seules les ténèbres m'accueillaient.

J'ouvris la porte de chez moi et y pénétrai sans un mot ou regard en arrière. M'écrasant sur la porte une fois fermée, me laissant glisser contre elle. Je ne comprenais pas, je ne comprenais plus.

CHAPITRE 7

Allongée dans mon lit, les veilleuses allumées, je ne savais plus où j'en étais. Les hommes de ma vie allaient dans tous les sens. J'étais prisonnière de quatre personnalités, chacune aux antipodes les unes des autres. D'un côté Cameron. Il possédait mon cœur, et mon corps depuis bien trop longtemps. Il se servait de moi, me mentait pour me garder sous son emprise. Pourtant, il lui suffisait de m'embrasser une fois pour me faire voir l'espoir et le bonheur d'une relation avec lui. Après notre dernier échange de cette nuit, je ne pensais pas qu'un « nous » soit encore d'actualité. Problème réglé. Pourtant, une crainte persistait, celle qu'il parle de notre tromperie à Jace, mon frère ou sa copine.

Jace. Le jeune homme était bien plus âgé que moi, mais sa candeur et sa timidité m'enlevaient tout doute à son sujet. Il était tout simplement adorable, et n'avait pas pris peur devant ma folie. Il apprenait à me connaître, allait à mon rythme et acceptait mes vagues de silence glaçantes. Mais ce baiser me laissait un goût amer. La terreur et la noirceur qui m'avaient saisie quand ses lèvres s'étaient posées sur les miennes me faisaient encore frémir.

Le Marchand de Sable était unique. Je n'arrivai pas à le cerner. J'avais l'impression de danser avec deux individus distincts. Une fois il semblait distant, froid et sarcastique, se contentant de me laisser dans le flou de son royaume, de me donner l'ordre de l'aider sans rien m'offrir en échange. L'autre fois, comme lors de notre dernière rencontre, il n'était plus le même. Pour être exact, il avait changé lorsqu'il avait traversé le nuage de sable. Il était devenu l'ombre du croque-mitaine. Il avait vacillé, se nourrissant de ma peur, me terrorisant. J'avais pensé mourir de ses griffes.

Le Croque-Mitaine, lui, était à part. Juste penser à lui me fit gigoter dans mon lit. Je dus d'ailleurs lancer un regard à la porte de mon placard pour m'assurer qu'elle soit correctement fermée, une piètre protection contre le monstre. Une fois un peu apaisée, je repris le cours de mes pensées. Il semblait vouloir me faire du mal, mais pas forcément me blesser, enfin je l'espérais. Il se nourrissait de ma terreur pour amplifier son ascension sur moi. Je voyais qu'il pouvait maintenant se déplacer librement dans le monde, qu'il était devenu tangible. Il m'attirait dans son royaume pour un dessein qui m'était encore obscur, mais dont je voulais rester éloignée autant que possible.

Je ne cessais de me tourner et retourner dans le lit par peur de voir le dernier de ces hommes apparaître. Malgré la lourdeur de mes paupières, je ne pouvais pas fermer les yeux. Quand la lumière sur mon chevet de table se mit à vaciller, je sus qu'il était trop tard. IL m'avait entendu. J'avais sûrement créé un pont entre son monde et le mien, l'amenant à moi. Je commençais à concevoir les liens qui nous unissaient, plus je pensais à lui, plus le passage se matérialisait.

— Lin. Ma rêveuse.

Une ombre provenant de sous le lit s'étendit sur mon parquet, Il avançait dans mon monde. Si je diminuais la peur qu'il m'inspirait et que j'arrivais à penser à autre chose, il disparaîtrait. Je me levais donc doucement du lit, mettant un pied, puis l'autre au sol, prête à aller me servir un verre d'eau dans la cuisine. J'occupais mon esprit en comptant le nombre d'heures de cours moyen dans une semaine, et le nombre que j'avais manqué depuis la rentrée. Je réussis à arriver jusqu'au frigo sans encombre. Une fois la porte ouverte du frigidaire, la lumière rassurante venant m'envelopper, je respirai bruyamment. J'avais vaincu. J'avais réussi à le repousser.

Je ne savais pas si Mr.Guibs avait raison, et que mon seul ennemi était moi-même, ou s'il s'agissait bien d'une emprise que je lui cédai par le biais de la frayeur. Dans les deux cas, IL dépendant de ma personne, il était fort, que parce que je lui en donnais l'opportunité.

Je pris une bouteille d'eau, que j'ouvris et y bus directement à la bouteille. Elle était glacée et me permit de me rafraîchir. Les températures étaient bien trop hautes pour la saison. Mon haut était collé à mon dos par la transpiration. Je tentai de me convaincre qu'il ne s'agissait que de la chaleur et non de ma peur.

Jusqu'à ce que je sente une main effleurer mon échine. Je voulus me retourner mais une seconde vint se positionner sur ma bouche juste avant qu'un corps se colle à moi. Je reconnaissais l'odeur caractéristique de la terreur. Elle irradiait de chacun de mes pores. Je posais la tête sur le torse derrière moi, et me relaxais, ou du moins, j'essayais, si je contrôlais ma terreur, il aurait moins de pouvoir sur ma personne.

— Lin, tu es une invitation au péché.

— Pourquoi tu me fais ça ?

Je pris la parole une fois sa main initialement sur mes lèvres, descendue le long de mon bras. Il me caressait comme le ferait un homme avec son amante. Son geste était doux, légèrement possessif et un brin fougueux, mais il ne me terrifiait plus autant qu'auparavant. Avais-je réussi à diminuer la peur de mon propre chef, ou était-ce lui qui ne cherchait pas réellement à m'effrayer en cet instant?

— Tu m'appartiens. Je te terrifie quand je le veux, mais là tout de suite ce n'est pas mon intention. Je te veux bien plus intimement. Plus profondément. Plus violemment.

Il prit ma main et la guida sur ma poitrine. Il imposa une pression sur mon corps, je me sentais tendre sous le tissu de mon haut, mes seins réclamaient cette caresse, peu importe qui était celui qui la leur donnerait. Un léger soupir s'échappa de mes lèvres.

— Je veux te montrer ce que je pourrais t'offrir si tu me choisissais.

Il continua de guider mon propre corps dans sa découverte du plaisir. J'avais déjà eu des orgasmes seule ou avec Cameron, mais là, c'était différent. Mon excitation se mêlait à ma terreur. Car chaque souffle de sa respiration venait hérisser les poils de ma nuque, et je n'enlevais pas l'idée qu'il pouvait me tuer quand il le souhaiterait. Je n'essayais pas de l'en empêcher. Je vacillais au gré de sa voix suave, de ses gestes assurés et de la boule de chaleur qui naissait dans mon bas-ventre.

Ma main arrivait proche de mon bouton de chair quand j'entendis une simple phrase qui me ramena à la réalité.

— Mélinoé c'est toi ?

La main qui, quelques secondes avant , m'indiquait le chemin à suivre, me recouvrit la bouche à nouveau. Mon corps entier avait effectué un trois cent soixante degrés. J'étais désormais plaquée à son torse, ma tête enfouie dans son cou, m'empêchant de pouvoir le distinguer. J'avais le dos et les fesses enfouis dans un bac du frigo. J'étais entièrement cachée par la porte ouverte.

Dans cette configuration, mon frère ne pouvait ni me voir, ni distinguer le corps de mon cauchemar.

— Ne dis rien, ma rêveuse. Nous nous reverrons très vite.

Lorsque la main de mon frère vint se poser sur l'entrebâillement de l'électroménager avec lequel je me cachais, le poids du corps du Croque-Mitaine disparut. Ma tête passa dans mon champ de vision et il cria de surprise, en s'écartant au plus vite.

En regardant mon propre corps, je compris ce qu'il

venait de voir. J'avais les cheveux emmêlés, une main sur ma bouche et l'autre plongé dans la profondeur de ma lingerie. J'étais toujours à moitié dans l'étage du frigidaire. Je passais pour une obsédée qui venait se satisfaire dans le bac à légumes de ses parents.

— Putain Méli' ! Mais tu fous quoi ?

— C'était LUI. Il est venu et il m'a bloquée ici, il me touchait, il me faisait...

À peine la phrase sortie de mes lèvres, qu'une multitude de choses se passèrent simultanément. J'eus un hoquet de surprise devant la facilité déconcertante avec laquelle j'avais parlé de lui, sans douleur. IL me susurra à l'oreille « Entièrement mienne ». Et le regard de mon frère me fit prendre conscience de l'image de folie que je devais renvoyer en cet instant.

Je fermai la porte, et fis face à Hélios. Il avait les bras fermement serrés contre son corps, et il cria le nom de notre mère sans me lâcher des yeux. Mais mon attention à moi était plongée vers l'ombre, dotée de deux yeux rouges et à la forme humaine qui marchait en longeant les meubles. Ma tête le suivit jusqu'à ce qu'il disparaisse intégralement de mon champ de vision. En reportant mon attention sur mon frère, je notais que ce dernier avait suivi le même chemin visuel que moi. Mais maintenant que son regard accrochait le mien à nouveau, je compris. Il ne voyait rien, je l'avais oublié. Seule moi était capable de voir cette faille inter-monde.

— Tu le revois n'est-ce pas ?

J'eus beau nier de la tête, il ne prit pas en considération

ma réponse. Il savait que je mentais. Ma mère arriva dans la pièce et alluma l'interrupteur, nous plongeant dans une lumière si agressive que je dus cacher mes yeux pour leur laisser le temps de s'habituer à autre chose qu'aux ténèbres.

En papillonnant des yeux face à l'invasion lumineuse, je vis le regard de pitié que me lançait ma mère. La prise de conscience était violente. Tous mes proches me prenaient pour une folle. Je n'avais rien fait de mal pourtant. Je prenais mes médicaments chaque jour depuis une semaine.

— Ne bouges pas d'ici Mélinoé.

Mon frère revient vite avec mon pilulier et quelque chose m'alarma. Il n'était pas dans l'état dans lequel je l'avais laissé. Les journées de lundi à mercredi étaient bel et bien vides, mais celles de jeudi et vendredi avaient encore un demi, voire un cachet à l'intérieur, quant à la case de samedi, elle était entièrement pleine. Je les avais pourtant tous pris, le monstre se jouait de moi. IL cherchait à renforcer l'image de malade mentale que j'avais. Il avait tout orchestré pour que je passe pour une folle ne prenant plus son traitement.

— C'est donc cela ! Pendant une semaine tu prends ton traitement tout va bien ! Et tu penses être assez soignée pour l'arrêter ?

Les cris de ma mère amenèrent mon père dans la cuisine. Il nous observa à tour de rôle, et se focalisa sur mon traitement. Le regard qu'il me lança me glaça le sang, car il me transmettait trop de choses. Il essayait en un simple contact visuel et un demi-sourire à me faire déculpabiliser, il pensait que c'était ma maladie qui me faisait agir ainsi et que je ne pouvais pas aller contre. Mais j'avais pris mon traitement, je n'étais pas folle ! Je voyais simplement des choses que le monde refusait de voir. Tous les enfants les voyaient aussi, seulement en grandissant, ils perdaient cette faculté. Je priais chaque jour pour perdre cette capacité, mais je n'étais pas folle. Et j'avais pris tous mes médicaments cette semaine.

— Mé… Cament… Pris !

En prononçant ces deux mots incomplets, je dus encercler mon cou de mes mains pour essayer de pallier la douleur de SES griffes raclant sur la paroi de mon œsophage. Ma gorge me faisait souffrir le martyre, m'obligeant à m'asseoir sur l'un des tabourets pour ne pas m'écrouler.

— Elle m'a encore parlé de lui quand je l'ai trouvée en transe.

Je jetai un regard meurtrier à mon frère qui me dénonçait sans la moindre hésitation. Ma mère et mon père soufflèrent de concert. Je les avais déçus, ils pensaient que tout irait pour le mieux avec ce nouveau traitement, mais ce n'était pas le cas. Aucun médicament ne me guérirait puisque je n'étais pas folle.

Les quelques minutes suivantes furent simples. Ma mère laissa un enregistrement sur la messagerie de mon médecin, lui demandant s'il ne serait pas judicieux de me faire faire un petit séjour en hôpital psychiatrique. Mon père me fit prendre mon traitement, m'ordonnant de lui montrer que je l'avais bien avalé et pas caché sous ma langue.

— Ça va ?

La voix de Cameron perça le voile de somnolence qu'avaient engendré les médicaments. Il se tenait dans l'embrasure de la porte de la cuisine, et à cet instant, j'aurais juré qu'il avait exactement la même carrure et la même forme que LUI. En croisant mon regard, il me fit un clin d'œil et un sourire en coin.

— T'inquiètes Cam, juste Méli qui a encore vrillé.

— Elle n'a pas « vrillé » ! Elle a juste arrêté son traitement. Mais ça ira mieux désormais.

Ma mère le reprit immédiatement par habitude. Elle ne supportait pas qu'on évoque ma différence devant des gens, excepté Cameron. Ce dernier était si souvent là qu'il pouvait réciter la liste de mes différents médicaments et leurs doses journalières de mémoire.

Il vint s'accroupir entre mes jambes, toujours ce même sourire aux lèvres. Il remit une mèche de mes cheveux derrière l'oreille avant de prononcer une phrase qui me brisa le cœur.

— Ma Lin, tu rêves debout. Mais ça ira, je suis là pour toi si tu as besoin. Tu es comme ma petite sœur après tout.

Il m'avait appelé « Ma Lin ». En y repensant, il le faisait toujours. Il avait instauré cette marque pour le côté possessif, mais LUI aussi l'employait. Je crus discerner dans les yeux de l'individu devant moi une lumière rouge et me reculai brutalement. Tout s'expliquait, c'était LUI. Il était jaloux, possessif, m'envoyait dans ce monde quand il vacillait. J'avais vu les ténèbres lors de notre dispute dans sa voiture, il était dans la boîte de nuit quand j'avais vu cette ombre. Le seul moment de répit que j'avais était lorsqu'il se trouvait avec moi. Toutes les pièces du puzzle se liaient les unes aux autres. Cameron était le monstre qui se nourrissait jour après jour de ma folie et de ma détresse.

Il se jouait de moi, me faisait mourir de terreur, au point de pouvoir vivre autre part que dans le placard, sous le lit et son monde.

J'eus beau essayer de prévenir mes parents, seuls des balbutiements sortaient de ma bouche, des bruits sans formes, sans aucun sens. Pourtant le sourire du monstre me confirma qu'il lisait dans mon esprit et savait que j'avais irrévocablement relié les informations.

Mon frère et lui repartirent dans le salon pour continuer leurs nuits de films d'horreur. Ma mère et mon père m'invitèrent à dormir entre eux, ce que j'acceptais, terrifié à l'idée qu'IL vienne s'introduire dans ma chambre.

Ω

Une longue semaine passa, une semaine régie par deux heures de rendez-vous avec Mr.Guibs quotidiennement, où je dus parler de LUI, le détaillant, décrivant ce qu'il me faisait ressentir. J'évoquai même cet autre monde, le Marchand de Sable, sa bipolarité, ses comportements anormaux et la tâche qui m'était attribuée pour relier le monde des rêves et des cauchemars. J'étais la rêveuse éveillée. J'avais un rôle primordial dans cette histoire.

Je gardai pour moi l'information sur Cameron. Je savais que celle-là me vaudrait un aller simple pour l'hôpital Sainte Thérèse. Mr. Guibs avait réussi à m'y faire échapper jusqu'ici, je n'allais pas abuser de sa bonté.

Je dus convaincre mon médecin que toutes ces visions n'étaient que des hallucinations et que, maintenant que j'étais sous traitement et non dans une crise de démence, je m'en rendais compte. Cela fut plus compliqué que prévu de paraître d'accord avec cette idée, mes dents grinçaient à chaque fois et je dus pincer l'intérieur de mes cuisses jusqu'au sang pour compenser.

Chaque journée fut également accompagnée d'une réunion avec des schizophrènes. Ces cercles de parole étaient censés nous permettre de raconter nos hallucinations, et devant la folie de celle des autres, prendre conscience que les notres n'étaient pas réelles non plus. Cependant, ne pouvant parler, c'était ma mère qui les décrivait pour moi, et vu le dégoût et la façon dont elle expliquait, même moi, je la prenais pour une folle. Ce dont elle parlait n'avait rien à voir avec ce que je vivais, elle déformait ma réalité pour la faire paraître encore plus irréelle.

Nous continuions les journées par deux heures de rattrapage de mes cours, que mes professeurs m'envoyaient par mail. J'étais perdue, seule, certaines matières restaient incompréhensibles (toujours la mécanique quantique et la physique statistique). Certains professeurs m'envoyaient des cours avec des fautes dans les formules qui m'embrouillèrent et me prirent plus de temps que je ne pouvais leur donner à décrypter. Heureusement ma journée ne dépassait jamais les trois cours au maximum, ainsi, je n'avais pas raté autant d'heures que dans une autre filière.

Les repas se faisaient dans la cuisine, sur l'îlot central, sous la surveillance de Magdalena, ma nourrice, qui veillait à la bonne prise de mon traitement. J'avais perdu le droit de manger avec ma famille tant que je n'étais pas rétablie, punition de ma mère allant à l'encontre des conseils de tous mes médecins. Mais elle n'en faisait qu'à sa tête, convaincue que l'isolement familial favoriserait mon envie de reconnaître ma folie.

Je prenais mes cachets, mais j'étais hagarde, je m'endormais tout le temps, et j'avais cette impression quasi permanente d'avoir les membres ankylosés, lourds et fatigués. Les médicaments m'enlevaient aussi mon côté pétillant, ils annihilaient ma joie. C'est du moins l'impression que j'en avais.

Cameron était venu, encore, dormir à la maison ce week-end. J'avais réussi à l'esquiver tout du long, dormant entre mes deux parents, prétextant avoir peur que le traitement cesse d'agir. Lorsque j'étais dans cet état, ils n'avaient pas le cœur à me le refuser. Je les soupçonnais de dormir ensemble que lorsque j'étais là.

Depuis ma prise de conscience la semaine précédente, je n'avais plus été emmené dans cet autre monde, et je n'avais plus vu le Croque-Mitaine. Tout était lié, il attendait, se délectant d'avance du moment parfait pour se jouer de ma peur. Il choisissait dans l'ombre l'instant le plus opportun pour ressurgir.

Jace tenta de venir me voir par trois fois durant la semaine, mais on m'interdit de le voir, prétextant une mauvaise grippe contagieuse. Il insista auprès de ma mère, ne comprenant pas pourquoi je ne répondais pas non plus au téléphone. Elle lui affirma avec aplomb qu'on me l'avait enlevé, car les écrans étaient mauvais pour ma guérison.La réalité était que je n'avais aucun droit de communiquer avec le monde extérieur tant que je n'étais pas guérie de ma crise.

Cependant il était médecin… Il comprit très vite que le tout était lié à ma maladie mentale et qu'il valait mieux retenter de me voir tous les deux, trois jours.

Je ne comprenais pas mes parents, ils disaient au monde que je ne parlais pas, mais niaient ma maladie en société. On ne savait jamais, cela pourrait entacher leurs réputations, ou pire les contaminer à leur tour.

Le lundi je n'eus, toujours pas le droit de retourner en cours, je dus attendre une nouvelle semaine supplémentaire pour retomber en enfer. Une nouvelle semaine de rendez-vous, de cercles, et de traitements assommant avant l'affrontement.

CHAPITRE 8

Ce fut en allant en cours de thermique le mardi matin, que je me dis qu'il était peut-être temps de songer à arrêter les études. J'avais à peine mis un pied en dehors de la voiture du chauffeur familial que je percutais Cameron. Il était indéniablement beau, simplement vêtu d'un short de sport et d'un t-shirt, mais je ne devais pas me laisser berner par cette gueule d'ange.

— Tiens mais ne serait-ce pas ma Lin ?

Je tentai de le dépasser sans lui prêter le moindre intérêt, mais c'était sans compter sur sa détermination. Il me suivit sans se dévêtir de son sourire. Il tenta de me parler de la météo, de ses prochains cours, et de sa déception de ne pas m'avoir vue dans ma propre maison. Je persistais, Et il dut en avoir marre, car il attrapa mon poignet pour m'obliger à m'arrêter et à lui faire face.

— Mélinoé ! Tu vas arrêter de me faire la gueule ? C'est bon, j'ai compris le message, je dois rompre avec Natacha. Je vais le faire, mais ne sois pas comme ça avec moi.

Je dégageai mon bras et après l'avoir regardé de haut en bas avec dégoût, je partis rejoindre mon cours. Il ne devait pas interférer dans ma vie, j'étais persuadée qu'en prenant sereinement mes médicaments et en le faisant se désintéresser de moi, je ne serais plus attaquée par les ténèbres. La clef de tous mes problèmes était d'éloigner Cameron.

Lors du cours, j'appris une nouvelle forme du premier principe de la thermodynamique. Cette matière me fascinait, tout découlait toujours de réactions incroyables, et notre professeur était si captivant dans ses explications qu'il parvenais à me convaincre. J'étais assise à côté d'Antoine, qui une fois les deux heures finies me proposa de venir manger avec lui et ses amis.

Après mûre réflexion, je me dis qu'il était temps de me sociabiliser, je hochai donc la tête, le suivant à travers le campus jusqu'au restaurant universitaire. Là-bas, nous retrouvèrent trois de ses amis qui m'accueillirent immédiatement avec le sourire.

Antoine avait eu la politesse de les prévenir que je ne parlais pas, ainsi aucun ne me trouva anormale, ou du moins, ils ne le montrèrent pas, quand j'écrivis sur un carnet pour communiquer avec eux. Ils étaient tous loufoques et moqueurs. Je me sentais à ma place, à rire tout du long du repas.

Tandis que l'un d'entre eux nous racontait une anecdote sur lui en classe de primaire, je relevai les yeux et croisai mon frère accompagné de Cameron et de Natacha. Il la tenait par la hanche tandis qu'elle le regardait amoureusement. Mon frère s'arrêta à notre table, salua mes nouveaux amis, et me demanda de le rejoindre au stade après mon dernier cours. Il me ramènerait en voiture à la fin de son entraînement. Encore une fois, je n'avais pas vraiment le choix.

Cameron garda le regard fixé sur moi, tandis qu'il tenait encore sa poupée dans ses bras. Moi, je ne lui accordais pas la moindre attention. Je voulais qu'il comprenne que notre histoire était finie.

Quand ils s'éloignèrent, mes potes se moquèrent du côté dominant de mon frère qui ne faisait que donner des ordres. J'eus beau le défendre en argumentant que c'était sa façon de me protéger, ils continuèrent de rire jusqu'à notre cours d'économie.

Pour une fois, je m'assis avec eux, riant à demi-mots à leurs blagues nulles, et n'écoutant que d'une oreille discrète le professeur. Lorsque l'heure toucha à sa fin, je leur fis un signe de main, prête à rejoindre Hélios. Antoine m'accompagna et resta pendant la totalité de l'entraînement à mes côtés, commentant sans cesse les performances des joueurs sur leurs lancers francs et leurs dribbles. Je me contentais de hocher la tête, et de crier quand c'était le tour de mon frère.

— Je vais juste me laver et je reviens, ne bouge pas d'accord ?

Antoine était rentré chez lui, me laissant seule avec mon frère. Ce dernier venait de m'avertir qu'il allait à la douche avant de prendre le chemin des vestiaires. J'aurais aimé avoir mon téléphone pour m'occuper, mais je n'avais, pour le moment, toujours pas récupéré ce droit pour le moment, je me décidai donc à sortir un livre de mon sac. Une histoire d'amour vu et revu qui arriverait tout de même à me faire verser ma petite larme lors du dénouement final.

Je lus pendant ce qui me sembla une éternité avant que les lumières ne grésillent fortement, me ramenant à l'horreur de ma réalité quotidienne. Fâce à moi, dans l'obscurité, se dressait le monstre aux yeux rouges, au dos velu arc-bouté et aux crocs sortit.

Tandis qu'il avait, pas à pas, j'étais une fois de plus paralysée. Il n'était plus qu'à un mètre de moi quand une de ses griffes vint effleurer ma cheville. Un simple effleurement et je me sentis vaciller. Emmenée de nouveau dans cet autre monde.

Ω

Une sensation de chute sans fin me prit aux tripes. En ouvrant les yeux, je me rendis compte qu'il ne s'agissait pas simplement d'un ressenti. J'étais en pleine chute libre, l'air me fouettait le visage, il n'arrivait plus à entrer dans ma gorge, je me sentais étouffer. Je ne cessais de tourner sur moi-même, et lors de ces changements de positions aériennes, je réalisais que ce qui allait m'accueillir n'était autre qu'une vaste étendue d'eau obscure.

Je voulais crier, mais l'accélération de mon corps me privait de tout usage de mes cordes vocales. Lors de l'impact, je sentis chaque partie de mon corps toucher l'eau, ce fut comme si je me prenais des claques sur chacun de mes muscles. Je n'eus pas le temps d'y réfléchir plus longtemps que je plongeais dans cet abysse. J'eus le réflexe de chercher de l'oxygène, encombrant ainsi mes poumons de ce liquide qui était en fait tout sauf de l'eau.

Je me sentais attirée vers la profondeur du lac, j'avais beau battre des jambes et des bras, je n'arrivais pas à remonter, je sombrais toujours plus. Soudain, je sentis comme une liane, une algue s'accrocher à ma jambe. Des ronces vinrent perforer la peau de ma cheville, à l'emplacement exact où m'avait touché le monstre dans le gymnase. J'éprouvais une douleur non pas suave comme le liquide qui remplissait mes poumons, mais une souffrance vive qui se propageait comme un poison le long de ma jambe. Je me sentais vaciller, mon espérance de vie était comptée, la noyade m'ouvrait les bras. Me guettait

Je me laissai sombrer dans la profondeur de ce marécage, laissant ma poitrine se gonfler de ce liquide opaque et épais, jusqu'à ce que mes paupières s'ouvrent à l'arrivée d'une lumière. Sous le semblant d'eau, me faisait face un monstre digne d'un cauchemar. Une créature ondine, à la peau noire scintillante, aux dents pointues, aux yeux luisants et rouges, enveloppée d'un halo de lumière blanche, me tendit sa griffe. Je la pris sans hésiter, me disant qu'il serait préférable de finir mangée que noyée. J'attrapai sa griffe, qui m'entailla la paume. La créature me ramena à la surface, me laissant agir comme un poids mort sur elle.

Une fois la tête hors de l'eau, elle me ramena sur le rivage fait de sable fin et doré et m'y allongea. Je ne comprenais pas. Mais mes paupières se fermèrent d'elles-mêmes. J'étais épuisée. Une obscurité se dressa devant mes yeux clos, et je fus tenté de la suivre. Toutefois la pression de deux mains sur ma cage thoracique me fit rouvrir les yeux tandis que je sentais de l'eau dans mes poumons se faire pomper et ressortir par ma bouche. Je recrachai le liquide qui m'arrachait l'œsophage sur son passage, des points lumineux dansèrent devant mes yeux. Je dus me rasseoir pour extraire les bribes d'eau dans une toux lancinante. Je pris de grandes inspirations, cherchant à rétablir l'équilibre cardiaque de mon corps.

Une main me prit la cheville. De peur, je la retirais immédiatement. En regardant dans la direction, je vis une douce jeune fille, à la longue cascade de cheveux blonds emmêlés dans son dos. La femme était nue, des plaies encore ensanglantées recouvrant ses côtes et le visage tuméfié. Un œil au beurre noir venait habiller le regard de détresse qu'elle me lançait. Ses crocs n'étaient plus présents.

— Qui es-tu ?

La femme voulut parler, mais seul un bruit strident sortit de ses lèvres. Un bruit si aigu qu'il raisonna dans ma tête. Le son était criard, mais en croisant les yeux embués de la personne, je compris qu'elle aussi était peinée de ce son.

— Tu ne peux pas parler ? Il n'y a pas de problème, je connais très bien cette situation. On peut communiquer autrement si tu veux.

Je lui montrai en dessinant dans le sable luisant et chaud qui nous entourait. Je dessinai deux bonhommes bâtons en la montrant elle et moi, tour à tour. Elle me fit un sourire triste, comprenant où je voulais en venir. Elle dessina des notes de musique près de son personnage suivi d'une croix. Elle ajouta un coquillage en le pointant à plusieurs reprises.

La bonne nouvelle c'est qu'elle me comprenait quand je parlais ma langue, peut-être était-ce une particularité du monde des rêves et des cauchemars. Tout le monde devait parler la même langue en ces lieux. Cependant, elle continuait d'appuyer un de ses doigts, sur lequel l'ongle manquait, sur la forme devenue floue de son dessin.

— C'est ça qui te manque pour parler ?

Elle hocha la tête et me montra l'étang. Je comprenais la suite des évènements, mais je ne voulais absolument pas y retourner.

— Pourquoi ne vas-tu pas le chercher ?

Lorsqu'elle s'approcha de l'eau et y mit la main pour la toucher, je pus voir son corps se métamorphoser en ce monstre que j'avais vu précédemment. C'était donc ça. Elle était maudite, se transformant en cet ondin dès qu'elle était en contact avec le lac.

Après de nombreux griffonnages sur le sable, et d'erreur d'incompréhension me valant une multitude de cris et me faisant grincer des dents, je parvins à la conclusion qu'il me fallait plonger dans le marécage maudit, affronter un peuple de gardien, et y échanger quelque chose pour récupérer ce coquillage.

— Je ne vais pas te mentir, ça ne me réjouis pas particulièrement de devoir le faire. Mais tu m'as sauvé la vie, je te dois une faveur.

La demoiselle me sourit tristement une dernière fois, me faisant un signe de la main. J'allais mettre le premier pied dans le liquide opaque quand elle m'attrapa le poignet et me fit tourner vers elle rapidement, posant ses lèvres sur les miennes. Je sentis sa langue caresser ma lèvre et demander l'accès. Je le lui offris sans réfléchir. Quand nos deux bouches se touchèrent, je sentis quelque chose pousser dans ma cage thoracique, des douleurs naquirent dans mes côtes et mon cou sembla se faire ouvrir. Elle me relâcha et pour la première fois son sourire était sincère.

Je tentai de prendre une grande respiration, mais mon corps refusa, préférant visiblement cracher du sang. Mue par un instinct obscur, je plongeai tête la première dans l'étendue noire. Une fois à l'intérieur, j'ouvris les yeux. Je voyais parfaitement. Je pouvais respirer, rien ne se passait anormalement. J'étais dans mon élément. L'ondine m'avait transmis sa capacité à respirer dans ce marécage. Je partis donc en nageant vers le cœur des profondeurs, sur le chemin je croisai d'autres créatures monstrueuses, mais aucune ne fit attention à moi. Il me fallut quelques minutes et beaucoup de mouvement de bras pour rejoindre le château dont m'avait parlé la jeune femme.

L'édifice ressemblait à celui de la petite sirène. Des coraux de toutes les couleurs, des multitudes de coquillages, et une splendeur sans précédent. Sans que je comprenne comment, je pus marcher sur le sol comme un être humain. Je m'avançai vers les portes du palais, et elles s'ouvrirent avant même que je n'y pense.

Une fois à l'intérieur, tout changea, le décor était noir, les murs luisants de pétrole, et l'ambiance y était lugubre. Tandis que je m'avançais vers l'unique trône royal présent dans la pièce, un sentiment de malaise m'opprimait de plus en plus. Une créature ondine, trois fois supérieure en taille à celles que j'avais rencontrées jusque-là, était installée dessus.

Les portes se fermèrent, m'isolant avec le monstre. Ce dernier me regarda attentivement, tandis que je dansais d'un pied sur l'autre, ne sachant quoi dire. Voilà qu'alors que j'étais enfin en mesure de parler, rien ne voulait sortir.

— Mélinoé, tu es la traverseuse. Je t'attendais.

La voix était claire et limpide, presque douce. Je la sentais me caresser le corps tout entier, elle me donnait envie de me blottir contre elle et de ne plus jamais me défaire de son étreinte rassurante.

Je hochai la tête face à la créature mi-homme, mi-monstre devant moi. Il sourit. Et je me dis que lui aussi tout comme le Croque-Mitaine, et le Marchand de Sable pouvait lire dans les pensées. Peut-être était-ce un maître de ce Royaume.

— Pas exactement. Disons que les deux princes du royaume me laissent gouverner cette dérogation. Nous sommes dans un fief de cauchemar, mais ça, tu l'as compris.

— En effet, j'avais assimilé que nous étions dans un

des royaumes où les dormeurs se rendent durant leurs nuits.

Il rit et se leva, il semblait encore plus grand dans cette position. Il devait atteindre les quatre ou cinq mètres de hauteur, des branchies luisantes de rouge recouvraient son cou et ses côtes, sa peau était noire, étincelante et ses yeux brillaient d'une blancheur immaculée.

— Que veux-tu me demander dans mon royaume ?

— Je veux récupérer le coquillage qui contient la voix de la jeune ondine

— Les règles du jeu sont simples, une chose t'appartenant contre un souhait.

Je hochai la tête, j'étais prête à accepter ce faible prix, pour aider cette jeune femme. Elle semblait si malheureuse, si maudite, je ne savais pas ce qui l'avait amenée à finir ainsi, mais elle ne le méritait pas. Il était temps que j'agisse, je pouvais la sauver, alors je le ferais.

En fouillant mes poches, je trouvais un capuchon de stylo mâchouillé que j'avais fait tomber dans la journée avant de le ramasser pour jeter à la poubelle. Et a cet instant, je fûs on ne peut plus heureuse de ma conscience écologique.

— Cet objet contre le souhait de lever toute malédiction sur la jeune femme. Elle doit pouvoir arrêter de se métamorphoser, et récupérer sa voix.

— Je ne m'abaisserais pas à cela. Je veux connaître ton nom. Ce qui régit ta vie.

J'hésitai, me rappelant des mots du Marchand de Sable. Il m'avait prévenu que donner un nom en ces lieux était dangereux. Je ne comprenais pas pourquoi, mais sur ce genre de détail je lui faisais entièrement confiance. Pourtant il était clair que le monstre devant moi n'accepterait pas un autre prix. Je finis par accepter d'un signe de tête résolu.

— En es-tu sûr ? Est-ce véritablement ton choix ?

Un simple hochement de tête, et je sentis le morceau de stylo quitter ma main pour venir se lier dans le trône impérial tandis que je prononçais mon prénom. Je crus voir le corps du monstre qui se tenait devant moi grandir légèrement, mais cela ne devait être qu'une illusion. Un simple sourire et les portes se rouvrirent.

Je fis le trajet en sens contraire, sentant mes branchies et mon système amphibien disparaître à mesure des secondes. Je retrouvais mon corps humain, et mes poumons. Prenant une dernière inspiration, je tentai le tout pour le tout en accélérant mes brasses vers le rivage.

Ce fut une nouvelle fois grâce au sauvetage de la jeune femme que je pus continuer à vivre une journée de plus. Elle était magnifique, dressée devant moi. Sa cascade de longs cheveux blonds était de la couleur des épis de blé, et se balançait à chacun de ses mouvements. Son corps n'était plus mutilé, et sa voix était divine.

— Tu m'as sauvée ! Tu m'as sauvée !

Elle ne cessait de le répéter en boucle, dansant et sautillant comme une enfant. Elle m'expliqua par la suite qu'elle avait un jour rêvé, et atterrit dans ce cauchemar où elle s'était noyée. Une fois tombée dans la profondeur de ce marécage, elle avait souhaité pouvoir survivre, et pour

119

cela, avait condamné sa voix. Le pacte passé entre elle et ce monde, elle ne pouvait plus retourner dans la réalité, vivant pour toujours dans cet enfer dans lequel elle était maudite.

— Je vais pouvoir explorer le monde des rêves grâce à toi ! Je ne te remercierais jamais assez.

Elle partit en laissant tomber une bille noire. Je la ramassai, prête à la lui rendre, mais la jeune femme avait disparu dans un écran de fumée. En regardant autour, je me rendis compte que c'était moi qui avais été téléportée sur le marbre fin du palais du Marchand de Sable.

Ce dernier se dressait toujours dans sa magnifique cape noire, d'où seuls ses yeux rouges étaient visibles. Il fit venir grâce à un sable noir la bille de ma main vers sa table en relief du royaume.

La bille s'incrusta dans une cavité qui m'avait échappé sur la première des îles. Elle se mit à rayonner de noir et une cascade d'eau coula.

— Cette maquette est magique, elle est directement reliée à mon royaume. Lorsque je récupère ces billes, je peux restaurer des parties de mes terres. Grâce à toi, les zones aquatiques du monde cauchemardesque sont sauvées.

Je dansais une nouvelle fois d'un pied sur l'autre. Une question me faisait vriller l'esprit, et il fallait que je la lui pose. Devant l'apparition de ses , je compris qu'il entendait directement mes pensées et qu'il se délectait de mon hésitation.

— Pourquoi vacilles-tu entre deux comportements ?

Tu parais froid, sinistre et tu n'en as rien à faire de moi, alors que la dernière fois tu étais plus… Chaleureux ?

— Je ne suis pas dans mon royaume. La magie de ce monde entre en opposition avec la mienne et me fait vriller l'esprit, tant que je serais piégé ici, je serais condamné.

— Comme des ondes sinusoïdales en opposition?

Ω

Je n'eus pas l'occasion de poser d'autres questions, que je fus rejetée dans le monde réel , seule, étendue au centre du gymnase de mon frère, une douleur lancinante à la cheville.

En la regardant je la vis recouverte de sang, une plaie profonde l'entaillant dans la longueur. Dans ma main un couteau dégoulinant de rouge. Je ne comprenais pas d'où il sortait, ni ce qui s'était passé. La seule chose que savais, c'est que mon frère et Cameron me voyaient. Ils venaient d'arriver dans la pièce et firent face à une fille en sang tenant l'arme de sa blessure.

Mais je n'étais pas folle, je ne me l'étais pas infligé seule. Il s'agissait du Croque-Mitaine qui avait dû orchestrer cette mise en scène tandis que mon esprit était projeté dans le monde des rêves. Je ne voyais pas d'autre explication.

CHAPITRE 9

— Ce n'est pas ce que tu crois !

C'est la phrase que j'aurais aimé prononcer pour rassurer un minimum les deux hommes qui me faisaient face et qui n'osaient faire un pas en ma direction. Ils semblaient sur une corde raide, comme si j'étais un animal fou et sauvage qui pourrait mal réagir à chaque instant.

Je compris que je devais vraiment dépeindre un tableau bien particulier, affalée à même le parquet du gymnase, recouverte de sang et dressant toujours l'arme en l'air. Je lâchai le couteau, qui vint percuter le sol dans un fracas assourdissant. Des éclaboussures recouvrirent mon visage. Rien n'allait en cet instant. Je n'étais pas effrayée, je savais ce qui allait arriver.

Je me mis à pleurer de rire devant l'image que je renvoyais. Je devais paraître folle, prête à l'automutilation et à l'autodestruction. J'étais l'incarnation de la maladie mentale poussée à son paroxysme. Je me mis à tenir ma cheville qui ne cessait de saigner. La plaie n'était pas superficielle. Elle laissait voir l'os, et en y regardant de plus près, on pouvait se rendre compte que le couteau n'avait pas percé ma peau une seule fois, mais une dizaine, charcutant la chair, et sectionnant un tendon.

— Lin, tu vas rester assise et je vais m'approcher. Ok ?

Je continuai de rire de manière démente, IL avait gagné. Le Croque-Mitaine avait fait de moi la marionnette de son théâtre macabre. Il avait réussi à me faire passer pour folle alors que j'avais simplement cherché à le mettre hors d'état de nuire. Je n'avais d'autre choix que celui de m'incliner devant la facilité avec laquelle il avait joué son coup de maître.

Je vis Cameron s'approcher de moi, il vint s'asseoir à mes côtés, me prit dans ses , laissant ma tête reposer sur son torse. Je riais et pleurais à la fois. Il nous balançait doucement, cherchant à m'apaiser, tout en sachant pertinemment qu'il était à l'origine de tout ça.

J'entendis au loin mon frère appeler mon psychiatre, une ambulance et nos parents tour à tour, il était si méthodique dans cette situation que ça en était inquiétant. Tout le monde allait arriver et pouvoir contempler le piège dans lequel j'étais tombée tête la première. En voulant aider le Marchand de Sable, j'avais laissé, dans cette dimension, le plein pouvoir sur mon corps au Croque-Mitaine.

Mon état de détresse mentale passa légèrement, je croisai le regard de Cameron. Il souriait de manière menaçante. Il n'était plus le gentil garçon qui m'aidait à me remettre de ma crise psychotique. Il avait trahi sa couverture. Il était le monstre qui avait tout orchestré, il était la racine de mes maux.

— Tu vas adorer ton nouveau royaume de rêve, ma Lin. Tu te serais offerte à moi, je n'aurais pas eu à t'isoler de tous tes prétendants.

Il ne se cachait plus, il ne mentait plus, il assumait pleinement son rôle dans cette mascarade.

Les ambulanciers arrivèrent, m'ôtant des bras de mon tortionnaire. Ils m'allongèrent sur une civière, commençant à bander ma cheville. On me mit un masque, amenant de l'oxygène et sûrement un gaz hallucinogène. Ma mère se tenait à ma droite dans le véhicule, pleurant dans les bras de mon père. Mon frère me tenait la main, sans savoir que la pression qu'il appliquait sur mon corps était mon dernier rappel avec la vie réelle.

Dehors dans le gymnase je pus voir Cameron, debout, dans toute sa splendeur, regarder mon corps étourdi partir. Derrière lui, un jeu de lumière et d'ombre vacilla, laissant métamorphoser son ombre classique d'être humain en celle du monstre des ténèbres. Les yeux du jeune homme se mirent à rougir, tandis qu'un sourire pervers naissait sur son visage.

Je me laissai sombrer dans les méandres des médicaments, gardant comme dernière image ancrée sur mes paupières fermées, mes parents pleurant la folie de leur fille, se lamentant de la situation.

Ω

Tandis que mes paupières s'ouvraient, mon corps me donnait l'impression de flotter dans un nuage. Mes yeux rencontrèrent la lumière, se refermant quasi instantanément. Ils papillonnèrent avant de s'habituer à la vue qui se dressait devant moi. J'étais dans un lit impérial, donnant sur une baie vitrée menant à un balcon de marbre. La pièce dans laquelle je me trouvais ressemblait à une chambre de princesse d'un conte pour un enfant. Des moulures au plafond, des tapisseries soyeuses et luxueuses et des meubles épurés m'entouraient.

En me levant du lit à baldaquin, je me découvris vêtue d'un peignoir en soie rose et d'une chemise de nuit blanche en dentelle. J'étais l›héroïne d'une des histoires que je lisais quand j›étais petite, je ne voyais pas voir d'autres explications. J'ondulais dans ce rêve devenu réalité.

Je sortis de la pièce, me baladant à travers les corridors, touchant du bout des doigts les murs et dansant devant la somptuosité des lieux. Mes pas m'emmenèrent vers deux grandes portes que je ne connaissais que trop bien. En les traversant, je fis face au maître des lieux. Le Marchand de Sable.

Il était étendu négligemment sur un trône impérial, les jambes au-dessus d'un accoudoir. Il ne fut pas surpris de me voir entrer car les yeux toujours clos, il sourit, il savait tout ce qui se passait dans ses terres, jusque dans les pensées de ces visiteurs.

— Tu viens de ton propre chef dans mon royaume, dans ma région, dans mon palais et maintenant, tu l'investis comme ton propre fief. Tu fais de mes terres, ta cour de jeu, défiant mon autorité.

— Ce n'est pas toi qui m'as fait venir ici ? J'étais avec toi, je suis retourné quelques dizaines de minutes dans la réalité et je suis revenue ici. Je pensais que tu m'avais rappelée à tes côtés.

Un rire accompagna la levée de l'homme. Il se dressait devant moi, de l'autre côté de la maquette des terres endormies. La cascade continuait à s'écouler depuis la bille installée dans la cavité.

— Quelques minutes pour toi, des semaines pour moi. Le temps est changeant en ces lieux.

— Ce n'est donc pas toi qui m'as appelé ?

Il me fit un simple non de la tête, me faisant comprendre que ce voyage était de mon simple ressort. J'avais prié pour arriver ici, et fuir la réalité l'espace de quelques heures. Je ne me faisais pas d'idées, quand je me réveillerais, je serais attachée par une camisole de force dans un hôpital psychiatrique. A la suite des événements auxquels Helios et Cameron avaient assisté, personne ne me laisserait revenir dans la société sans un séjour médical. Je voulais un instant de répit, j'avais espéré dormir normalement, pouvoir laisser mon âme choisir un rêve et le vivre sans prise de tête. Un instant de bonheur au milieu de l'océan ténébreux qui m'ouvrait les bras.

Mes pensées furent arrêtées lorsque ma cheville se tordit et que mon corps entier tomba au sol. Sans que je comprenne comment, le Marchand de Sable se tenait devant moi, agenouillé, regardant attentivement ma jambe. Cette dernière était noircie, recouverte d'un tatouage représentant un sablier dont du sable blanc transvasait vers le réceptacle du bas, devenant noir. Le verre de la paroi était brisé, laissant une partie de son contenant se déverser vers mon mollet.

Le tatouage ne s'arrêtait pas là, le sable sur le mollet était rouge. Lorsque l'homme le toucha, du sang apparut sur sa main. Je ne comprenais rien à ce que sous-entendait la respiration apeurée de la personne me faisant face.

— La marque que tu portes montre SON ascension sur ta personne. Tu lui appartiens. Le sang est son appel, il te cherche à travers le royaume. Tu es une plaie, tu es en train de le mener directement à moi sale gamine.

Il ne rajouta rien et plaqua ses deux paumes de mains sur le tatouage. Une chaleur irradia dans ma jambe, se propageant dans mon corps. Je sentais la magie de l'individu venir danser dans mes veines, réchauffant les zones par lesquelles elle passait.

Lorsque la capuche du maître des rêves fut rejetée en arrière un cri s'échappa de mes lèvres lorsque la capuche du maître des rêves fut rejetée en arrière. Le visage qui me faisait face était bien trop familier. Des cheveux noir, coiffés en arrière, deux jolies pommettes hautes, et des yeux marron... Jace. Il était là, devant moi, la tête inclinée vers l'arrière, les yeux révulsés de blanc, et les lèvres entrouvertes.

Le Marchand de Sable était en vérité l'homme qui me courtisait. Rien ne correspondait entre son comportement dans le monde réel, et ceux qu'il arborait en ces lieux.

Quand le jeune homme sembla retrouver ses esprits, une lueur de panique passa dans ses yeux en réalisant que sa cape ne le cachait plus de ma vue. Il voulut la remettre en place quand je l'arrêtais de ma main.

— Ne le fais pas. Ça ne sert plus à rien.

Il n'y avait plus d'utilité à se camoufler de moi, au contraire, le voir sous cette forme m'apaisais. J'avais été calmée, quoique surprise, au point de n'avoir que peu bougé lors de sa manipulation de ma cheville. En regardant cette dernière, je me rendis compte qu'il n'y avait plus d'éclaboussures sanguinolentes, et que le sablier semblait à nouveau intact.

— Tu n'aurais pas dû me voir ainsi. Ça change tout. Tout est de ta faute stupide humaine !

Il se mit à crier, ne sachant plus comment gérer ses réactions et sentiments. Il ne semblait pas véritablement énervé, j'aurais plutôt opté pour la déception. Il semblait déçu du déroulement des choses.

— Jace?

Je voulais être sûre qu'il s'agissait bel et bien du jeune médecin qui faisait palpiter mon cœur depuis quelques semaines. Pourtant la lueur dans les yeux de la personne n'était pas celle à laquelle j'étais habituée.

Une perversité, un aspect malsain prenait place dans son regard tandis que ses pupilles se dilataient. Un sourire gênant naquit en même temps. Il ne s'agissait absolument pas de l'homme avec qui j'aimais flâner ou manger de la glace.

— Je ne suis pas ton humain, je suis le maître absolu

129

du royaume des endormis. Je suis le seul roi de ces Terres. Tu es dedans, donc par extension, tu m'appartiens.

Il fit monter sa main le long de mon mollet, ajoutant la deuxième à la manœuvre. D'un mouvement sec, il me fit ouvrir les cuisses pour s'y faufiler. Il y avait cette lueur que j'avais déjà vue la dernière fois. Cet air sur les traits de Jace me perturbait.

— Je te veux, je veux te marquer. Je veux ton pouvoir, je veux ton corps, pouvoir me nourrir de ta peur, contempler ta frayeur et ta souffrance quand j'entrerais dans tes chairs.

Il me lécha la peau entre mes seins, s'arrêtant au niveau de ma carotide qu'il marqua d'un suçon. J'eus beau essayer de le rejeter, et de le repousser en le frappant de mes mains, il attrapa mes poignets et continua son exploration de mon corps.

L'ombre derrière lui se muait en un monstre aux yeux rouges, et je ne pouvais rien faire à part subir la frayeur et les attouchements. Il m'embrassa le cou et mordit mon oreille tandis que sa deuxième main vint prendre mon sein en coupe. Il le prenait fermement, me faisant gémir d'un mélange de douleur et d'excitation inconnue.

Quand sa bouche vint se poser sur la mienne, je me fis la promesse de la garder fermée, mais ce fut sans compter sur ses dents qui me mordirent si fort que le goût métallique du sang inonda ma gorge. Il profita de mon hurlement de surprise pour venir caresser ma langue de la sienne. Il ne l'ondulait pas avec sensualité, il cherchait à me dominer par le biais de son baiser.

Sa main sur mon sein se fit féroce, il rentrait ses doigts dedans, cherchant à se les approprier toujours plus fort. Il me coucha intégralement, restant au-dessus comme un félin se nourrissant de sa proie.

Du sable noir sortir des manches de sa cape et vint m'enserrer les poignets au-dessus de la tête. Il me retenait prisonnière et même si mon corps semblait extrêmement réactif au maître des rêves, je n'étais pas consentante pour ce qui allait suivre.

Une voix ressemblant à la mienne résonna dans mon esprit : es-tu véritablement sûre ?

Je continuais à gigoter pour limiter les contacts, j'essayais même de le mordre à mon tour, mais seul un gémissement de plaisir m'accueillit. Plus j'ondulais pour éviter son contact, plus certaines parties de nos corps se percutaient, réchauffant un point situé entre mes jambes.

Je mentirais en disant que je n'avais pas envie de lui, en disant que je n'étais pas trempée pour lui en cet instant. Mais je ne voulais pas de lui comme ça. Je désirais ce corps, mais pas cette personnalité. C'était peut-être les mains de Jace qui me donnaient envie de le supplier de me prendre, mais ce n'était que le Marchand de Sable. Qui, de surcroît, ne voulait pas de moi non plus. Il était simplement sous l'influence de la magie du Croque-Mitaine.

— Je t'en prie Lin, ne bouge pas ainsi. J'essaye de résister à mes pulsions, mais si tu continues de te frotter comme une chatte en chaleur à ma bite, je ne vais pas tenir longtemps avant de te prendre.

En regardant le monstre dans les yeux, je vis le combat interne qui se jouait en lui. Il y avait une part de l'homme en lui, quoi qu'il en dise, je le voyais. Il était faible, ses pouvoirs dominés par ceux du monstre des ténèbres, au point que même son sable semblait corrompu, noir et épais.

Mes hanches continuèrent à taper les siennes sans que je ne puisse les contrôler. J'avais envie de cet homme, j'avais besoin de le sentir en moi. Cela faisait si longtemps que je n'avais pas désiré une personne aussi ardemment. Le feu en moi semblait inarrêtable, tant qu'il ne m'aurait pas rempli.

— LIN ! Arrête tes mouvements !

— Je te veux en moi…

Cette simple phrase suffit à nous faire flancher tous les deux. En la prononçant, je pris conscience que je désirais le Marchand de Sable tout entier. Je voulais son corps, j'aimais l'humain timide en lui, j'en voulais au connard sarcastique qu'il était, mais je le désirais dans son ensemble. Surtout maintenant, devant la profondeur de son envie.

De son côté mes quelques mots eurent raison de sa bataille intérieure. Il abdiqua et écarta les pans de mon peignoir de soie, déchirant ma nuisette au passage. Il était, tout comme moi, animé par une envie sauvage, tout comme moi.

Il descendit ses mains le long de mes seins tandis que son corps entier reculait, toujours allongé sur moi. Lorsque sa tête arriva au niveau de mes cuisses qu'il se mit à mordre, je sus ce qui allait arriver. Pour rien au monde je ne l'aurais arrêté à cet instant. Je le voulais, lui, ses doigts et sa langue.

Il releva le bas de ma nuisette jusqu'à mon ventre, pouvant constater par lui-même de l'absence totale de lingerie et d'épilation. Il passa sa main le long de ma fente, imbibant ses doigts de ma mouille. J'avais envie de lui et je ne m'en cachais plus.

— S'il te plait… Je t'en supplie…

— C'est ça que tu veux ?

Il enfonça un doigt directement jusqu'au maximum. Il fit de longs mouvements de vas et viens tandis que sa bouche mordillait mon aine, décuplant mon plaisir. Son majeur s'immobilisa avant de simplement bouger la dernière phalange venant taper une paroi à chaque mouvement. La sensation était délicieuse, me volant des bruits de moins en moins étouffés malgré mes lèvres fermées.

Lorsque sa langue commença à venir jouer sur mon clitoris,il eut raison de ma volonté d'être silencieuse. Allant et venant, l'enroulant et le suçant, j'étais au bord du précipice. Un deuxième doigt rejoignit le majeur, l'amenant à me remplir tandis qu'il faisait de long vas et viens. Je sentais ce feu en moi grandir, annonciateur de l'orgasme, mais lorsque je crus le toucher du doigt il s'arrêta complètement, relevant la tête vers moi.

— Quand tu vas venir, car ça arrivera, et pas qu'une fois, je veux que ce soit mon nom que tu cries. Je veux que tu comprennes qu'il s'agit de moi et pas d'un autre.

Je veux que tu cries « Kei » et que tu comprennes que je ne suis pas qu'un fantasme, mais leur maître.

Je n'eus pas le temps de réfléchir que sa langue plongea en moi tandis que sa main vint malmener mon bouton de chair, le tordant et le tirant. L'orgasme vint tandis que, comme il me l'avait ordonné, je hurlais son prénom.

S'ensuivit un brutal retour à la réalité. À peine l'orgasme finit, que le sable, jusque là rigide comme des chaînes, tomba au sol tel un château devant une vague. Mon corps entier reprit son fonctionnement normal et tandis qu'il se recula la tête entre les mains, je refermai les jambes au bord de la honte.

— Putain !

Il hurlait, frappant dans les murs, se laissant entourer dans un tourbillon de sable noir. Il était la représentation même de la rage à l'état pur. La dernière image que j'eus de lui fut une ombre noire et arc-boutée aux yeux rouges tandis que je me sentais attiré vers cet autre monde. Le bruit d'une bille qui roula accompagna mon voyage.

Ω

Le retour à la « réalité » fut le pire que j'avais vécu jusqu'ici. Je me trouvais dans un lit simple, dans une tenue d'hôpital psychiatrique, une main sur mon clitoris et l'autre sur mon sein. Et devant moi deux médecins. Le premier était le docteur Henry, l'homme chargé de moi à chacun de mes séjours ici. A ce stade c'était pratiquement un vieil ami. Le deuxième était un jeune interne de psychiatrie, nouvellement arrivé. Jace.

J'étais encore tremblante de l'orgasme que m'avait donné cet homme. Et il devait le savoir vu qu'il n'osait me regarder dans les yeux, les joues rouges. Toutes les pièces du puzzle se réunissaient une nouvelle fois, il était mon sauveur, c'est avec lui que j'allais mieux, c'était pour cela qu'il n'avait pas pris peur devant ma maladie. Il savait que tout ceci était réel, puisqu'il était maître de ce royaume. La preuve en était en cet instant, il venait lui aussi de quitter le monde des cauchemars pour reprendre son image de médecin.

— Mademoiselle Tanaka, j'imagine que vous savez pourquoi vous êtes ici ?

— Évidemment, et lui aussi le sait ! Il sait tout puisque c'est lui qui tire les ficelles !

En disant ma phrase, je montrai du doigt l'homme dont je voulais tomber amoureuse pour oublier celui qui faisait véritablement battre mon cœur, l'homme avec qui je venais de m'envoyer en l'air, mais au lieu de me soutenir et de rassurer les gens sur mon état, il se contenta de me répondre :

— Yoku, nous allons te soigner, tout ira bien. Ne t'inquiète pas.

CHAPITRE 10

— Répétez après moi mademoiselle, « Le royaume du Croque-Mitaine n'existe pas ».

C'était déjà la vingtième fois que j'entendais le docteur Henry, essayer de me faire répéter cette phrase. Il pensait que parce qu'il m'avait entendu parler une fois, j'allais recommencer à tout bout de champ.

Après le démenti de la part de Jace, je compris que j'allais encore plus passer pour une folle. Et cela ne loupa pas. Une semaine et demie après, je me retrouvais toujours interné, sans droits de visite, avec deux réunions par jour censées me faire reconnaître que j'hallucinais.

Les dix jours passèrent vite, j'avais été tellement bourrée de médicaments et de sédatifs que je ne me rappelais plus mon propre nom les premiers temps. Ils me filaient des calmants à toute heure, pour limiter mes crises de colère et de frénésie. Sachant que je n'avais jamais été quelqu'un de violent, je ne haussais pas la voix, je ne faisais pas d'esclandre. Jamais.

J'étais hagarde, entre la vie et la mort , me baladant

d'un extrême à un autre. Je n'avais que de vagues souvenirs de ces jours-là, de cette période régie par le voile des anesthésiants. Les médecins avaient mis en veille mon cœur en même temps que mon cerveau. La mémoire commença à me revenir seulement trois jours plus tôt qu'aujourd'hui, lorsque les doses avaient été réduites.

Jace s'occupait de mes rendez-vous du matin sous la tutelle d'un autre médecin, tandis que l'après-midi j'avais l'honneur d'être en tête-à-tête avec le docteur Henry. Pour qui la seule méthode fiable de traitement était de me faire dire que j'étais folle.

Alors, je le regardai de haut en bas, mimant un bâillement exagéré, avant de me remettre à la contemplation de la fenêtre. Les séances duraient deux heures, cent vingt minutes durant lesquelles il déblatérait sur mes hallucinations, mes perspectives de soin et tout le baratin habituel. Sans comprendre ou ne serait-ce que se douter l'espace d'un instant que c'était lui le fou qui ne voyait rien de cet autre monde.

Les rendez-vous de l'après-midi étaient simples à ignorer, je me mettais face à la fenêtre et je réfléchissais en long et en large sur Cameron et Jace qui se retrouvaient être les deux rois d'un royaume universel, dont personne ne pouvait s'échapper. Mes séances du matin étaient plus compliquées. Je bouillais de rage dès que je voyais l'homme de mes pensées et je devais me contenir tant bien que mal quand je l'entendais, tel un traître, dire qu'il allait m'aider pour soigner ma maladie et que nous reprendrions ensuite à zéro en-dehors de ces murs. C'étaient les rares moments où je vacillais. Comment osait-il me faire passer pour une folle, après ce que nous avions vécu?

D'un côté je pouvais concevoir qu'il ne voulait pas que son secret soit connu de tous, mais de l'autre n'aurait-il pas pu me faire un faux bilan de santé et me laisser sortir ? Apparemment pas. Au lieu de cela, je devais passer mes journées à alterner entre ces deux rendez-vous, les réunions de groupe, les prises de médicaments et les activités manuelles.

Mes seules occupations autorisées étaient le dessin, avec des crayons épais, aux pointes arrondies pour enfant. Je ne devais pouvoir faire de mal à personne, c'était ce qu'une infirmière m'avait confié, après m'avoir vu les regarder pendant des dizaines de minutes. Quelques fois, j'avais le droit d'aider en cuisine, surtout de goûter les plats, mais ces jours-là étaient rares, car pour gagner ce privilège, il me fallait d'abord parler et dire que j'étais folle. Et apparemment, je ne l'avais fait que deux fois , lorsque j'étais encore dans le brouillard des sédatifs.

D'après les médecins, l'acceptation était la première étape de la guérison, je devais vaincre mon déni. Il me fallait percer un trou dans le voile de mes hallucinations pour me rendre compte qu'elles n'étaient que des mensonges engendrés par mon esprit.

— Je vais te demander une dernière fois de répéter cette phrase, et si tu le fais j'accepterais que tu puisses recevoir de la visite.

Le docteur avait réussi à me faire quitter mon observation de la fenêtre. Il venait enfin de mettre le doigt sur un de mes modes de fonctionnement. J'avais besoin d'un objectif fort. Du monde, j'allais voir du monde. J'allais pouvoir voir mes parents, les serrer dans mes bras, leur demander de me ramener à la maison.

Un simple hochement de tête et j'inspirai fortement, me préparant à parler. Je n'étais plus sûre de la sonorité de ma propre voix, tant je ne l'utilisais plus en ce moment.

— Il n'existe pas. Le croque-mitaine... Lui.. il... il... n'existe pas. Tou...

Je ne pus jamais finir cette phrase qu'une ombre naquit sur le mur, juste derrière le siège du médecin. Il ne la vit pas s'avancer, tel un reptile le long des parois, jusqu'à se dresser sur ses deux pattes arrière devant moi, au centre de la pièce. Le monstre aux yeux rouges était là, et il ne s'agissait pas du Marchand de Sable, mais bel et bien de LUI. Il venait me prouver qu'il existait et que jamais je ne pourrais me défaire de lui. Il n'était pas que dans ma tête.

— Il est là ? Mélinoé, le voyez-vous au moment où nous parlons ?

La voix du docteur parvenait jusqu'à moi, mais la vision était coupée par la tâche de ténèbres qui se trouvait devant moi. Il semblait être un trou noir aspirant toute la lumière des environs.

J'étais terrifié, sans m'en rendre compte, je m'étais mise en boule sur le canapé, prostrée, reniflant. Le pire étant qu'une fois de plus, je m'étais fait dessus. Ma terreur touchait directement ma vessie, me ramenant au même stade que les enfants de quatre ans dans leur lit, appelant leurs parents après un cauchemar.

— J'existe. Et tu es mienne. Tu m'appartiens. Le comprends-tu ? Je te veux, donc je t'ai, c'est aussi simple que cela.

Un cri sortit de mes lèvres, arrachant de l'inquiétude à mon médecin. Il ne le voyait pas, encore une fois il n'avait que la vision de la folle en pleine crise que je devais renvoyer.

— Combattez le Mélinoé, dites-lui qu'il n'existe pas, que vous êtes celle qui tire les ficelles. Sans vous il n'existe pas. Il vit parce que vous lui donnez cette puissance.

À cet instant, je priai pour être folle, je souhaitais du plus profond de mon âme n'être qu'une cinglée avec des hallucinations bien trop réelle. Je voulais reprendre le pouvoir sur LUI. Mais sans le savoir, le docteur venait de relever un point important . C'était bien moi qui le rendais aussi fort. La preuve en était, il ne cessait de grossir.

— Tu… tu… tu n'exi…

— Je n'existe pas ?

Le monstre explosa d'un rire guttural qui sembla résonner dans ma tête. Mr Henry continuait de me féliciter de mes efforts, sans voir les ténèbres s'approcher de lui. Je ne pourrais expliquer comment, mais je savais qu'IL me souriait, me narguant de tout ce qu'il pouvait réaliser sans que je ne puisse lui résister.

Une griffe d'ombre vint caresser la joue de mon docteur, l'effleurant, et une seconde avant que le drame ne jaillisse, je pus voir ma terreur se refléter dans les yeux de l'homme.

Le Croque-Mitaine l'avait projeté contre un mur, ouvrant son arcade qui saignait maintenant abondamment. L'homme était hagard, sous le choc de sa chute et de sa perte de sang, tandis qu'IL riait comme jamais.

— Je suis tout-puissant. Suis-moi immédiatement, où je tuerais tous les êtres qui te sont proches. Je me délecterais de leurs souffrances.

Il revint vers moi, me tendant une main qui venait de se matérialiser. En relevant le regard vers sa silhouette, je pus voir l'horreur de la situation. Il ne se cachait plus désormais, il avait repris sa véritable forme. Et c'était de loin celle qui m'effrayait le plus. Devant moi se dressait Cameron, avec des yeux rouge luisant. Le Croque-Mitaine assumait véritablement sa forme.

Je prie sa main avant que mon cœur n'explose sous la violence du rythme cardiaque induit par la peur. Et un tourbillon de ténèbres m'enveloppa. Puis ce fut de la lumière forte, aveuglante qui m'emmena, me faisant dévier de là où mon âme souhaitait aller.

Ω

En ouvrant les yeux, je me rendis compte d'une chose. Si mon esprit semblait mourir de crainte face à Cameron, mon corps, lui, s'en servait comme d'un ultime bastion. J'étais cramponnée à lui, tremblante comme une feuille morte. Pour autant, je ne pouvais m'empêcher d'avoir besoin de lui. Il me rassurerait. Je voulais qu'il passe sa main dans mes cheveux et qu'il me susurre que tout irait pour le mieux. Qu'il regarde sous mon lit et dans le placard pour m'assurer qu'aucun monstre ne viendrait.

Mais en réalité, le seul monstre de ma vie n'avait toujours été que lui.

Je le vis me lâcher, et aller vers une table sur laquelle se dressait la même maquette que celle que j'avais vue chez Jace. Ou devrais-je dire, Kei, dans ce monde.

Il toucha du bout des doigts la falaise de laquelle jaillissait un petit filet d'eau, alimentant les océans de la structure.

— C'est toi. Tu es responsable de ça. Ainsi que de ceci.

Il m'indiqua une colline, qui dans mon souvenir était aride et désertique. Celle qui se présentait à moi aujourd'hui était tout autre. Elle avait vu naître une belle étendue verte, des champs de fleurs et des animaux de la taille de poussières s'y baladaient.

— Tu redonnes vie au royaume. C'est en combattant certains cauchemars que tu parviens à rendre à ces terres leur beauté d'antan.

— Tu vas me tuer pour ça ?

Abandonnant sa contemplation de ces deux zones nouvellement revenues à la vie abandonnant sa contemplation de ces deux zones nouvellement revenues à la vie, il se retourna vers moi. Il se rapprochait et ses yeux ne semblaient plus aussi rouges qu'avant. Ses iris avaient repris la couleur bleue que je leur connaissais. En voyant ma peur, il tenta de me rassurer en avançant doucement, les deux mains en avant comme on l'aurait fait avec un cheval agité.

— Lin, ça va aller. Que t'arrive-t-il ? Tu as l'air de me craindre.

Il ne comprenait pas ? Lui ? Le monstre qui me faisait voir la frayeur depuis des années, celui-là même qui venait de menacer mon médecin de mourir si je ne le suivais pas dans son royaume. Il était bipolaire, je n'arrivais plus à le suivre. Il se jouait de moi pour mieux me détruire. Je ne voyais pas d'autre solution.

— Ma Lin, tu sembles bien trop effrayée, viens t'asseoir et te calmer.

— Tu vas me tuer. Tu vas te nourrir de ma peur !

Ma respiration était saccadée, je voyais des ténèbres partout autour de moi. Je me sentais vaciller dans l'obscurité et le jeu macabre du Croque-Mitaine. Il allait gagner, je me sentais envahie par la crainte et la colère.

— Je viens de te sauver de quoi parles-tu ? J'ai entendu tes appels au secours face à LUI, et je suis venu te secourir à travers ton monde. Ma seule faute a été de cacher ma véritable identité jusqu'ici.

Tout se mélangeait dans mon esprit. Je n'arrivais plus à percevoir les choses. Mes pensées ne se faisaient plus sous l'effet de phrase mais des images. Je me revoyais avec Jace/Kei lorsqu'il m'avouait être le Marchand de Sable. Je me repassais devant les yeux, ce moment où il me parlait du Croque-Mitaine. Mais rien ne coïncidait. Les pièces restantes du puzzle n'allaient pas ensemble.

— Tu es le Croque-Mitaine, pas le Marchand de Sable. Tu es le monstre qui a renversé le pouvoir dans ce royaume. C'est toi qui veux m'utiliser pour tes desseins obscurs.

— Mais Lin, tu n'y es absolument pas. Je suis le Marchand de Sable, ce monstre que tu as vu, lui est le Croque-Mitaine, c'est LUI qui te maltraite depuis toujours, c'est lui qui m'empêche de te venir en aide la nuit. Sa force m'empêche pour le moment de te libérer. Il m'a bel et bien exilé de mon propre royaume, me condamnant à ne plus pouvoir agir qu'à travers toi, la passeuse.

Je me remis debout et commençais à tourner en rond, prête à comprendre le pourquoi du comment et trouver, que ça plaise ou non aux gens d'ici, qui était le menteur qui me manipulait. Cameron me paraissait si sincère, ses yeux bleus me transmettaient toute sa compassion et sa gentillesse. Pourtant, le Cameron que je connaissais n'était pas comme ça. Certes, il m'aimait à sa manière, mais jamais il ne m'aurait traité de la sorte.

— Je ne suis pas Cameron. Et celui que tu appelles Jace porte un autre nom ici. Nous n'avons pas de forme matérielle à proprement parler. Nous ne sommes que des concepts, des êtres existant depuis la naissance des hommes. Je vais parler pour ma part, mais je pense que pour Kei, il s'agit de la même démarche. Lorsque j'ai pris conscience de ton don, de ta capacité à venir dans ce monde sans l'oublier, et à interférer avec les rêves d'autrui, j'ai su que tu étais spéciale.

Il s'était dressé devant moi, à peine à un mètre, droit, mes mains dans les siennes, pendant qu'il me parlait en me regardant droit dans les yeux. Je ne décelais aucune trace de mensonge ou de trahison, mais s'il s'agissait de

LUI, j'étais sûre qu'il arriverait à me tromper de manière similaire pour mieux me frapper dans le dos par la suite.

— Je ne suis pas lui ma Lin. Il est vrai que Cameron, tout comme Jace, existe. Mais c'est difficile de dire s'ils sont nous ou non. Nous les avons créés pour pouvoir nous déplacer dans ton monde sous forme humaine, mais lorsque nous sommes ici, ils vivent indépendamment. Ont leurs propres vies et leurs propres personnalités.

— Dans ce cas-là, ils ne savent pas vraiment que vous existez, si ?

Il me tira par les mains pour que je me retrouve collée à lui. Puis, il me prit dans ses bras et m'encercla, venant reposer son menton sur le sommet de ma tête. Ce geste tendre eut raison de la dernière de mes inquiétudes, dans ses bras j'étais apaisée, enveloppée dans un océan de douceur et de sérénité.

— Ils savent qu'on existe puisque c'est nous, juste ils ne peuvent pas l'avouer. Tu te rends compte à quel point il passerait pour anormaux ? Fous ?

— Oui. Je m'en rends très bien compte.

Par chance, il ne releva pas mon sarcasme et prit le temps de m'expliquer que le véritable prénom de Kei était en réalité Keisuke Baku et que le sien était Akkio Tsukuyomi. À eux deux ils dirigeaient d'une main de maître le monde du sommeil.

— Je soupçonne que le monstre que tu ne cesses de voir ne soit en réalité que Keisuke. Il doit se nourrir de ta peur, s'en servant pour se renforcer. Et en se faisant passer pour le gentil, tu l'aides ainsi dans sa démarche, peu importe ce qu'elle est.

— Oui, mais lorsque ses deux billes ont été disposées dans la maquette, la vie y est revenue, n'est-ce pas un signe ? Un signe qu'il souhaite la même chose que toi ?

Je vis l'homme qui faisait battre mon cœur, me regarder dans les yeux avant de déposer un baiser sur mes lèvres. Tout comme dans mon monde, quand il m'embrassait, je me sentais revivre, emplie de lumière. S'il était effectivement le Marchand de Sable, je comprenais mieux ce sentiment. Et cela coïncidait également avec mon ressenti lors de ce baiser avec Jace, enfin Kei.

— Je pense qu'il serait bon que tu continues de te prêter à son jeu. Que tu continues à effectuer sa série de tâches. Je veux voir jusqu'où il ira. Je veux comprendre son plan. S'il m'a isolé dans mon royaume, me condamnant l'accès au sien, mais qu'il fait revivre nos Terres, c'est que j'ai dû louper un indice colossal.

Il me fit un simple baiser sur la tempe avant de sourire. Sans avoir le temps de comprendre ce qu'il se passait réellement, je me retrouvais emportée dans mon monde. J'essayai de toutes mes forces de rester entre deux rêves, mais rien n'y faisait. J'étais attiré vers la réalité morne de ma vie.

Ω

Du rouge, beaucoup de rouge. Seulement du rouge. Tout devant mes yeux, se déclinait en cette teinte . J'étais dans le bureau du docteur Henry. Le corps de ce dernier était prostré contre sa bibliothèque. Il appuyait fermement sa main droite sur sa tempe qui ne cessait de saigner. De la gauche il se tenait le ventre. En regardant de manière plus précise, je vis qu'il y avait dessous une autre plaie. Son abdomen, lui aussi, semblait avoir été transpercé.

Du sang était étalé au sol, me prouvant qu'il avait rampé, s'épuisant à petit feu pour parvenir à la place où je le voyais en cet instant. Il était apeuré, terrifié et quand je commençai à avancer vers lui, il se mit à hurler. Il n'y avait plus de mots, seulement un cri abominable.

La porte menant au couloir se mit à gronder dans un immense fracas. Des gens cherchaient à l'ouvrir de force. Frappant et martelant dessus. J'avais dû m'époumoner pour les prévenir pendant ma phase « d'inconscience ». En regardant dans la pièce, je pus être rassurée, le monstre avait disparu, j'allais pouvoir aider cet homme.

— Ouvrez Mélinoé ! Ouvrez ! Vous allez le tuer !

J'allais le tuer ? Mais de qui parlaient-ils ? Mon esprit se brouillait. Je commençais à me rendre compte qu'à chacun de ces aller-retour inter-mondes, mon esprit avait de plus en plus de mal à se faire à la réalité. Je me sentais perdue dans mon propre cerveau, comme si d'une certaine manière je vacillais entre moi, et celle qui prenait le contrôle lorsque je n'étais plus ici.

— Dépêchez-vous ! Elle va me tuer !

Docteur Henry avait crié cette dernière phrase, crachant du sang sur le sol. Il semblait à bout, il ne lui restait plus que quelques instants avant que son hémorragie ne lui provoque une perte de connaissance.

Je voulus refaire le même mouvement d'apaisement

qu'avait fait Cameron/ Akkio sur moi, mais en levant les mains, je me rendis compte que je tenais fermement un ouvre lettre dans le poing droit. Un ouvre lettre tachée de sang. De son sang. D'un diamètre similaire à la blessure de l'homme.

— Le monstre vous a blessé ? Vous l'avez vu ?

L'homme ne répondit jamais, sombrant devant les points noirs qui dansaient devant ses yeux. En parallèle, des infirmiers arrivèrent à forcer la porte. Certains m'attrapèrent immédiatement les bras. Me maîtrisant, sans que je ne sache vraiment pourquoi. D'autres s'empressèrent de prendre en charge le pauvre monsieur Henry.

— Qu'est ce que tu as fais ?

On ne cessait de me le demander en boucle. Je n'avais rien à répondre. Car ce n'était pas moi. C'était LUI. Cameron était venu me délivrer et pour me faire comprendre sa colère il avait orchestré cette mise en scène. Tous les hommes présents me pensaient capable d'une telle chose, mais jamais je n'aurais levé le petit doigt sur autrui. Pas comme ça.

Lorsqu'on m'enfila une camisole de force, et qu'on me mena vers la chambre d'isolement, je vis le visage de Jace, ou peut-être bien de Kei, je me perdais. Il souriait d'un regard mauvais et me susurra à mon passage « Mauvaise fille, tu n'as pas obéi ».

Une seringue, un sédatif, le trou noir.

CHAPITRE 11

Un mal de tête me perforait les tympans. Mes tempes étaient pénétrées par des éclats de verre. J'avais les paupières fermement closes, et pourtant je me sentais tourner, j'avais l'impression que les ténèbres se mouvaient, se jouant de moi. Puis des cris, des courants d'air, des souffles et des murmures indissociables. Mais je n'arrivais toujours pas à bouger. Immobilisée, les paupières refusant de s'ouvrir. Prisonnière de mon corps.

J'étais piégée, comme jamais je ne l'avais été. Ma personne était ma prison. Condamnée à souffrir dans l'océan de ma solitude. Puis un contact, un effleurement lointain. Je n'étais même plus sûre que tout ceci soit réel. Mais le sentiment de contact se répéta, encore plus subtilement sur ce qui semblait être ma main. Ou mon dos. Impossible de le dire.

Mes yeux s'ouvrirent et je ne sus pas si la réalité se jouait devant moi, si j'avais été téléporté dans cet autre monde, ou seulement si les cachets étaient en train de me détraquer. Ou peut-être me réparaient-ils ? Mais étais-je réellement brisé ? Étais-je folle? La confusion de mon esprit me perdait. Ou peut-être était-ce justement un élan de lucidité dans ma vie qui n'avait toujours été que maladie. Comment savoir distinguer l'un de l'autre ?

Je me perdais devant cette lumière blanche, rien nulle part, juste de la lumière. Pas d'obscurité, pas de ténèbres, et cette migraine sans fin. Le silence y était pesant, j'étais assourdie par le bruit de mes pensées qui ne cessait de résonner en boucle, tel un écho. Ou peut-être était-ce juste moi qui ne cessais de répéter les mêmes choses. Peut-être tournais-je en rond?

J'avais toujours aimé la solitude, mais en cet instant, j'allais en mourir. Je crevais de cet état, je priais pour que quelqu'un vienne me délivrer, peu importe de qui il s'agissait. Je voulais en finir avec cette torture sans fin et sans commencement. La souffrance paraissait éternelle.

Puis une tache de lumière vint salir l'étendue blanche. Une tâche, suivie d'une autre, semblables à des éclaboussures de peinture qui proliféreraient. Le tableau qui se dressait devant moi n'avait aucun sens, pourtant il avait un sentiment familier. L'avais-je rêvé ? Le rêvais-je ? Où était-ce réel ? Étais-je encore dans le flou de mes médicaments ?

Non, il ne s'agissait de rien de tout cela. C'était un souvenir. Un fragment passé qui reprenait sa place dans mon esprit, aussi inchangé qu'à chaque fois qu'il me revenait. J'étais frappée par la précision des détails. Il ne s'agissait pas seulement d'une idée floue avec des phrases approximatives. Non. Tout était intact. Comme au premier jour. Un souvenir, un rêve gravé pour toujours.

Je me revis âgé de quatorze ans, rentrer en pleurs dans ma maison. Elle était vide, comme toujours, mes parents ne faisant que travailler à longueur de journée et de soirée, me laissant aux bons soins de ma nourrice et de mon frère.

J'étais en pleurs, suffoquant. Et devant moi, sur un des sièges de l'îlot central de la cuisine était installé Cameron, les yeux rougis de colère, ou bien de larmes. Qu'en savais-je? Il était le meilleur ami de mon frère, mais jamais nous ne nous étions parlé. Peut-être était-ce parce que je ne parlais jamais. Ou peut-être était-ce parce que mon frère le lui avait interdit.

Il leva les yeux de son téléphone et me vit. Le tableau que je dépeignais était affreux. Je ruisselais de la pluie qui m'avait attaquée sur le chemin du retour. Mais le pire était les marques visibles sur mon corps. Si j'en croyais la douleur, un œil au beurre noir commençait à apparaitre , une marque de main sur mon cou devait être aussi présente. Sans parler des dizaines d'éclats de verre toujours plantés dans mes jambes dévoilées par une jupe. Je saignais, j'étais meurtrie, et je suffoquais.

Mais il ne dit rien. Se contentant de me regarder de haut en bas avant de soupirer. Il se releva, se déplaça dans ma cuisine comme s'il était dans son élément. Au fond, il l'était puisqu'il vivait quasiment ici. Il ne parlait que rarement de ses parents, mais de ce que j'avais compris, les marques sur son corps n'apparaissaient pas parce qu'il tombait comme il le prétendait. Il avait le même âge que

153

mon frère, seize ans, l'âge où l'on pouvait faire ce que l'on voulait d'après eux. L'âge où il n'était pas encore assez fort pour défier son père physiquement, mais où il pouvait tout déserter.

Il s'était levé et fouillait frénétiquement les placards. Allant et venant, tandis que je restais dans l'entrée de la cuisine, laissant l'eau et le sang couler sur le parquet. Quand il vint vers moi, il tenait une bassine d'eau, une pince à épiler, un morceau de poulet congelé, et une trousse de premier secours. Il tapota la place sur laquelle il était précédemment, m'invitant à le rejoindre.

Je m'y installai, le laissant m'enlever les éclats de verre, et désinfecter les plaies. J'appuyai la viande froide sur mon œil. Il prit la parole. Une première fois, une première fois qui signerait le début de beaucoup de choses entre nous.

— Ton frère n'est pas là. Il est parti à une fête.

— Pourquoi toi tu es là alors?

Il me regarda de biais, se reconcentrant sur sa tâche. Quelques fois, il m'arrachait des légers gémissements de douleur et des moues de souffrance. Mais il ne fit aucun commentaire sur le fait qu'il venait, lui aussi, d'entendre ma voix pour la première fois depuis des années.

— Parce que mon père a bu. Pourquoi es-tu dans cet état ?

— J'ai vu le monstre.

Je ne rajoutais rien d'autre. Hélios l'avait déjà prévenu de ma peur phobique des ténèbres, et de mes hallucinations qui pouvaient survenir malgré mes traitements. Je ne doutais pas du fait qu'il avait dû me décrire comme une folle, mais au moins Cameron était prévenu.

— Où ?

— Au collège. Les autres m'ont pris pour une folle et ont commencé à me bousculer.

Je n'eus pas besoin de rajouter quoi que ce soit, installé comme nous l'étions, il pouvait voir la trace de sang descendre le long de ma cuisse, ainsi que les marques de doigts.

— Qui ?

— Personne.

Il respirait fortement et en voulant l'imiter je pus sentir pleinement son odeur. Une légère odeur très masculine comparée à celle que je côtoyais dans ma classe. Cameron n'était plus un enfant, il devenait adulte. Il avait de belles pommettes hautes, des boucles un peu longues et blondes, mais surtout des yeux bleu toujours froid.

— Ils t'ont fait quoi ?

— Ils me l'ont prise.

Je n'eus pas besoin de rajouter de mots pour revoir et ressentir les deux mains sur mon corps, me clouant au sol tandis que l'autre me violait. Ils avaient pris ma première fois, riant de la folle que j'étais. Prétextant que jamais je ne pourrais le raconter. Que je ne pourrais pas non plus crier en me débattant. Et je leur avais donné raison, entière satisfaction. Je n'avais pas fait le moindre bruit, contrôlant chacune de mes respirations, laissant mon esprit divaguer dans le monde des cauchemars. J'avais simplement fui la réalité, une fois encore.

J'avais été victime d'une crise, IL était venu m'effrayer, me susurrer à l'oreille, et , une fois n'est pas coutume, j'avais été la seule à le voir. La seule à l'entendre, à le sentir, à le craindre. Les autres s'étaient moqués de moi, m'enfermant dans ce placard à balais. Ne voulant pas m'en libérer, peu importe mes cris, mes suppliques et mes larmes. J'avais été condamnée dans cet espace clos et sombre avec ce monstre qui s'était amusé à me susurrer à l'oreille, à grossir au fil de ma terreur. C'était la première fois que je le voyais en dehors de ma chambre, et chaque fois que j'y repensais j'oubliais ce détail. Que ce jour-là, il avait déjà eu cette capacité hors norme de se déplacer en dehors de ma chambre. De toute manière, je l'oublierais encore.

Quand mes cris avaient cessé, et que trois heures étaient passées, on vint m'ouvrir la porte du cagibi. Il ne restait plus que ces deux garçons qui ne cessaient de se moquer de moi quotidiennement. Tous les autres étaient partis de l'école, m'oubliant, comme toujours. Mais ces deux garçons n'avaient rien à envier au monstre, bien au contraire. Ils avaient attendu d'être sûrs que personne ne les entendrait pour me traîner de force dans la salle de classe vide avant de m'enlever ma seule innocence.

— Je les tuerai. Je leur ferai payer tout au centuple. Je hanterai leur cauchemar à tout jamais.

Je mis ma main sur la sienne , stoppant par la même occasion son mouvement. Il était en train de faire pénétrer la crème anesthésiante sur mon œil au beurre noir. Mais qu'importe. Je voulais qu'il me voie. Et il me regarda comme jamais personne ne m'avait regardée jusqu'ici. Comme une personne normale.

— Ils ne t'ont rien pris. Tu es toujours vierge tant que tu n'auras pas donné ta première fois, d'accord ?

Ces mots résonnèrent dans mon esprit. Il avait raison, je ne l'avais pas donné, je n'avais pas choisi, on ne me l'avait pas volé non plus. Tant que je ne l'avais pas choisi, elle était toujours là.

— Un jour tu auras cette envie, et là tu l'offriras. Et si le mec ne comprend pas que c'est ta première fois, je lui casserai la gueule jusqu'à ce qu'il l'accepte d'accord ?

— Ou tu peux la prendre.

Il me regarda, surpris, mais ne dis rien de plus. Cette soirée était en dehors du temps, étrange, et n'appartenait qu'à nous. Mes parents ne reviendraient pas, mon frère dormirait chez une amie à lui, et un vendredi soir, ma nourrice ne serait là qu'à dix heures.

J'avais envie d'enlever la tristesse de ses yeux, et je voulais qu'il me fasse disparaître la couleur du désespoir en moi. Je n'étais pas certaine que lui offrir ma première fois soit une bonne idée, mais j'en avais envie. Et lui aussi. Et en cet instant c'était la seule chose qui m'importait.

Il m'emmena dans ma chambre, me tenant par la main. Une fois à l'intérieur, il m'embrassa. Mon véritable premier baiser. Ses lèvres étaient douces contre les miennes, elles m'apaisaient. Il bougeait sans être totalement agréable, il appuyait un peu trop, je sentais un filet de bave et sa langue voulait entrer dans ma bouche, ce que je n'acceptais pas. Pourtant, malgré tous ces détails, c'était parfait.

Il m'allongea sur le lit, et me déshabilla doucement, prenant les dispositions, me demandant si j'étais sûre à de nombreuses reprises, ne cessant de me rappeler que j'étais magnifique. Il avait accepté ma première fois, et je ne regrettais pas de la lui avoir offerte.

— Tu sais que tout ça ne doit pas se reproduire, ou ton frère me tuera? Mais tu resteras pour toujours là plus belle de mes premières fois.

Je lui souris, et fus émue par cette phrase, et sans qu'il ne le sache Cameron venait de me conquérir, s'immisçant sous ma peau, à travers la noirceur de ma maladie, jusqu'à siéger pour toujours dans mon cœur.

Je me relevai du lit, commençant à chercher mes vêtements égarés au sol quand il reprit la parole. Je ne voulais pas entendre ce qu'il avait à dire. Je ne voulais pas qu'il me dise qu'il allait rentrer chez lui, me laissant à nouveau seule avec mes cauchemars que j'avais oubliés jusque là. J'étais égoïste, je voulais le garder pour moi. Juste un peu. Juste pour toujours.

— Non. Je t'interdis de fuir. Tu es mienne à tout jamais Ma Lin. Viens dormir dans mes bras, il n'y a que nous ce soir. Nous verrons la suite demain, mais ce soir ne me prive pas de cela. Juste nous.

— Je ne reparlerais peut-être jamais.

Il fallait qu'il le sache, aujourd'hui j'avais réussi grâce à lui, ou grâce à ces deux monstres qui avaient décidé de finir par me pousser à travers la baie vitrée donnant sur le jardin du collège. Mais demain, tout reviendrait à la normale, et le silence réapparaitrait.

— Je m'en fiche, car j'aurais eu le privilège d'entendre la plus douce mélodie du monde. Il est normal que tu ne puisses pas parler, sinon tu ensorcellerais tous les êtres humains du monde. Il n'y aurait pas eu de justice si j'avais dû me battre avec tous les hommes pour te garder. Car crois-moi, personne ne serait assez fou pour te laisser t'en aller.

Je pouffais de rire devant les bêtises qu'il me disait en ponctuant ses phrases de baisers sur mon épaule nue. Pourtant il eut raison de moi, car je m'endormis allongée sur son torse, sa main caressant mes cheveux, et sa voix m'assurant que désormais j'étais sienne. Pour la première fois depuis longtemps je n'eus plus peur du placard et du monstre sous le lit.

Je n'y pensais pas, je laissai même Cameron éteindre mes veilleuses, ne cherchant pas à le retenir. Ce jeune homme de seize ans avait réussi le miracle de m'apaiser. Une simple nuit durant laquelle toutes mes peurs étaient balayées. Je pus visiter le monde des rêves sans encombre.

Le réveil fut calme, un baiser sur la joue, et il rentra chez son père, espérant qu'il soit sobre. Moi j'attendis ma nourrice. Elle hurla en voyant mon état, mais je rayonnais de cette nuit et me promis qu'un jour Cameron serait mien.

Les fois suivantes, lorsqu'on se croisait, il niait tout en bloc. Allant jusqu'a me rejeter quand mon frère était dans les parages. Mais dès qu'il arrivait à être seul, quelques instants, avec moi, il me refaisait vivre. Pourtant les années passèrent, et de son côté, les sentiments disparurent. Le sexe était devenu mécanique, il ne me complimentait plus, ne me donnait plus de plaisir, se contentant de faire ce qu'il avait à faire, sans même se donner la peine de me rassurer une fois l'action finie, se rhabillant et se contentant de regarder sous mon lit et dans le placard avec son regard empli de pitié. Je ne doutais pas qu'il m'aimait, à sa façon, mais jamais il ne pourrait s'engager dans une relation avec quelqu'un comme moi. Je ne me voilais plus la face.

L'homme que j'aimais avait cessé d'exister, si bien que certaines fois je me demandais si je n'avais pas rêvé cette première nuit. Mon seul encrage à cette vérité, c'était lorsqu'il réutilisait mon surnom. C'était tout ce qu'il lui suffisait pour que mon cœur se remette à battre uniquement pour lui. Cet homme m'avait capturée, sans même le savoir.

Des points blancs apparurent, comme des noircissures, venant recouvrir le tableau qui me faisait face. Tout disparaissait, jusqu'à ce que je sois de nouveau plongée dans cette lumière blanche, dans ce vide abyssal, seule, le cœur en miette devant le souvenir, et la tête souffrante.

Le noir reprit peu à peu sa place, les ténèbres m'enveloppèrent à nouveau. Étais-je de nouveau happé dans un monde ? Où étais-je juste en train de sombrer dans la maladie ou à un éclair de lucidité entre deux calmants ?

CHAPITRE 12

Deux semaines complètes d'isolement, deux semaines à enchaîner des rendez-vous psychiatriques à travers la porte de ma chambre. Sans avoir le droit de ne voir personne en chair et en os, à quelques exceptions près. Et encore, très rares. Quinze jours condamnée à attendre une punition pour un crime que je n'avais pas commis. Des calmants et des tranquillisants toujours plus forts pour me faire lâcher prise. Et de la solitude. Ils y arrivaient. Je n'étais plus personne, je ne parlais plus, j'écoutais. Je ne me nourrissais plus, obligeant les infirmiers à le faire. J'étais morte de l'intérieur, une coquille vide.

Puis un jour, alors que je commençais sérieusement à perdre la notion du temps, on vint m'ouvrir la porte pour autre chose que me nourrir, me permettant de revenir dans la grande pièce centrale de l'hôpital, celle où les gens vivaient, riaient et échangeaient.

À l'accueil, mon père se rua vers moi dès l'instant où il m'aperçut pendant que ma mère signait des papiers . Existaient-ils, ou étais-je encore en train d'halluciner comme cela m'arrivait souvent dans ma chambre?

Mon père me prit dans ses bras, ne cessant de m'embrasser le crâne et de me répéter que tout irait mieux. Il parlait. Ce n'était pas normal. Soit nous étions en état de crise, soit je rêvais les yeux ouverts. Aucun des deux choix ne me paraissait fabuleux. Pourtant, une chose me tira de mon absence d'émotion, de mon atrophie sentimentale. J'allais rentrer à la maison. C'était fini.

On me rendit les vêtements dont j'avais été privée lors de mon isolement. Je m'empresserai de les mettre, quittant l'horrible blouse médicale. Je ne pris même pas le temps d'aller me changer dans les toilettes, le faisant en plein milieu de l'accueil. Au pire, on me prendrait pour une folle, rien d'anormal en ces lieux.

Enfin, ma mère me fit un câlin à son tour, s'étouffant de ses larmes et de sa joie de me retrouver. Mais derrière tout cela, il y avait autre chose. Je pouvais le sentir, je n'arrivais juste pas à mettre le doigt dessus. Mais c'était quelque chose d'étrange. En temps normal, j'aurais pu trouver de quoi il s'agissait, mais dans les vapeurs de mes médicaments, rien ne semblait avoir de sens.

Nous étions prêts à sortir quand ma mère s'arrêta net. Devant Jace. Il me regardait, habillé de son sourire adorable, mais je ne me laissais plus attendrir. Je savais qui il était. Il était le monstre qui s'amusait de ma terreur. Il n'était pas le doux jeune homme timide qu'il essayait de paraître.

— Merci encore pour tout Jace. Je ne sais pas ce que nous aurions fait sans toi.

— Ne vous inquiétez pas madame Tanaka. Votre fille

est ma priorité, et cela, même si c'est contre l'éthique, je ne la laisserais pas tomber.

Ma mère le prit dans ses bras, et moi, j'étais encore plus perdue. Et si en fin de compte, il ne me mentait pas ? Après tout, il venait de me sortir d'ici. Il devait donc chercher une solution depuis le début. Mais dans ce cas, Cameron serait le Croque-Mitaine. J'étais on ne peut plus perdue. Je ne savais plus qui était qui, je ne savais plus et ce qui arrivait. Mon cerveau semblait ralenti, le monde était flou, et tout vacillait. Les médicaments me réduisaient à cet état hagard de zombi, sans réflexion fixe. Mon cheminement de pensées était chaotique.

— Je passe dès que ma garde est terminée, et je vous expliquerais tout dans l'intimité, loin des oreilles indiscrètes.

Mon "copain" lança un regard autour de nous, puis me sourit en me faisant un clin d'œil. Les larmes aux yeux, mon père lui fit une accolade. Ma mère ne cessait de le remercier. J'étais passé à côté de quelque chose d'important. Mais personne ne m'en dit plus. Je restais dans l'ignorance la plus complète durant tout le trajet silencieux. En arrivant dans ma maison, ma nourrice me prit dans ses bras, balbutiant des mots incompréhensibles tant elle pleurait elle aussi. Mes proches ne savaient plus communiquer autrement que dans les pleurs et la tendresse.

Moi qui avais été élevé par ma nourrice, une femme sévère, j'étais sous le choc de ces élans d'affection.

J'eus beau chercher du regard, mon frère n'était pas là.

Pourtant, là, à cet instant, il était le seul que je souhaitais voir. Je voulais qu'il me prenne dans ses bras, et qu'il me promette que demain tout irait à nouveau pour le mieux.

Mais il n'était nulle part. Il fallait dire que je ne savais plus quel jour nous étions, ni même l'heure d'ailleurs. J'étais perdue dans l'immensité du temps, cherchant à raccrocher mes souvenirs et à éloigner mes rêves. Je n'arrivais plus à trouver, à différencier le vrai du faux. Plus rien n'avait de sens.

Mes parents m'assirent dans le canapé, m'expliquant qu'ils avaient tous deux pris deux semaines de congé pour rester à mes côtés. Encore une chose étrange. Le jour où j'avais été violée, je n'avais eu droit qu'à un sms. Qu'arrivait-il ?

Les heures passèrent, ou peut-être simplement les minutes, je ne savais plus. Je fermais les yeux un instant et fus égarée dans le fil du temps.

Ma mère continua de parler, mais je n'arrivais pas à comprendre ce qu'elle me disait. Les sons qu'elle faisait n'avaient plus de sens à mes yeux. Mes tempes se mirent à pulser, me donnant l'impression qu'elles vrombissaient à une fréquence qui leur était propre. Les points de lumière qui dansaient devant mes yeux se multiplièrent. Un cri perça le silence. Mon propre cri à en croire les visages de mes parents avant qu'ils courent me chercher des médicaments. On me les fit avaler, et je n'y opposais aucune résistance. Si ce traitement pouvait faire cesser l'agonie, ou ne serait-ce que me rendre un minimum de lucidité, j'étais prête à tout.

Puis ce fut le néant, l'oubli le plus complet jusqu'à ce qu'une sonnette retentisse. Un invité venait sonner à notre porte, encore un élément assez rare pour être relevé. Seule Kathleen sonnait encore pour donner l'impression d'être bien élevée.

En regardant autour de moi, je me rendis compte que contrairement à ce que je croyais, je ne dormais pas. J'étais en train de peindre. J'avais juste eu une absence des plus complète. Et au vu des détails de la toile, il ne s'agissait pas de minutes, mais d'heures entières d'étourdissement.

Jace pénétra ma maison, de nouveau vêtu d'un jean/t-shirt, hésitant et mal à l'aise. Toute sa prestance de médecin avait disparu en même temps que sa blouse. Il était redevenu le jeune homme venant me chercher pour un rendez-vous. Il vint s'asseoir sur le fauteuil en face de mon chevalet de peinture. Mes parents s'installèrent sur le canapé, toutes ouïes à ce qui allait être dit. Mais moi je restais droite, plantée au milieu de cette scène, comme une étrangère, accrochée à mon pinceau.

—Alors je vais devoir évoquer deux points importants. Le premier est que le docteur Henry a accepté votre enveloppe et renonce à toute poursuite. Il fera un démenti public demain expliquant qu'il a fait un burnout et qu'il s'est frappé seul, utilisant un de ses patients comme bouc émissaire et qu'il ne peut pas vivre avec cette culpabilité.

Un soupir rassuré s'échappa des lèvres de mes parents, à l'unisson. Alors c'était ça leurs solutions ? Croire que j'avais essayé de le tuer et payer pour étouffer l'affaire ? Ce pauvre homme avait été victime du monstre des cauchemars et maintenant il se retrouvait à ne plus jamais pouvoir pratiquer son métier. Je venais de gâcher la vie d'un pauvre homme. J'étais maudite.

— C'est bien, nous avions eu peur que son avocat lui conseille de refuser notre offre pour aller jusqu'au procès. C'est une épine en moins dans nos pieds.

Mon père se contenta d'acquiescer d'un simple signe de tête. Mes parents et même mon prétendant qui semblait à nouveau bien trop confiant et distant s'installèrent plus confortablement, comme si le sujet le plus tendu était passé. Comme s'il n'y avait plus de problèmes. Comme si nous ne venions pas de détruire une existence.

— L'autre point c'est Lin. Elle est diagnostiquée schizophrène. C'est cela qui explique ses difficultés à parler, le fait qu'elle se mure dans la solitude, qu'elle croit à ses hallucinations. Et je suppose également qu'elle à du mal dans son cheminement de pensées, mais ça je ne peux pas en être sûre, elle ne parle pas assez pour le confirmer ou l'infirmer.

— Je vois, pouvons-nous éviter que cela s'ébruite ?

—Évidemment madame, je vous ferai des ordonnances et je lui amènerais son traitement, et me propose à la prendre en consultation tous les deux jours.

Mes parents et lui s'arrangèrent sur la suite des événements, mais moi je me perdais encore. Je ne savais plus où j'étais, qui était qui. Étais-je véritablement schizophrène ? Où ne pouvaient-ils pas voir le don que j'avais ? Parlait-on encore de dons à ce niveau ou plutôt de malédiction ?Dans les deux cas, mon esprit était ravagé. J'étais dans le flou le plus total.

J'entendis quelqu'un me prévenir qu'il me restait une semaine à la maison avant de pouvoir retourner en cours avec mon nouveau traitement adapté. Tout ce que je retins fut que bientôt, je pourrais revivre. Je pourrais ressortir et voir du monde.

Jace partit non sans me déposer un baiser sur la joue, me promettant que dès que j'irais mieux, on reprendrait notre relation. Mes parents ne semblaient pas contre l'idée qu'il soit à la fois mon copain et mon psychiatre. Du moment que le monde ne savait pas à quel point leur fille était folle, tout allait pour le mieux.

Je continuai ma peinture sans m'en rendre compte, ajoutant mécaniquement des points de couleurs, et des ombres . Je peignais sans réfléchir, sans voir la toile, je ne réfléchissais plus non plus, perdue dans l'immensité vide de mon esprit.

Ω

La lumière laissa place à un nouveau décor. Le palais de Kei. Celui-ci m'apparaissait plus somptueux que la dernière fois. La maquette était la même que celle d'Akkio. J'avais encore du mal avec leurs autres prénoms. Mais une autre chose me frappa de plein fouet, quand j'étais ici, mes pensées étaient cohérentes, je ne me perdais plus. Tout était clair. Tout semblait fluide.

— Qu'est-ce que tu fous encore là ?

— Apparemment je ne choisis pas.

Étant donné que l'homme qui me faisait face ne jouait

pas franc jeu avec moi, je ne voyais plus l'importance d'être aimable avec lui. Dans tous les cas, il me mentirait. Maintenant il ne me restait donc plus qu'à savoir sur quel point exactement il me dupait. Je devais trouver s'il était le Marchand de Sable ou le Croque-mitaine.

— Dois-je te laisser dans ton enquête Agatha Christie, ou es-tu prête à venir dissiper un cauchemar ?

— Cela ne dépend que de toi.

Il pensait pouvoir me faire faire ce qu'il souhaitait ? Grand bien lui fasse. Dans ce royaume j'étais puissante, j'étais unique, et surtout, je n'étais pas folle. Je pouvais me battre, je pouvais négocier et jouer avec les règles. Et je ne m'en priverais absolument plus.

— Je veux que tu viennes avec moi désormais, je ne veux plus affronter ses cauchemars seule, suis-je claire ?

— Très.

Un grincement de dents me montra qu'il n'était pas enchanté par cette nouvelle. Mais malheureusement pour lui, il n'avait pas le choix. Il avait besoin de moi. Et quoi de mieux que des heures de recherches dans les contrées cauchemardesques, pour obtenir les réponses aux questions qui tournaient en boucle dans mon cerveau.

Sans se donner la peine de m'avertir, il nous téléporta sur le bord d'une falaise. Nous étions seuls, et devant nous se dressait une cascade magnifique qui semblait se déverser dans les nuages. Il devait s'agir de celle qui avait recommencé à vivre après la bille.

— Nous sommes là où les rêves se meurent. Quand quelqu'un abandonne, tout finit ici. Condamné à mourir sans relâche. J'ai besoin que tu plonges récupérer un des tiens.

— Tu veux que je récupère un de mes souhaits abandonnés ?

Il s'assit confortablement, sortant un livre d'une de ses poches et se mit à le feuilleter, ignorant complètement ma présence. Il ne restait plus que moi et mon esprit en parfait état.

Je priais l'espace d'un instant pour que la mort dans ce monde ne soit pas liée à celle dans ma réalité, mais je n'avais que peu d'espoir. Une grande inspiration et je reculai pour prendre de l'élan avant de plonger de la falaise.

La chute fut longue, je tournais, tournais et tournais encore. Le vent battait mon corps, me lacérait, et me faisait suffoquer. Mais je gardais en tête ma mission. Il me fallait retrouver ce rêve abandonné, même si je n'avais aucune idée de ce qu'il était réellement.

Il n'eut jamais d'impact, seulement une fin. Sans raison, je ne tombais plus, j'étais simplement là, le long d'un fleuve rose qui coulait à petits flots. À mes côtés, Kei, marchait tout en lisant, sans me décrocher le moindre mot ni regard.

— Comment je saurai que c'est le mien?

Aucune réponse ne me parvint. Il était contraint par notre arrangement à me suivre, mais en aucun cas à me parler. Mais je n'allais pas affronter cela pour l'aider, lui, sans qu'il me fasse au moins la conversation.

— J'entends tes pensées je te signale.

— Je sais. Donc parle-moi.

Il se mura de nouveau dans le silence, tournant les pages de son roman à rythme régulier. Puis, tandis que nous continuons de marcher en longeant la rivière, une idée me vint. Je repensais à sa langue sur moi, aux gémissements qu'il avait réussi à me tirer, à la passion dans ses yeux, et à l'envie que j'avais éprouvée de l'avoir en moi. Ce simple souvenir m'émoustillait, mais lui, il tremblait, il rougissait.

— Stop ! Tu as gagné putain ! Qu'est ce que tu veux ?

— Pourquoi es-tu aussi dégouté à l'idée que l'on est fait ça ensemble ? Sachant que dans mon monde nous sommes ensemble et que ça arrivera à nouveau.

Il s'arrêta, me regardant avec un regard mêlant surprise et colère. Il commençait à respirer fortement, extrêmement fortement. Je voyais son ombre se métamorphoser en LUI. Il se prit la tête entre les mains en criant. Il souffrait, je pouvais le voir. Mue par un instinct inconnu, je tentais de poser ma main sur son épaule dans un geste réconfortant. Mais rien ne se produisit comme prévu.

Il releva la tête. Ses yeux étaient rouges, luisants et menaçants. Il était en proie aux ténèbres, et à de la magie noire. Je le voyais succomber doucement au monstre.

— Cours, je n'arriverais pas à me contrôler longtemps.

— Que t'arrive-t-il?

Un rire froid m'accueillit. L'ombre de Kei changea en cette forme que trop reconnaissable. Je tremblais tandis que les ténèbres se personnifiaient, donnant un portail d'accès direct au Croque-mitaine. La véritable question était de savoir s'il s'agissait d'une incarnation de sa part obscure qu'il ne maîtrisait pas ou de Cameron qui se jouait de nous. Je n'étais plus sûre de rien, et nullement avancée. Je craignais le Croque-mitaine, voilà ma seule certitude en cet instant. Je tremblais comme une feuille tandis que Kei semblait résister de tout son possible, vibrant sous la rage.

— Que t'arrive-t-il ? répétais-je.

Je criais, et l'ombre devenait tangible, de plus en plus menaçante. Je me rendais bien compte que plus je le craignais plus je le renforçais, mais rien n'y faisait. Il me terrifiait.

— Je vais devoir encore utiliser de la magie pour sauver ton petit cul de pleureuse. Je te préviens que si ensuite tu t'avises de dire oui à la moindre de mes avances, la prochaine fois je te laisserais crever seule !

Kei ne rigolait plus, il s'était redressé, faisant barrière entre LUI et moi. Il le défiait, de sa hauteur. Une fois encore je vis du sable noir sortir de ses manches de cape, et venir l'entourer tel un bouclier. L'affrontement qui allait en suivre serait pour sûr épique.

L'ombre était dressée sur deux pattes arc-boutées, noires obscures et velues, laissant son gigantesque torse en avant, et sa gueule de loup aux yeux rouge sang visible. Ses griffes trainaient au sol, produisant un bruit strident. Mais ce qui m'inquiétait le plus était sa voix quand il s'adressait à moi, car elle me semblait familière.

— Ma Lin. Tu es mienne.

— N'écoute pas ce connard. Essaye de t'appartenir déjà, ça sera pas mal, la pisseuse.

171

Je me rendis compte que Kei venait d'appuyer sur un point essentiel. Je ne m'étais pas faite dessus. Je n'étais pas aussi effrayée que j'aurais dû l'être. Peut-être était-ce parce que je savais qu'il allait se battre pour moi, ou peut-être était-ce parce que je voulais tester quelque chose.

Je me positionnai aux côtés de Kei, et commençais à penser, à façonner par la pensée une grande brèche s'ouvrant sous les pieds du monstre. Ma surprise résonna en même temps que le bruit d'un effondrement de terre. J'avais raison, je pouvais influer sur ce monde. La brèche commençait à faire un bruit assourdissant tandis que mon visage était un livre ouvert de joie. Mais ce ne fut que de courte durée, quand le sol se mit à véritablement craqueler sous mes pieds.

Je bondis en arrière en symbiose avec Kei. Tandis que le monstre continuait de rire à gorge déployée, se nourrissant de notre peur. Car si ma frayeur était habituelle, pour une fois, je pouvais sentir d'ici celle de mon compagnon couler le long de son dos. Nous étions complètement à la merci du Croque- Mitaine.

— Lin, tu n'es rien ici. Tu es dans MON royaume. TU m'appartiens. Ne crois pas pouvoir influer quoi que ce soit.

— C'est également mon royaume !

— Alors bats-toi, Keisuke. Défends tes terres…

Kei envoya des salves de sable, faisant reculer la créature hybride. Ce court laps de temps lui permit de transformer et de donner la vie à ses tas de poussière. Les créatures qui prirent naissance hanteraient à tout jamais mes cauchemars. Elles semblaient toutes plus violentes et abominables que le monstre auquel elles faisaient face. Des créatures tentaculaires, des chevaux en décomposition, des ombres mouvantes. Rien qui ne laissait penser que cet homme était le Marchand de Sable. Pourtant, en cet instant, il se battait contre le Croque-Mitaine. Plus rien n'avait de sens.

Les hordes de sable se jetèrent sur le monstre, qui, s'il avait réussi à annihiler les premières, semblait désormais submergé. Les créatures cauchemardesques ne cessaient d'être réduites en tas de sable et de poussière avant de reprendre vie sous la magie de Kei. Ce dernier lui-même, parti se battre, bloquant les attaques de son adversaire par des murs de sels noirs. Le combat était magnifique, mais de ce que je pouvais voir plus il perdurait et plus la force de mon binôme augmentait de manière proportionnelle au changement de couleur de ses yeux.

— Que le monde tremble, la petite fille apeurée du noir s'est encore cachée. Derrière un roi déchu, maudit et qui ne sait pas contrôler ses propres pouvoirs. Quelle belle équipe vous formez à vous deux, peut-être qu'un jour tu souhaiteras faire partie du camp des gagnant ma Lin.

La fin de la phrase fut ponctuée par un éclat de ténèbres, telle une onde de choc qui se propagea à travers l'horizon. Lorsque la lumière revint, Kei était agenouillé dans la poussière, les yeux saignants, et les mains grattant le sol. Il n'y avait plus de signe d'un des monstres, quel qu'il soit. Seuls nous. Seul lui, me regardant comme s'il allait me dévorer. Ou peut-être était-ce lui, en train de se faire dévorer par sa propre folie ?

— Mélinoé, je vais te toucher, et tu vas en redemander.

— Non ! Tu m'as dit que je ne devais pas te laisser faire.

Je ne comprenais pas comment cet homme pouvait changer de personnalité aussi vite, tout ce que je voyais en revanche c'était à quel point il sentait le sexe lorsqu'il était dans cet état. Mon corps tout entier répondait à sa voix rauque. Comme si le charme dont il était victime influait sur ma personne.

— Que t'arrive-t-il putain ?

— Il m'arrive que je ne contrôle pas mes pouvoirs comme l'a si bien remarqué TON monstre ! Lorsque j'utilise mes pouvoirs dans ce monde, je me retrouve soumis à mes propres rêves.

Ses mots vinrent percuter mon esprit. Je comprenais enfin, il n'arrivait pas à contrôler l'influence de ses propres pouvoirs sur sa personne. Il était esclave de ses rêves de luxure.

Je voulus reculer, mais j'étais immobilisée. En regardant mes pieds, je me rendis compte que mon corps assis au sol était positionné sur une extension de sa propre ombre, que cette fois, il semblait contrôler à la perfection. Il m'avait emprisonnée sans que je m'en rende compte.

— Je vais te faire crier à t'en exploser les cordes vocales. Je veux que le Croque-Mitaine lui-même me supplie de te faire arrêter de hurler mon nom.

— N'avance pas ! Je te l'interdis !

Il rit en continuant son chemin vers moi, renforçant l'emprise de ses ténèbres sur ma personne. Il avançait doucement, tel un chasseur devant sa proie. Il s'amusait de l'effet qu'il me faisait. Je pouvais voir d'ici son gonflement d'excitation, tout comme lui devait apercevoir mes seins se dresser, et mon souffle se couper.

— Yoku, je vais te baiser si fort pour te rappeler à quel point je te hais. Je vais te mordre à t'en déchirer la peau, pendant que tu jouiras sur ma bite. Je te grifferai le dos jusqu'au sang, pour te montrer combien je te veux du mal tandis que tu crieras. Et le pire c'est que tu me supplieras de continuer, car au fond de toi, tu en rêves.

CHAPITRE 13

Il s'approchait dangereusement de moi, et plus ses pas réduisaient la distance entre nos deux corps, moins j'avais envie qu'il se retienne. Son charme opérait sur moi. Il avait le corps de Jace, mais sa personnalité était bien plus sensuelle, séductrice et... détestable. Il avait cette chose en plus, qui faisait que je ne pouvais pas honorer sa demande. Je ne l'arrêterai pas. Je ne pourrais pas résister à ce magnétisme qu'il dégageait.

— Réponds-moi !

— Que veux-tu que je te dise ?

Je jouais à la forte tête, car je savais qu'il ne me ferait rien. Il avait bien trop besoin de moi, pour son royaume, mais je soupçonnais également une raison plus intime. J'étais quasiment sûre de pouvoir jouer un rôle sur sa malédiction.

Il inspira fortement, et je sus ce qu'il sentit. L'air autour de nous était chargé de cette tension sexuelle quasiment palpable. Je frémissais tandis que lui semblait avoir cessé tout combat intérieur. Un de ses pieds vin se positionner sur l'ombre qui m'immobilisait. Il s'y agenouilla, positionné entre mes jambes ouvertes. Son souffle vint caresser mon visage. Il continua de s'approcher jusqu'à ce que je sente la chair de poule se former le long de mon cou. Je n'allais pas tarder à réclamer mes lèvres des siennes.

— Dis-moi que tu me veux en toi. Dis-moi que tu seras une bonne petite chienne obéissante. Dis-moi que tu ne vis que pour me sentir en toi.

— Crève connard !

S'il pensait ne serait-ce qu'un instant que j'allais le supplier de me baiser, il pouvait toujours courir. J'avais du respect envers ma personne, et je ne m'abaisserais pas à cela. Il avait su en une phrase réduire toute mon envie de lui à zéro. Il était bien trop…LUI.

— Tes lèvres disent cela, mais je sens ton excitation d'ici. Je suis sûr que si je passais un doigt en toi, il ressortirait complètement trempé, dégoulinant.

Je n'avais rien à ajouter, il n'avait pas tort. Mon corps bouillait pour lui, mais il ne gagnerait pas. La première chose à faire, c'était de déterminer s'il entendait toujours mes pensées lorsqu'il était dans cet état. Au vu de ses non-réactions, je penchais pour le fait que le charme lui ait annihilé cette capacité. J'allais donc employer ce détail à mon avantage.

Il se mit à embrasser mon cou, renversant ma tête en arrière. Je devais rester focalisée sur mon plan. Pas sur les sensations qui envahissaient mon corps. Quand il commença à mordre la peau sous mon oreille tandis qu'une de ses mains venait caresser l'intérieur de ma cuisse, je me sentis vaciller.

— Ton souffle, ton humidité, tes bruits contenus, tout me montre que tu me veux. Il suffit de me supplier et je viendrais te faire jouir.

Une lueur de compréhension me parvint. Lorsque le charme opérait, il avait besoin que je crie son nom, que je le supplie. Il n'était pas victime à proprement parler d'une malédiction de luxure. C'était son rêve d'être reconnu qui se jouait ici. Son fantasme ultime était la reconnaissance. Il voulait occuper la pensée de la personne intégralement. Il voulait être le seul.

Peu importe combien de fois je me laisserais aller à ses caresses, rien ne changerait tant qu'il ne gagnerait pas confiance en lui. Il me faudrait réfléchir à une solution pour ce point-là, mais plus tard. Il continuait de faire aller et venir son doigt sur mon sous-vêtement, l'humidifiant complètement. Je rêvais de le supplier de me soulager, mais nous le regretterions tous les deux.

Une fois sur moi, allongé sur mon corps, je me mis à l'embrasser de mon propre chef, il me fallait le faire baisser sa garde. Ce qui ne fut pas long.

— Libère-moi, je veux te toucher, je veux te rendre ce que tu me fais la dernière fois. Laisse-moi te prendre en bouche.

Il releva les yeux vers moi, et si son air semblait au début suspect, il devint vite brouillé par la luxure. J'avais misé sur ce point, et m'en voyais récompensée. Il ne se fit pas attendre, me rendant l'entièreté de mes mouvements. Je commençais donc à onduler du bassin pour le faire

179

s'allonger. J'entendais ses petits gémissements tandis que nos deux corps se heurtaient. J'étais si proche de venir par ce simple contact, mais je résistais. Il ne bougea pas d'un centimètre s'amusant de mes efforts.

— Demande et j'obéirai, mais n'essaye pas de me soumettre gamine.

— Allonge-toi sur le dos.

Il rit, mais fit tout de même ce que je lui demandais. Il avait ce sourire narquois, et ce regard brûlant qui ne me laissaient pas indifférente. Mais il me fallait canaliser ce changement de personnalité. Je devais lui prouver qu'en cet instant, il n'y avait que lui. Et tout reviendrait à la réalité.

Je me mis à enlever la broche qui retenait sa cape, le libérant pour la première fois à ma vue. Mais sans que j'aie le temps de le contempler, il retint d'un mouvement rapide et sec le tissu.

— Non. Tu n'es personne, ne t'octroies pas des droits dans mon royaume.

— Soit tu joues selon mes règles, soit tu me violes pendant que je pense à quelqu'un d'autre. Mon corps, mes conditions.

Il grogna, mais comprit vite qu'il n'était pas en position de négocier. Il lâcha la cape en laine qui vint tomber le long de son corps. Il avait des bras assez épais, visibles, car habillés seulement d'un t-shirt noir basique. Il m'était si étrange de voir le corps de Jace, alors qu'il ne s'agissait pas véritablement de lui. Cela me donner l'impression d'observer quelque chose que je ne devrais pas.

Je lui fis passer le dernier vêtement de son torse par-dessus la tête puis sans attendre à sa boucle de ceinture. Je l'embrassais dans le cou, descendant le long de son corps menant jusqu'au chemin de pilosité.

J'avais envie de lui, encore plus dans cette situation. Son côté détestable apportait un petit quelque chose. Mais nous avions autre chose à faire. Il retira de lui-même son pantalon, restant en caleçon.

En prenant un peu de recul, je me vis en robe, trempée, au-dessus d'un homme en simple sous-vêtement allongé dans une prairie, d'où des taches noires de cendre prouvaient l'existence du dernier affrontement, le long d'une rivière de rêves abandonnés. Rien n'était normal. Rien n'avait de sens.

L'espace d'une seconde, je me mis à éclater d'un rire profond. Je ne pouvais pas croire que tout ceci existait réellement, que la situation dans laquelle je me trouvais était véritable. Je ne pouvais voir qu'une unique solution à tout ceci, j'étais bel et bien schizophrène, et en pleine crise. Jamais un tel homme n'aurait eu envie de moi.

— Pourquoi ris-tu ? Tu penses que mon corps est risible ? Regarde-toi, une planche à pain, à peine formée, des yeux marron basiques, et des cheveux noirs lisses. La banalité incarnée gamine. Tout juste baisable.

— Je riais justement de ça. Du fait qu'un homme comme toi puisse avoir envie d'une femme comme moi.

D'un coup d'œil, je désignais son membre, relevé et gonflant qui commençait à mouiller un peu son caleçon d'envie et de précipitation.

— Tu es si beau Kei, je sais bien que je suis d'une banalité des plus complète. Pourtant, c'est bien moi qui te fais cet effet. Et c'est moi qui vais te dire qu'on n'ira pas plus loin. C'est moi qui vais choisir de me refuser, pas l'inverse. Car tu vaux bien mieux que cela, et que je veux que ma première fois avec ce corps soit ponctuée de baisers et de « je t'aime ».

Les yeux du jeune homme se mirent à vaciller, le voile d'obscurité laissa place au traditionnel rouge que je ne connaissais que trop bien. Il ne paraissait plus énervé, seulement dépité et un peu triste. Je descendis de son corps sur lequel j'étais à califourchon. Il remit son haut sans rien dire, le silence accompagnait le léger bruit de l'eau circulant.

Je m'agenouillai devant la rivière, y mettant la main en coupe. En ressortant de l'eau, je m'aperçus de sa couleur rose unique. Je voulus la boire, mais elle disparut avant. Et ce, malgré mes nombreuses tentatives. Prise d'une impulsion, je me décidai à rentrer dans le cours d'eau. Mon corps s'y enfonça jusqu'à la taille. J'y étais bien, dénuée d'un poids lourd sur les épaules.

— Que fais-tu ?

— Je profite de ce royaume merveilleux. Tu devrais essayer, qui sait, tu pourrais sourire un jour.

Il laissa son pantalon sur la berge tandis qu'il rejoignait. Et un sourire naquit sur son visage, un léger sentiment de joie dut l'accueillir, car il ressemblait l'espace d'un instant à mon Jace. Heureux, timide et sans arrière-pensées.

— Je voulais m'excuser. Et te remercier.

— Ce n'est rien, pour tout te dire je n'avais pas réellement envie de coucher avec toi.

— Super. C'est vachement sympa.

Il se retourna, le visage redevenu froid et blessé. Il semblait véritablement contrarié par ce que je venais de dire. Pourtant, je n'avais fait qu'énoncer une vérité que nous pensions tous les deux.

— Je sais très bien que je ne suis pas l'homme dont on rêve. Assez drôle puisque je suis l'être auquel vous devez le sommeil.

— Ce n'est pas ça. Kei, regarde-moi s'il te plait.

Il se remit face à moi, et l'espace d'un fragment de seconde, je crus me voir. Cette tristesse en lui semblait au-delà de tout, elle résonnait aux mêmes pulsations que la mienne. Je comprenais ce qu'il ressentait.

— Kei, tu me détestes autant que je te hais. Tu n'es qu'un gros con, arrogant, doublé d'une personnalité qui veut juste me baiser. Tu avoueras que tu n'es pas l'homme parfait. Mais en dehors de ça, tu as le corps du garçon avec qui j'aimerais commencer quelque chose.

— Je ne sais pas pourquoi je te déteste. Mais une chose est sûre, c'est que lorsque nous ne sommes pas dans cette rivière, je te veux du mal. Profondément. Beaucoup de mal. Je pourrais te tuer si je n'avais pas besoin de toi.

Je soupirais, consciente du poids de ses dires. Sa malédiction devait prendre racine bien plus loin que je ne le pensais. Il était probable qu'il ne soit pas seulement contraint de changer de personnalité lorsqu'il employait sa magie. Il devait avoir vécu une fragmentation de son âme. Deux entités coupées, et tant qu'elles ne seraient pas réunies, il resterait malheureux.

En voulant lui sourire, je me rendis compte de l'état de son torse. Je venais de l'embrasser, mais j'étais passée à côté. Des centaines de stries, des blessures, plus ou moins fraîches. Certaines cicatrisées, d'autres encore sanguinolentes. Et surtout très peu de peau encore vierge d'encre.

— Ça n'apparaît que si je le veux vraiment, ou dans les lieux sacrés comme ici.

— Un lieu sacré ?

— Nous sommes dans la rivière des rêves abandonnés, personne ne peut mentir à son âme.

Je commençais à dessiner le contour d'une vague, un soleil, un échafaud, une potence, puis un sablier, le même que j'avais eu sur le mollet. En levant la jambe, je le vis, à la même place qu'il avait jadis occupée. J'avais été marqué par le Croque-Mitaine, jamais je ne pourrais l'oublier.

Keisuke fit naître du sable de sa peau. Ce fut comme si un petit filet s'était échappé de son corps, telle une pellicule de poussière. Le sable resta en suspension dans l'air, d'une douce couleur classique et non noire. Il vint caresser mon épaule, s'enrouler et se frotter contre moi. Puis une petite douleur de brûlure naquit, et déjà, le sable disparut dans le corps de son contrôleur.

Là où il venait de me toucher, il posa sa main, un contact électrisant, tandis qu'il me regardait droit dans les yeux. Il se passait quelque chose entre nous. Peut-être était-ce la dernière fois, peut-être était-ce une hallucination, ou juste un rêve, mais ce moment serait à moi pour toujours.

— C'est d'une femme comme toi que j'aurais aimé tomber amoureux. Mais que veux-tu, dès que nous serons sortis d'ici, ma malédiction me rattrapera et je te haïrais à nouveau.

Il déposa un tendre baiser sur mon épaule, et en la regardant, je vis qu'il venait de marquer mon âme lui aussi. Il venait de me prouver que même lorsque lui ne s'en rappellerait plus, j'aurais une marque me permettant de me remémorer cet instant. Un cycle lunaire complet. Je n'eus pas le courage de lui demander la signification, laissant planer le doute à tout jamais.

Près de moi, une petite bille vint flotter, en la prenant dans la main, je compris sa signification. Je venais de trouver mon rêve abandonné. J'avais abandonné l'idée d'être normale, et aimée pour celle que j'étais véritablement. Mais dans cette brèche dimensionnelle, je m'étais senti unique grâce à Kei.

Je lui souris, lui tendant mon trésor, mais quand il me regarda, je lus la peine sur son visage, tandis qu'il tenait lui aussi une bille. La mienne, comme les précédentes, était de la couleur de la nacre, reflétant l'arc en ciel, tandis que la sienne était d'un noir obsidienne profonde.

— Mon cauchemar personnifié. Condamné à ne jamais être le héros, seulement le monstre d'une autre histoire.

Nous sortîmes de la rivière, et il ne lui fallut que quelques minutes avant de reprendre ses esprits et qu'il redevienne cet être exécrable. Pourtant, même lorsqu'il m'envoya ses commentaires désobligeants, je crus voir un sourire en coin. Aurait-il changé ? Je n'en serais jamais véritablement sûre.

— Je vais devoir rentrer dans mon monde tu sais ?

— Donne-moi les billes, je m'en occupe. On se revoit bientôt planche à pain !

Je fus aspirée de nouveau dans mon royaume de la réalité. Il était temps pour moi d'affronter mon traitement et de vaincre l'image de folie que je renvoyais.

Ω

J'étais devant ma toile. Elle était encore plus colorée. Exceptionnellement, je n'avais pas eu d'absence, rien n'avait continué dans ce monde pendant que j'avais voyagé dans l'autre. Même mon cheminement de pensée était clair, et rapide. Comme si l'eau de la rivière avait réussi à me purifier du flou médical dont j'étais victime. Je me sentais bien, je me sentais revivre loin de toute folie.

En regardant le tableau, la connotation que je lui avais donnée me fit sourire .

— C'est vraiment magnifique, mais qu'est-ce que c'est ?

— Mes prochains tatouages.

J'avais sans le vouloir recréer la marque que m'avaient laissée le Croque-Mitaine et le Marchand de Sable. Un sablier dont du sable noir s'échappait de la cassure, et un cycle lunaire ombragé.

— Tu veux te les faire tatouer ? Tu en es sûre ?

— Certaine maman, tu voudrais bien m'y accompagner ?

Elle me fit un grand sourire et accepta. Elle alla rejoindre mon père dans la cuisine, pour lui dire que mon traitement semblait faire effet et qu'elle avait l'impression de retrouver sa fille. Mes parents étaient heureux, et pour le moment, c'était tout ce qui m'importait.

Les jours passèrent durant lesquels je continuais de voir Jace. Nos rendez-vous médicaux étaient simples et sans prise de tête. Je réussis même à lui parler en monosyllabe. Le plus souvent je répondais par l'écrit à des questions bateaux, parfois nous ne faisions qu'écouter des musiques, tandis que d'autres, il me lisait des livres, observant mes réactions.

On me donnait des médicaments que je mettais sous ma langue avant de les recracher discrètement, dans ma boite, à l'abri des regards. Tout le monde était content, ma famille me pensait sur le chemin de la guérison, Jace voyait des progrès. Je suis sûre qu'il s'imaginait déjà être en train de soigner une schizophrène.

Moi, je me délivrais de l'emprise nocive des cachets, j'étais libre de réfléchir. J'avais vu à plusieurs reprises le monstre sous mon lit, dans l'ombre d'un placard. Ses griffes, ses yeux rouges, sa voix me rappelant que je lui étais destiné. Dans ces moments-là, je criais, appelant mes parents à l'aide. Mais les journées n'étaient pas mauvaises.

Ma mère m'emmena me faire tatouer mes deux dessins. J'eus énormément de mal à faire comprendre que non, je ne voulais pas qu'on change le moindre détail. C'était ça que je souhaitais me faire graver sur la peau. Je voulais me rappeler la véracité de ces instants. Je ne les avais pas imaginés, et ces esquisses en seraient la preuve pour toujours.

La douleur de l'acte me fit grincer des dents, mais étrangement j'aimais ça. Le premier n'était même pas fini que j'avais déjà hâte de faire le deuxième. Je me nourrissais de la souffrance qui se dégageait de cet instant. J'étais désormais marqué par ces deux êtres, peu importe le royaume.

Mes parents adorèrent le duo d'œuvre, ne cessant de me demander leurs significations En guise de réponse, je me contentais de hausser les épaules. C'était mon secret. Une fois, une seule, je leur écrivis que ces deux dessins m'aident à me rappeler par où j'en étais passée pour être saine aujourd'hui. Ce n'était pas véritablement un mensonge, bien au contraire. Mais une vérité crue me ferait prendre un billet aller simple pour l'hôpital.

Nous étions samedi soir, deux semaines d'isolement au lieu d'une. Une semaine de plus sans personne. Mais mon esprit m'appartenait enfin, je ne me sentais plus aussi égarée qu'avant. Jace venait de finir notre rendez-vous et il se relevait de sa chaise.

— Étant donné que tu es officiellement libre à partir de ce soir. Cela te dirait de venir manger une pizza avec moi ?

Le jeune homme dansait d'un pied à l'autre, hésitant. Ce changement de personnalité soudain, dès qu'il n'endossait plus le rôle de mon médecin, me laissait toujours aussi perplexe. Le pauvre garçon avait l'air tellement inquiet à l'idée que je refuse.

Je fis un non de la tête machinalement, car je n'aimais pas la pizza. Jace soupira et commença un monologue dans lequel il enchaînait des phrases pour me dire qu'il comprenait, que c'était contre la déontologie, qu'il ne m'en voulait pas de refuser. Il était en train de s'éclipser, les larmes aux yeux, quand je réalisais ce qu'il avait compris de mon signe de tête. Je lui attrapais la manche de veste, l'obligeant à s'arrêter pour me faire face. Je laissais un sourire mutin naître sur mes lèvres avant de les déposer sur sa joue en riant. Je lui demandais d'attendre une minute le temps que je récupère mon ardoise sur le bureau.

« Pas de pizza, je n'aime pas ça. Mais ce que tu veux d'autre tant que ce ne sont PAS des légumes verts. ». Ces simples mots griffonnés au stylo effaçable furent réapparaitre son sourire.

— Je suis désolé, j'ai cru que tu ne voulais plus de moi. J'ai bien vu ton regard à l'hôpital. Ça m'a brisé le cœur de te voir dans cet état. Te laisser penser que je t'abandonnais…

— Pas… Pro…lemme

— Ne parle pas si tu ne le veux pas, je ne te le demanderai jamais d'accord ? Allez, viens ma Yoku, on va manger des sushis.

Je souris et avec un regard complice de ma mère, partis en ville pour ma première soirée de liberté depuis un peu plus d'un mois. J'étais accompagnée d'un homme parfait, mais mes pensées me ramenaient vers celui qui faisait véritablement battre mon cœur, le seul et l'unique Cameron. Je l'aimais malgré tout et jamais il n'arrivait à quitter mon esprit.

CHAPITRE 14

Vous connaissez cette loi de l'univers qui dit que lorsque l'on envisage trop le pire, on augmente les probabilités que cela se réalise ? Et bien sachez qu'il en va de même pour celle qui dit que si vous sortez en bombe, vous ne croiserez personne, mais lorsque vous aurez mis un pied dehors en pyjama pour récupérer votre courrier vous rencontrerez CETTE personne.

Cette théorie se réalisa tandis que nous marchions le long de l'avenue principale de la ville. Jace me tenait la main, en y faisant des petits mouvements de cercles de son doigt. Ce simple geste d'attention me touchait, me montrait son affection, pourtant la seule chose qui revenait sans cesse dans mon esprit était que j'aurais tout donné pour que ce soit Cameron dans ce rôle. J'étais une personne affreuse, je le savais, mais je n'arrivais pas à m'en empêcher.

Autant dans cette réalité seul Cameron avait mon cœur, autant dans le royaume des rêves, seul Kei arrivait à garder mon attention. Je devais me rendre à l'évidence, je présentais un fort schéma d'autodestruction. Je ne voulais que les hommes qui me faisaient me sentir horrible, moche, et non désirée. En fin de compte, j'aimais me faire du mal. Et je ne pouvais bien sûr pas en parler à mon nouveau psychiatre, puisqu›il se trouvait être mon copain.

— Je sais que le fait que je sois ton médecin serait critiqué par tout le monde. On pourrait m'accuser de profiter de ma patiente en état de faiblesse. Mais … Je pense qu'il n'y a personne qui souhaite te voir aller mieux autant que moi. Enfin si ! Il y a tes parents. Et ton frère. Et…

Je l'embrassai pour le faire taire. J'aimais sa délicatesse quand il n'osait bouger trop ses lèvres sur les miennes, j'aimais quand il bafouillait pour me dire à quel point il tenait à moi. Mais surtout, j'aimais sa retenue qui l'empêchait de me dire qu'il m'aimait pour le moment. Je savais ce qu'il ressentait, je le savais d'autant plus vu toute l'attention qu'il avait à mon égard. Nous avions déjà passé le cap de l'affection. Nous parlions ici de véritables sentiments. Le seul problème était que mon coeur ne voulait cesser de battre pour Cameron.

Je voulus intensifier le baiser, ne serait-ce que pour me convaincre qu'avec plus de passion, je compenserais ce que me donnait l'autre homme de ma vie. Cependant, Jace me mit les mains sur les épaules et me repoussa légèrement.

— Lin, nous sommes au milieu de la foule…

En effet, Jace n'était pas Cameron. Même si mon esprit essayait de se persuader du contraire.

Nous continuâmes de marcher jusqu'à ce restaurant qu'il voulait absolument me faire découvrir. En arrivant sur le parvis du restaurant, je m'étouffais. Je connaissais ce lieu, mais surtout, je connaissais les prix qui y étaient pratiqués. J'aimais payer ma part lors d'un rendez-vous, mais aujourd'hui soit j'allais devoir me laisser inviter, soit mes économies ne suffisant pas, il me faudrait piocher dans le compte bancaire de mes parents. Pas que ça leur pose un problème, mais moi, j'aimais mon indépendance financière. Aussi minime soit-elle.

À peine la porte ouverte, une femme habillée de noir et blanc nous conduisit à une table réservée. Qui malheureusement se trouva être juste à côté de celle de Cameron et de sa copine Natacha. Le destin avait décidé de m'achever.

Lorsqu'ils nous virent, Natacha me fit un grand signe de main, Cam me sourit... Jusqu'à ce qu'il se rende compte de la présence de Jace. L'ambiance était électrique et nous n'étions même pas encore assis.

— Pourquoi nous ne rapprocherions pas les tables, autant manger ensemble puisque nous sommes déjà collés ?

— Quelle formidable idée !

La proposition du blondinet fut accueillie par un tapement de main de la part de sa copine bien trop enthousiaste. Jace me lança un coup d'œil, et je me surpris à approuver d'un signe de tête. Nous étions coincés par les bonnes manières et les convenances.

Le serveur s'empressa d'installer une table pour

quatre, et de nous donner les menus. Je n'osais regarder ailleurs que sur la carte tant la situation me mettait mal à l'aise. Si l'on exemptait ma tenue qui faisait déjà tache dans l'endroit, j'étais rouge de honte de devoir assister aux embrassades de ce couple que je jalousais secrètement. La main de Cameron reposait sur celle de Natacha.

— Puis-je prendre vos commandes messieurs, dames ?

La demande du serveur me sortit de mes pensées et je relâchais la pression que j'exerçais involontairement sur le menu. En reposant ce dernier, je pus constater que la marque de la couverture était incrustée dans ma chair. Il me fallait contrôler cet éclat de colère qui me faisait voir des ombres partout.

— Pour moi, ce sera des raviolis frits à la langoustine, et en plat un canard laqué au miel et au yuzu.

Cameron avait l'air d'être dans son élément, sa voix avait été forte, sans aucune hésitation. Il faut dire qu'il accompagnait ma famille dans ce genre d'endroit depuis toujours. À le voir avec cette aisance, j'en vins à regretter le petit garçon qui ne faisait que des singeries avec mon frère lorsqu'ils étaient enfants ou bien même ce jeune adolescent qui commandait toujours un steak frite avec beaucoup de ketchup, peu importe où nous allions. Mais ces époques étaient révolues. Il était un homme, en train d'impressionner sa copine.

— Moi je vous prendrais une soupe d'épinards et de tofu, ainsi qu'un homard bleu préparé au sel et au poivre de Shanghai.

— Très bien madame. Et pour vous ?

Encore une fois, aucune hésitation venant de Natacha. Plus les commandes passaient, plus je stressais. Jace ne m'avait pas regardée une seule fois, et si je savais ce que je souhaitais commander, lui l'ignorait. J'allais encore plonger la table dans un de ces bien trop nombreux moments de gêne dus à ma maladie. Prendre la parole me mettait en état de stress intense, je ressentais les griffes acérées sur ma gorge. J'entendais quasiment sa voix me susurrer « C'est moi qui vais te dévorer ma Lin ». Les points noirs commençaient à se multiplier devant mes yeux tandis que je vis son ombre dans l'embrasure d'une porte.

— Je... Pour moi... euh... je pense prendre les sashimis du chef. Et en plat... euh... ça sera un bar à la Française.

Jace avait annoncé sa commande. Il ne restait donc plus que moi.

— C'est noté, et pour vous mademoiselle ?

Et voici l'instant tant redouté, celui où tous les regards se posent sur vous alors que vous rougissez de frustration et de honte. J'aurais aimé parler, mais je n'entendais plus que la voix du Croque-Mitaine qui s'amusait à me susurrer à quel point tout serait différent si je renonçais à cette vie. Je le voyais se déplacer sur les murs, de cette façon reptilienne bien à lui.

— Elle ne parle pas !

Voilà la seule chose que trouva à dire Jace pour nous sortir de cette dizaine de secondes d'inconfort. Il ne l'avait pas fait exprès, mais cette phrase me renvoya au visage l'horreur de la situation. Nous ne pourrions jamais être normaux. Je n'arrivais même pas à commander au restaurant. La comparaison avec le couple à côté de nous, me frappa de plein fouet.

— Elle veut un effiloché de poulet en salade d'algues vertes, avec une sauce piquante, à côté de l'assiette. Et en plat, une assiette de sushi qui n'est pas sur la carte, mais que le chef lui prépare à chaque fois. Sans oublier une assiette de champignons rôtis, aigres-doux.

Je relevai les yeux vers Cameron qui avait annoncé cela sans sourciller, devant trois paires d'yeux estomaqués. Le regard que me lança Natacha me fit comprendre qu'elle voulait ma mort. Celui de Jace s'excusa mille fois de ne pas avoir été à la hauteur, tandis que le mien était perplexe. Nous n'étions venus que cinq ou six fois avec Cam dans ce restaurant, pourtant, il se rappelait ce que je souhaitais comme si c'était hier. Se pourrait-il qu'il se soucie véritablement de moi en fin de compte? Cette question tournait encore dans ma tête pendant que le monde continuait de tourner autour de moi.

Le choix des vins se fit par les garçons, pour ne pas dire par un seul, confiant tandis que l'autre se contentait d'acquiescer gêné. Le repas se déroula dans une conversation agréable. Natacha ne cessait de nous parler d'elle, Cameron lui envoyait des petites piques, et Jace et moi rions sous cape de leurs échanges. Mais vint le début des questions embarrassantes pour nous.

— Cela fait combien de temps que vous êtes ensemble tous les deux ?

Et là, ce fut le drame. Jace et moi échangeâmes un regard complètement paniqué. Étions-nous véritablement ensemble ? À partir de quand devions-nous commencer à compter ? Notre premier baiser ? Devions-nous enlever toute la période d'internement à notre relation ?

Il semblait lui aussi très embêté de répondre, mais devant le rire moqueur de Cam, qui demanda à sa copine de ne pas nous importuner puisque nous n'avions pas encore mis de mot sur notre relation. Jace prit la parole, reprenant son air serein de médecin.

— Depuis la soirée chez Kathleen, un coup de foudre. Cela doit faire quoi, deux ou trois mois ?

— Deux ou trois mois ?

La colère était palpable dans la voix de l'homme que j'aimais. Et je savais pertinemment pourquoi. Il nous revoyait très bien dans sa voiture, et à cette soirée en boîte de nuit. D'après les dates que venait de donner mon compagnon, cela faisait de moi quelqu'un qui trompait. Aux yeux de Cam, je ne devais pas être mieux que lui. Et je m'amusais de cette situation. S'il pensait être le seul à jouer sur deux tableaux, le voilà qu'il se retrouvait bien déçu. Il n'était pas le seul à mes yeux et il en prenait enfin conscience, du moins de son point de vue. Car la vérité était toute autre.

Après cela, Natacha a posé une multitude de questions, et si je ne la connaissais pas aussi bien, j'aurais pu penser qu'elle était en train de flirter avec mon copain. Jace se prit au jeu et décrivit notre relation parfaite, tandis que le blond et moi restions murés dans le silence tout en nous regardant en chien de faïence.

Le repas fut extrêmement bon, et mon « petit ami »s›excusa pour aller aux toilettes peu après la commande des desserts et en profita pour payer la totalité de la note de la table. Un homme parfait en soit, mais, une fois n'est pas coutume, je n'avais d'yeux que pour l'autre.

Nous dîmes au revoir à l'autre couple, et il me raccompagna chez moi. Arrivé à la porte, il m'embrassa et me dit :

— J'ai vraiment passé une excellente soirée à tes côtés ma Yoku. Je sais qu'il est encore tôt pour se le dire, mais je t'aime.

Devant mon hébétude, il tenta de me rassurer immédiatement en ajoutant :

— Je ne te demande pas de me répondre de suite ! Mais je voulais que tu saches ce que je ressens pour toi. Car à mes yeux il n'y a que toi Mélinoé.

Il avait rajouté le prénom complet. Ceci était le signe d'une discussion bien trop sérieuse et profonde à mon goût. Il l'avait dit. Désormais, je ne pouvais plus pratiquer la politique de l'autruche, soit je me consacrais cœur et âme à cette relation, soit je choisissais d'attendre Cameron et de mettre fin à tout ceci. Le choix se fit immédiatement, sous le coup de la colère de ce soir. Je scellai ma réponse d'un doux baiser sur ses lèvres, et sans un autre regard je franchis le seuil de ma maison.

Je venais de choisir Jace à Cameron. Je venais de prendre la direction de la stabilité plutôt que celle de l'ignorance. Regrettais-je ? Évidemment. Mais le fait d'avoir vu Natacha si amoureuse, alors qu'il m'avait promis de s'en séparer me faisait vaciller dans la colère.

Il était temps d'envoyer un message à Kathleen, qui était restée sans véritable nouvelle de ma part depuis une semaine. Je pris mon téléphone rédigeais un « Salut, ça fait longtemps, soirée fille demain ? ».

J'avais besoin de me changer les idées et de lui écrire tout ce qui se passait dans ma tête et dans mon cœur en ce moment. Je montai me coucher sans prendre la peine de consulter mes autres messages, épuisée moralement de cette journée.

Ω

— Mais tu vas te lever ! C'est pas possible de dormir autant !

Ce ne fut pas la lumière du jour qui me réveilla, mais la voix stridente de ma meilleure amie. Elle était dans mon placard en train de fouiller dans mes vêtements à la recherche d'une tenue exacte dont j'ignorais tout.

Je reçus une pochette sur le pied, et grognais quand enfin, elle se décida à se retourner vers moi. Elle vint s'installer sur le bord de mon lit tout en papillonnant excessivement des yeux et en rassemblant ses mains comme pour prier.

Je tapotais à l'aveugle, les yeux encore embués par le sommeil, à la recherche de mon ardoise et de mon stylo pour communiquer. Une fois en main, je pus commencer notre conversation.

« Que veux-tu ? »

— Mes parents ne sont pas là ce soir, donc grosse soirée. Et…

Je coupais sa phrase en levant un doigt lui demandant d'attendre que je finisse d'écrire. « Hors de question, on a vu comment ça s'est soldé la dernière fois ». Elle secoua la tête, prête à contrecarrer tous mes arguments. Je la connaissais trop bien, elle ne se laisserait pas faire. Évidemment que je finirais par aller à sa soirée, mais la voir lutter était jouissif.

— Je t'en conjure ! J'invoque le droit de meilleure amie ! Je te supplie à genoux. Il faut que tu viennes, invite qui tu veux, mais viens.

Un petit haussement de sourcil. Je pouvais inviter qui je voulais ? Les choses changeaient de point de vue désormais. « Qui je veux ? ».

— Invite le monde ! Ta grande tante Jacqueline, ton primeur ou même ton coach de sport, je m'en balance, mais viens !

Je me mis à rire, très vite rejoint par Kathleen. J'étais d'accord pour y aller, mais maintenant, il me fallait convaincre mes parents, et pour cela, j'avais une botte secrète. Jace.

Nous descendîmes avec Keith, nous plantant devant le salon vide, mes parents avaient visiblement déserté la maison pendant mon sommeil. Nous prîmes une grande inspiration et j'appelais ma mère en visio, l'interrompant dans son travail.

— Bonjour Mélinoé, comment vas-tu ? Ton père et moi sommes repartis à Londres ce matin pour affaires.

Ton frère ne doit pas être loin. Oh, Kathleen, comment vas-tu ?

— Très bien madame Tanaka, je voulais vous demander si Lin pouvait venir dormir à la maison ce soir.

Ma mère prit son nez entre ses doigts et soupira fortement. Elle n'était pas stupide, elle savait ce que signifiait véritablement cette soirée. Elle s'apprêtait à refuser lorsqu'un murmure passa la barrière de mes lèvres.

— Jace.

— D'accord. Mais il reste avec toi à chaque instant. Pas d'écart et pas de surmenage, si tu ne te sens pas bien tu rentres sur le champ, finit par dire ma mère après un long silence.

Je hochais la tête heureuse de cette grande nouvelle. Ma vie devenait celle d'une personne normale. J'allais à une soirée chez ma meilleure amie avec mon petit ami. De quoi pouvais-je rêver de plus?

Nous passâmes le reste de la journée dans ma chambre à choisir et essayer différentes tenues, maquillages, coiffures, mais surtout à évoquer mes problèmes de cœur.

— PARDON ! Comment puis-je apprendre cela que maintenant ? Ne suis-je pas censée être ta meilleure amie ? Comment cela se fait, que je ne sois pas au courant que tu étais en couple, depuis autant de temps, et qu'en plus, tu en aimes un autre !

« Tout est toujours flou dans ma tête, je n'avais pas très envie d'en parler », fut la seule réponse que je pus lui donner. Elle cria et ronchonna pendant de longues minutes. Je dirais même de longues heures. Mais j'étais heureuse, heureuse d'avoir passé deux semaines sans retourner dans le royaume du sommeil, heureuse de paraître enfin normale, de réussir à vaincre la maladie que les gens s'imaginaient que j'avais. J'étais simplement moi.

Lorsque nous arrivâmes chez elle, toute la maison avait été préparée de la même manière qu'à sa dernière soirée. Ses bonnes avaient tout installé, mettant à l'abri tout objet un peu trop onéreux ou ayant une valeur sentimentale. L'alcool trônait déjà sur la table et des dizaines de gens étaient éparpillés de part et d'autre du rez-de-chaussée. Pourtant, la seule personne qui réussit à attirer mon attention dans cette foule fut Cameron.

Il était dehors en train de fumer avec mon frère, dans un polo noir cintré, avec un simple pantalon en tweed. Ces bouclettes blondes étaient remises en arrière toutes les trente secondes par sa main. Cette vision me fit fondre comme neige au soleil.

Il tourna la tête, et nos regards se croisèrent. Un nouvel instant en dehors de toute réalité, un instant dans lequel juste lui et moi existions. Kathleen se mit à rire et à me pousser vers lui, en me rappelant que ce soir était la soirée parfaite pour faire des bêtises.

— Salut Lin.

Un simple signe de main lui répondit. J'aurais pu parler, avec lui, j'y arrivais. Mais je ne savais pas quoi dire. Généralement, je mourais d'envie de dire cent phrases à la seconde, mais en cet instant, pas un mot.

— Je voulais m'excuser pour hier. J'ai vraiment été un connard.

Il semblait penaud, tenant sa clope d'une main tandis qu'il continuait de se recoiffer de l'autre. Il hésitait dans ses mots, comme s'il pesait le pour et le contre avant chaque souffle. Nous étions loin de l'image qu'il montrait habituellement . J'avais cette froide impression de n'être qu'une étrangère à ses yeux.

— Je n'aurais pas dû t'en vouloir d'être avec ce type, surtout que je suis toujours avec Natacha. Mais au moins, cette soirée m'a permis de prendre conscience d'un truc important à notre sujet.

Il allait le dire, il allait me dire qu'il avait été jaloux, qu'il avait senti son corps s'enflammer à l'idée qu'une autre personne me touche. Que savoir que mon esprit et mon cœur ne lui appartenaient plus l'avait totalement brisé. Il allait m'avouer ressentir toute la souffrance que je ressentais moi aussi lorsque je le voyais avec Natacha.

— Je n'étais pas jaloux de te voir avec. Au contraire, j'ai vu que vous formiez un très beau couple. J'ai été toxique avec toi, je n'aurais pas dû te demander de m'attendre alors que je savais pertinemment que je ne plaquerais pas Nat'. Heureusement que tu avais quelqu'un. J'espère qu'on pourra rester ami ?

Ami ?! Il venait de me proposer d'être de simples amis?! Il n'avait jamais imaginé se séparer de sa poule. Il m'avait manipulé depuis le début pour que je reste à son entière disposition. Tout ce que nous avions vécu ne valait donc rien pour lui. Il n'avait même pas ressenti le moindre éclat de jalousie. J'étais dévastée, la colère m'envahissait. Les griffes initialement autour de mes gorges vinrent se planter dans mes tempes. Je voyais les ombres danser et IL me murmurait de laisser exploser ma colère.

Je ne voulais pas laisser le monstre gagner. Il ondulait dans l'ombre de Cameron. Je n'étais pas sûre, en cet instant, qu'il ait entièrement pris le contrôle du jeune homme. Je supposais que, peut-être, il regardait la scène du dessus. Mais je voyais qu'il jubilait, qu'il aimait ma souffrance. Il ne se nourrissait pas simplement de ma peur et de ma folie, ma colère et ma haine semblaient l'enivrer aussi.

Je pris mon plus grand sourire et étreignis Cameron, cherchant à contrôler mes tremblements de colère. Je lui murmurais dans l'oreille « Ami, parfait ». Il retourna auprès de mon frère tandis que Kathleen, ayant entendu la totalité de la conversation, me tendait déjà un verre de vodka pur.

Il était temps de tout oublier dans l'alcool. En regardant mon téléphone, je ne vis pas de message de Jace. Pourtant, il était déjà en retard, ce qui n'était pas à son habitude. Tant pis, au moins il ne me verrait pas boire, il fallait bien un point positif à son absence.

CHAPITRE 15

L'alcool commença à avoir le goût du « je n'ai plus rien à perdre donc je vais te montrer ce que tu perds ». La deuxième soirée alcoolisée de ma vie présageait de meilleurs augures que la première. La vodka avait su éloigner SA voix susurrante, et SES ombres. J'avais apparemment trouvé la solution à mes problèmes : me saouler.

Kathleen dansait en ondulant ses hanches et en pliant les jambes si bas, qu'elle était en train de capter tous les regards des hommes de la soirée. Tous, sauf celui de Cam qui restait dehors, ayant troqué sa cigarette contre un joint. Il s'était allongé dans un des transats bordant la piscine tandis que mon frère, sa petite amie et des potes à eux jouaient dans l'eau.

Je me mis à onduler à mon tour, lâchant totalement prise, me libérant comme dans la boîte de nuit. J'allais à mon rythme, faisant fi de la musique. En voyant le regard appréciateur de ma meilleure amie, je sus qu'elle allait envahir mon espace vital. Étrangement,cela ne me dérangea pas. Peut-être était-ce la faute de l'alcool, ou celle de Cameron qui voulait que l'on «reste amis» ou peut-être celle de Jace qui n'avait pas donné suite à mes SMS.

Kath' vint se coller à moi, passant une de ses jambes entre les miennes, et ses mains sur ma taille. Elle calqua son rythme de balancement sur le mien, puis me fit descendre et monter. Les regards n'étaient plus braqués sur elle, mais sur nous. Je me sentais désirable. Je jouais le jeu, passant mes mains dans mes cheveux, faisant frotter mon absence de seins contre les siens.

— Tu es folle ! Me cria dans l'oreille Kathleen.

Je riais, m'amusant enfin. L'alcool avait quasiment le même effet que certains médicaments. Je voyais le sol bouger à son propre rythme, les voix semblaient lointaines, et surtout j'avais le sourire pour rien. J'étais ailleurs, j'essayais de réfléchir, mais des trous noirs venaient encombrer mon esprit. Je ne me rappelais plus grand-chose seulement que j'aimais ma vie.

Kathleen vint poser ses lèvres contre les miennes, et des hurlements masculins nous encerclèrent tandis que je répondais. Ma langue caressa la sienne, elle me laissait mener la danse. En reculant, je vis ses lèvres gonflées par le désir et sa coiffure sans dessous.

— Viens, on va boire !

Je la suivis, reprenant un verre, puis un autre et enfin un troisième. Elle me proposa de boire des teq' paf de manière très particulière et sur le moment, cela me sembla être l'idée du siècle .

— Tu bois trop ma Lin. Réduis.

La voix du Croque-Mitaine avait élu domicile dans mon esprit, mais je la renvoyais loin tandis que mon amie léchait mon cou pour y verser du sel et installa un quartier de citron dans ma bouche.

Je la sentis passer à nouveau sa langue au creux de ma clavicule, créant une vague de chair de poule le long de son passage. Elle avala le verre de tequila pur, avant de le faire claquer, vide, sur la table. Ensuite elle vint mordre le citron à même ma bouche, collant ses lèvres aux miennes pour la deuxième fois de la soirée.

— C'est comme ça qu'on boit la tequila chez moi !

Elle hurlait tandis que certains essayaient de reproduire son geste. Je voulais la rattraper afin d'inverser les rôles, mais une main attrapa ma joue. Une main douce, une main qui avait touché mon corps bien trop souvent.

— Tu veux le faire ?

— Kathleen.

J'essayai d'avoir une voix ferme, de montrer que j'étais désintéressé de lui. Mais l'alcool n'aida pas. Ma bouche était pâteuse, et ma vision floue. Cameron rit et installa le citron me tendant le pot de sel. Je lui léchais le cou, là où j'aimais le mordre pendant l'action. Je reculais, assiégée par des visions que je ne devrais plus avoir, nous n'étions qu'amis après tout. Il me rendit mon geste me laissant perplexe tandis qu'il le finit par un baiser près de mon oreille.

— Tu ne joues pas toute seule, moi aussi je veux boire. De préférence te boire.

Je reculais de nouveau, complètement choquée, tandis qu'il riait. Avais-je imaginé la dernière phrase ? Je n'étais plus sûre de rien avec l'alcool. Il nous servit deux verres et mit son quartier de citron en bouche. J'enchainais les étapes et lorsque nos lèvres se collèrent je regrettais que ce putain de fruit fasse obstacle. Ce fut ensuite à son tour, mais il osa faire ce que moi, j'avais seulement rêvé. Il jetta le citron, et m'embrassa. Tout simplement.

Nous nous séparâmes à bout de souffle sous la moue morte de rire de Kathleen, qui me leva les deux pouces en l'air en signe d'appréciation. Elle vint me dire à l'oreille que la chambre que j'occupais chez elle était vide.

Cameron entendit la totalité, regarda vers la piscine, et me prit par la main menant aux escaliers. Je luttais pour monter les marches, ne cessant de chuter bien qu'étant quasiment à quatre pattes. Arrivée devant ma chambre, j'hésitais.

— Ce n'est pas bien. Tu m'appartiens Lin. Tu es mienne.

Je chassais cette voix qui m'était familière d'un coup de main, tel que je l'aurais fait avec un insecte et ouvris la porte donnant sur un lit double. La passion était partout, elle étouffait le bon sens et la réflexion.

Cameron referma la porte me poussant contre. Il prit mes deux poignets et les maintint fermement au-dessus de ma tête. Ses dents mordaient la chair dans mon cou.

— Tu as le goût du sel Lin. Ça me rappelle cette fois où on l'a fait dans la mer.

— Cameron, pourquoi ?

— Parce qu'il n'y a que toi. Je suis toxique pour toi, mais tu l'es autant. Je devrais te bloquer, te laisser loin de moi, et me consacrer à mon couple, mais dès que tu es dans les parages, je vacille. Il n'y a plus que toi. J'ai envie de te prendre Lin.

Il se remit à m'embrasser, ne s'arrêtant que le temps de m'enlever mon t-shirt noir d'un groupe de métal. Il le fit passer au-dessus de ma tête et se retrouva face à ma poitrine. Je n'avais pas mis de soutien-gorge, trouvant ça oppressant.

— Tu as décidé de me rendre fou ?

— Ne t'arrête pas. Je te l'interdis.

Sa bouche se mit à tirer et à mordre mon sein, si bien que je sus qu'il y laissait sa marque. Il montrait au monde que je lui appartenais, et je n'y voyais aucun problème. Car il avait tout de moi, il lui suffisait de demander pour obtenir.

Je me mis à onduler, venant pousser mon bassin contre le sien. Je pouvais le sentir gonflé, et haletant. Je coulais de désir pour lui, j'avais cette pulsation très singulière entre mes jambes. Il ne s'agissait pas de nos baises habituelles, cette fois, il n'y avait que moi dans son esprit.

— Arrête de bouger ou je te prends de suite Lin !

— Putain Cam !

Je refis mes mouvements espérant qu'il comprenne l'invitation à passer à l'étape supérieure. Je voulais le sentir en moi. Il me retourna, me plaquant face contre la porte. Le bois froid vint faire se dresser mes seins. Il mordit jusqu'au sang mon cou, rugissant tel un animal.

Il se frotta à moi, me faisant prendre conscience qu'il était bien plus gros que d'habitude.

— Je vais te prendre Lin, je vais te prendre comme jamais. Tu t'en souviendras toute ta vie.

— Dépêche-toi de te déshabiller.

Je réussis à crier cette dernière phrase tandis qu'il me jetait sur le lit. Il enleva son polo, me laissant voir ses abdos taillés et son léger V apparent. Il retira son pantalon et je pus admirer tous ses muscles saillants. Je les connaissais par cœur. J'aurais pu les dessiner de mémoire tant ils étaient imprégnés dans mon être. Mais ce soir, il était encore plus beau que dans mon souvenir.

Je retirais mon short, me tortillant de droite à gauche pour le faire passer jusqu'aux chevilles. J'étais en string devant l'homme que j'aimais. Devant l'homme qui venait de laisser sa copine seule pour moi. Il m'avait préférée à elle. Tout comme je l'avais préféré à Jace. Tous les gestes du monde ne pourraient pas m'éloigner de cet homme. Malgré toute la toxicité entre nous, nous étions un tout.

Il vint enlever mon dernier sous-vêtement et mettre sa langue sur mon clitoris. Il la fit tourner, il m'aspira tandis que mes mains vinrent griffer son cuir chevelu et tirer ses cheveux. Je criais ma montée en jouissance comme jamais. Pourtant je ne pus que le comparer à celui de Kei et me dire qu'il manquait quelque chose pour atteindre le niveau du dieu des rêves. Je n'étais pas loin de venir quand il s'arrêta, enleva son caleçon et me présenta sa bite devant le visage.

Je le pris en bouche, m'assurant de le sucer et de

glisser la langue sur sa longueur. À certains moments j'eus cette désagréable impression de m'étouffer et de faire des bruits tout sauf sexy, mais cela ne sembla pas atteindre Cameron, qui gémissait sans retenue. Il prit mon visage entre ses mains et commença à baiser mes lèvres. J'eus beau essayer de l'éloigner, rien n'y fit, il continuait malgré les signaux que je lui envoyais pour qu'il cesse.

— Putain Lin, c'est trop bon.

Une simple phrase et je continuais, il m'avait eue. Savoir que c'était moi qui le mettais dans cet état me suffisait. J'attendis qu'il finisse, malaxant un de mes seins au passage.

Puis il ressortit et se présenta au-dessus de moi, prêt à entrer. Le regard qu'il me lança valait tout l'or du monde. Il n'y avait pas que de la passion, il y avait bien plus entre nous. De l'amour.

Il entra, commençant de longs mouvements de vas et viens, mettant mes jambes sur ses épaules, allant toujours plus profondément. Je le sentais partout, dans cette inclinaison, je me sentais partir.

Des points noirs dansaient devant mes yeux, SON ombre me regardait au plafond, des yeux rouges, mais moi, je ne pensais qu'à ma jouissance qui augmentait sans cesse. Il me retourna, me prenant à quatre pattes.

— Tu es si étroite putain.

Je le sentais qui commençait à trembler, mais je ne voulais pas que ça finisse maintenant, je voulais jouir en même temps que lui. Je voulais que ce moment nous unisse complètement. Je balançais mes hanches vers lui pendant qu'il enroulait mes cheveux autour de son poing tirant mon corps contre lui. J'étais sur mes tibias, tout contre son corps tandis qu'il faisait de longs mouvements.

— Laisse-moi passer au-dessus. Je veux te voir quand tu jouis.

Il sortit de moi et s'allongea sur le dos, tenant sa bite pour que je puisse l'insérer en me mettant à califourchon sur lui. Lorsqu'il fut tout au fond, je me penchai légèrement en arrière, me contentant de bouger les hanches. Je le sentais taper dans des endroits incroyables. Il gémissait si fort.

— Lin, je vais venir.

— Moi aussi. Viens en moi. Je veux te sentir.

Il n'eut jamais le temps de venir, moi non plus. Le brouhaha d'une porte qui s'explosait contre un mur me fit me retourner. Le cri d'une voix stridente, des mots incompréhensibles me sortirent de ma transe.

— Espèce de salope !

Natacha se tenait dans l'embrasure de la porte, tandis que Cameron toujours sous moi, ouvrait les yeux apeurés et que je ne réussissais pas à bouger. Pensant seulement à la pauvre fille qui venait d'apprendre que son mec en aimait une autre de cette manière. Puis Cameron me repoussa très vite, se rhabillant comme il pouvait tandis que je restais toujours assise sur le lit, les regardant partir de cette chambre. Elle en pleurs, lui s'excusant, les larmes aux yeux et promettant que ce n'était pas ce qu'elle pensait.

Je pris le temps de me revêtir lentement, nullement

pressée de devoir affronter les larmes de cette fille. Je savais qu'elle me détesterait, qu'elle crierait, mais que pouvais-je y faire ? Cameron et moi, c'était écrit dans nos rêves. Nous étions amoureux l'un de l'autre depuis bien trop longtemps. Nous avions cherché à nier la vérité, à ne pas craquer face à cette alchimie. Mais désormais, rien ne pourrait plus nous retenir que nous avions passé cet instant de complicité parfaite.

Une fois entièrement habillée et coiffée grossièrement, je descendis les escaliers, faisant face à Natacha hurlant sur Cameron, le deux entourés d'une foule d'indiscrets. Quand elle me vit, elle enjamba la distance entre nos deux corps et vint me gifler si fort que ma tête bascula. Les points noirs réapparurent et la colère enfla en moi. Je sentais mon cœur battre trop vite et trop fort, les ombres dansaient, le monde n'allait pas tarder à vaciller.

Mais je n'étais pas seule, je devais me contrôler, mais plus j'essayais, plus les pulsions grandissaient en moi, me réduisant le cerveau et les pensées en miettes. J'étais complètement perdue, inconsciente de là où je me trouvais ou non, plongée entre deux mondes.

— Lin, ça va ?

La voix de Kathleen ainsi que sa main sur mon épaule me permirent de créer un pont entre la réalité et moi-même. Un point d'ancrage. Un simple signe de tête pour lui montrer que oui j'allais bien. Ma tête tournait, la colère, l'alcool, l'adrénaline... Un mélange bien trop explosif pour mon corps qui cherchait encore à se sevrer de son traitement.

— Tu n'es qu'une pute ! Tu te tapes le mec d'une autre, tu joues les innocents derrière ta maladie, mais tu veux savoir ce que tu es ? Tu n'es qu'une pauvre traînée, tu ne seras jamais la meuf avec qui on sort, mais toujours celle qu'on tringle dans la honte. Compte sur moi pour avertir ton mec !

Je cherchais du réconfort dans les yeux de Cameron, le moindre signe qu'il me soutenait dans cette épreuve, mais lui n'avait d'yeux que pour son ex-copine. Mais était-ce véritablement son ex au vu de sa façon de la regarder ? Je n'étais pas stupide. Je savais qu'en fin de compte, il n'y avait pas de nous. Il n'y avait encore une fois qu'elle. Et moi. Seule.

Elle partit en furie, essuyant son visage d'un revers de manche tandis que Cameron lui courait après, sans jamais s'arrêter de lui présenter ses excuses, lui promettant que tout ceci n'était qu'une simple erreur sous le coup de l'alcool.

En me retournant vers Kath, je la vis essayer de me réconforter d'un petit sourire penaud, mais derrière elle se trouvait mon frère. Le regard qui me transperça fut le plus douloureux de ma vie. Il était dégoûté de ce qu'il avait devant lui, et pour la première fois, il ne s'agissait pas de ma maladie, mais simplement de moi. Juste moi…

— Je te ramène. Tu en as assez fait je pense. Kathleen, ce fut un véritable plaisir, merci encore pour tout. Je repasserai peut-être dans une heure, ça dépendra de mon état.

Mon frère prit ma meilleure amie dans ses bras, puis

je le fis également, laissant échapper une larme sur son épaule. Elle me sourit, me promettant que ça passerait. Mais elle comme moi savions que c'était un mensonge. Je venais de déclencher une guerre de laquelle je ne sortirais pas indemne.

Le trajet se fit dans le silence, et tandis que mon frère conduisait sous l'emprise de la colère, moi, je priais pour la première fois pour être emportée par les ténèbres de cet autre monde. Mais aucune de mes prières ne fut entendue, je ne vis aucun monstre caché dans les ombres, et je n'entendis aucun murmure. J'étais seule…

CHAPITRE 16

J'eus beau tourner et bouger dans mon lit, rien n'y faisait, je n'arrivais pas à dormir. J'en étais même arrivée au point de prendre deux somnifères qui normalement arrivaient à bout de mes pires veillées nocturnes. Mais ce soir, trop de choses couraient dans mon esprit.

J'avais à peine pénétré le seuil de la maison que le moteur de mon frère vrombissait déjà. J'étais donc seule dans cette immense bâtisse plongée dans le noir, pourtant je n'étais pas apeurée. Bien au contraire, je voulais me réfugier dans les bras de Kei, ou ceux d'Akkio. Je refusais d'avoir à affronter la réalité de cette soirée. Mais, les portes du monde du sommeil me restaient fermement interdites. Comme s'ils m'en interdisaient l'accès pour me punir de mon comportement.

Je repoussai les couvertures d'agacement, je ne trouverais pas le sommeil, et si je restais à ne rien faire, mon cerveau ne cesserait pas de cogiter. Des points noirs dansaient devant mes yeux, une douleur lancinante dans les tempes, et une envie quasi irrépressible de vomir. Mon esprit était embué par mes pensées.

Je pris mon téléphone et n'y vis aucun nouveau message de la part de mon petit copain. Il semblait m'avoir tout bonnement oublié. Vu mes agissements, ce n'était pas plus mal. Je n'aurais pas su quoi lui dire.

En allumant mon ordinateur, je crus voir une ombre bouger le long de mon mur. Mon cœur loupa un battement, et je me dépêchai d'éclairer la pièce de la totalité de mes veilleuses, trois points de lumière en plus du plafonnier. J'avais un poids lourd et malaisant sur les épaules. Je ne me sentais pas de vérifier sous le lit et dans le placard si quelque chose y avait élu domicile, car je savais qu'IL me regardait, observant chacun de mes gestes. J'entendais ce bruit d'ongle caractéristique que l'on grattait contre le bois, mais cette nuit, je n'avais pas la force. Je m'étais sentie confiante et en sécurité, mais il m'avait suffi de ce seul bruit pour me faire revenir à cet état d'enfant apeuré par son cauchemar.

J'allumais la musique, extrêmement forte, sur les enceintes de mon ordinateur et me mis à contempler la page d'accueil de Google. J'ignorais que faire, mais en regardant de nouveau l'écran, je m'aperçus qu'un mot y était apparu. Pourtant je n'avais pas appuyé mes doigts sur le clavier. Je commençais à trembler de peur en voyant ma propre ombre bouger sur les touches.

« Akkio Tsukuyomi » un simple nom, mais tellement de peur. Je n'osais pas lancer la recherche, terrifiée par ce que je pourrais trouver. Tant que je n'en avais pas la preuve dans ce monde, je pouvais toujours douter, penser que je rêvais. Je ne voulais pas être sûre, j'aimais le doute dans lequel je vivais, dans lequel je m'emmitouflais consciemment. Pourtant un clic retentit et la touche entrée remonta. L'ombre d'une griffe était sur mon clavier. Plus de doutes, c'était LUI qui voulait que je sache.

J'eus peur. Très peur. Je voulus refermer l'ordinateur quand sa véritable patte le maintint ouvert, grognant dans mon oreille.

— Lis. Lis ou je te fais vivre un cauchemar.

Son ongle aussi acéré qu'une lame vint caresser mon bras, y laissant un filet de sang . Je n'arrivais plus à bouger, j'étais proche de l'arrêt cardiaque tant la désillusion faisait mal. Je m'étais joué de LUI. J'avais cru m'en être défaite, je l'avais prié de venir me délivrer de ma soirée, j'avais osé penser qu'il ne m'effrayait plus. Désormais je payais le prix de ma bêtise.

En fixant l'écran je vis la première recherche. Tsukuyomi était un dieu japonais de la Lune. Une entité ni bonne ni mauvaise, qui se contentait d'accompagner les hommes dans leurs nuits. Il n'était pas un monstre à proprement parler, pourtant tandis que j'allais de site en site, je ne pus que me rendre à l'évidence. Cet être avait tué sa propre sœur pour parvenir aux cieux, il empestait la noirceur. Il avait en lui le mal à l'état pur. Certaines légendes le dépeignaient comme l'être qui se nourrissait des cauchemars des hommes pour en sortir grandi. Sa noirceur n'avait d'égal que sa beauté, un homme androgyne aux cheveux jusque dans le bas du dos, d'un blanc immaculé.

L'ordinateur devint noir puis se mit à grésiller. L'ombre

de la griffe jouait sur le clavier, tapant le nom de « Keisuke Baku ». Les images qui apparurent me firent frissonner, des créatures chimériques, mi-tapir, mi-éléphant, faites d'ombre et de ténèbre, de grands yeux rouges, et des griffes acérées. Le baku était la créature dévoreuse des rêves et des cauchemars. Si au commencement du monde il s'était nourri des rêves, les années lui prouvèrent qu'il sortait plus fort d'un cauchemar. Désormais il les engendrait, les contrôlait et en submergeait ses victimes pour se repaître de leur terreur.

— Tes deux protecteurs ne sont que des pâles miasmes de ma véritable existence. Des fragments insignifiants de ma puissance sans égale.

SA voix était profonde, opaque et gutturale. Elle me faisait trembler tandis que ses griffes s'étaient resserrées autour de mes épaules. J'étais proche de l'évanouissement. J'allais mourir de peur, car aucun des deux hommes qui jouaient pour obtenir mon cœur n'était le Marchand de Sable. J'étais face à deux monstres aux bottes du Croque-Mitaine. Ce dernier rit, me prouvant qu'une fois encore il tirait toutes les ficelles tandis que je subissais.

— Je suis tout. Ils ne sont rien. Et tu es mienne.

Je n'arrivais plus à laisser sortir le moindre son autre qu'un couinement craintif. J'avais perdu, je vacillais dans cette terreur, prête à m'abandonner pleinement aux ombres quand une boule naquit dans mes tripes. Un pic de colère, un tiraillement profond.

Tandis que les ongles rentraient dans ma peau, faisant s'écouler mon sang des plaies qu'il créait, je me laissais aller à cet état second qui m'ouvrait des portes inconnues. Mon esprit fut embué par les ténèbres alors que le monstre hurlait un « non ». Il était déjà trop tard pour tout, ceci ne serait qu'une échappatoire provisoire. Une légère distraction. C'est du moins ce que je pensais avant que je sente les crocs du monstre venir perforer mon avant-bras.

— Tu ne me fuiras pas. Je vais te poursuivre jusqu'à ce que tu me supplies de mettre fin à ta vie Mélinoé.

La douleur dans mon bras s'intensifia pendant que des taches noires venaient envahir mon champ visuel. Le monde semblait tourner, vacillant, me faisant tomber dans les méandres des couloirs du temps et des rêves.

Ω

Lors de l'impact, je sentis mon corps s'écraser contre une substance gluante et noire. En y regardant de plus près, je m'aperçus que j'étais dans un liquide de la couleur du goudron et à l'aspect des sables mouvants. L'odeur qui s'en dégageait était celle du sang, et des corps en putréfaction, la mort résidait tout autour de moi.

— C'est donc ainsi que tu pensais me fuir ? Mais Lin, tu es mienne. Pleinement mienne. Je vais te détruire. Je vais me repaître de ta dernière once d'espoir, et quand j'en aurais fini de toi, tu ne seras plus qu'une coquille vide m'implorant de l'achever.

Je commençai à suffoquer, cherchant à m'extraire du mélange qui ne m'arrivait désormais plus seulement aux chevilles, mais aux genoux. J'avais beau essayer de m'échapper, je me sentais entraînée dans les profondeurs. Le ciel était noir, zébré par intermittence par des éclairs horizontaux rouges. Le plus inquiétant de ce décor était la lune de sang qui rayonnait de partout dans une lueur glauque. Elle semblait bouger au rythme de mes cris.

Mes jambes ensevelies dans la substance se mirent à brûler, je les sentais cuire comme si on les avait enrobées d'acides ou d'huile en ébullition.

— Un, deux, trois… Grande inspiration… Expiration.

Je repris cet exercice de respiration à trois reprises, me remémorant les conseils de Mr.Guibs mon premier psychiatre. J'eus beau essayer, mon rythme cardiaque ne s'adoucissait pas, restant erratique face au cauchemar de la situation.

Je me remémorais comment sortir d'un sable mouvant, je plaquai mon corps tout entier sur la surface dure, faisant une équerre entre mon buste et mes jambes. Je tentai de prendre appui sur la jambe gauche tandis que je me mis à donner de petits coups circulaires de mon pied-droit, l'aidant à sortir complètement du marécage. Une fois la jambe complètement libérée, je la tendis pour la remettre sur la berge. Je repris la manœuvre des mouvements en cercle de l'autre jambe, quand un bruit sourd me fit relever la tête et croiser la direction d'un monstre.

Devant moi, un clown de deux mètres, tout vêtu de blanc, aux yeux rouges dégoulinants de sang, et aux bras si longs qu'ils touchaient le sol se dressait. Je savais que son sourire resterait gravé dans mon esprit à tout jamais. Des dents en pointe de scies, des morceaux de peau en décomposition coincés entre, et du sang. Partout du rouge. Je me noyais dans cet océan de rouge.

— Et bien Lin. Tu as peur ? Tu n'es plus cette guerrière courageuse que tu rêvais d'être dans ton enfance ?

Le monstre s'approchait de moi, laissant des trainées dans son sillage. Il s'approchait tandis que je me concentrais pour libérer ma deuxième jambe. Je ne pouvais pas le laisser m'atteindre.

Le corps tremblant, je réussis à extraire le dernier de mes membres pris aux pièges. J'étais allongée sur le sol, tout près des sables mouvants, tandis que le clown s'approchait de moi en riant. Sa carrure augmentait au fur et à mesure que ma peur grandissait, ses bras se transformaient en patte d'insecte, prêtes à me perforer. Nos regards se croisèrent et je sus qu'il était temps pour moi de courir.

Je me mis à sprinter en direction de l'horizon. Il n'y avait rien devant moi, seulement la lune rouge. Bien trop grosse pour être naturelle. Le monde semblait s'effriter, comme si des morceaux de papier emportaient le décor dans leur destruction. J'entendais les pas du cauchemar qui me poursuivait, mais je n'avais pas la force de me retourner. Impossible donc, de me faire une idée de la distance qui nous séparait.

Pendant que je courais, une masse sombre sortit de terre devant moi, une forêt obscure digne des pires films d'horreur. Les arbres étaient noirs, leurs écorces envahies par les ronces et la mousse. Leur inclinaison laissait présager des corps, des ombres se cachant.

223

Je m'aventurai tout de même au cœur de ce royaume de ténèbres, et vis une silhouette encapuchonnée, sur une branche, juste devant moi. Le Croque-mitaine, se dressait fièrement. Uniquement reconnaissable par son sourire carnassier et ses yeux rouges. L'habituel tableau macabre.

— Tu vas souffrir Lin. Tu aurais dû m'accepter quand je t'ai dit que tu étais mienne. Je n'ai pas pu t'avoir dans la douceur, je t'aurais dans la souffrance. Et...Je mentirais en disant que je ne préfère pas cette solution.

La silhouette s'évapora dans une fumée noire, un voile rampant qui se propageait dans ma direction. Les seuls choix qui me restaient étaient d'affronter le clown qui avançait vers moi, ou de me jeter à travers le nuage noir pour espérer fuir.

Le rire du monstre derrière moi me décida à courir dans l'espoir de trouver une solution. Lorsque je pénétrai la fumée, mon corps tout entier sembla brûler, se décomposer. En regardant mes mains, je les vis commencer à fondre. Ma toux était si forte que j'en crachais. Une dent. Ma quinte m'avait fait cracher une de mes dents. J'examinais le sol, et remarquais qu'elles étaient toutes en train de tomber. Je mourais en me décomposant, mais je n'avais pas le temps de réfléchir, je devais courir.

Forte d'une montée d'adrénaline, je me mis à pousser mon corps à ses plus extrêmes limites. Je ne m'arrêtais pas, laissant mes membres suinter de pus, s'écorcher jusqu'aux os dans les ronces et les branches, crachant mes poumons et vomissant. Je souffrais le martyre, mais je ne m'arrêtais pas. Je ne pouvais pas. La course continuait, le gaz semblait s'étendre à perte de vue, plus j'avançais, plus il y en avait.

— Stop !

— Renonce à courir et peut-être que je serais clément avec toi.

La voix était légère et familière, comme si tout ceci n'était qu'un banal jeu. Comme si je ne souffrais pas, et que je ne voyais pas ma mort arriver à grands pas. Ou peut-être était-ce normal ? Peut-être étais-je simplement en train de rêver? Mon esprit s'était égaré dans une zone du pays des cauchemars.

Il me suffisait alors de sortir de ce mauvais rêve, de me réveiller et tout reviendrait dans l'ordre. J'essayais de toutes mes forces. En vain. Le gaz continuait d'attaquer mon corps. Le monstre continuait de me poursuivre. Je jouais avec le roi des cauchemars, j'étais sa proie, jamais il ne me laisserait sortir d'ici, j'avais été stupide de penser le contraire. Je connaissais le prix pour tout arrêter, et à cet instant, j'étais prête à le payer au centuple.

— J'abandonne ! Laisse-moi, je t'en conjure !

Un rire. Puis la fumée se dissipa, me laissant face à cette silhouette encapuchonnée, accroupie sur une branche en hauteur. Il avait fait cesser la douleur. Pourtant en regardant mes bras et mes jambes je me rendis compte qu'il n'y avait rien, seul mon esprit semblait meurtri.

— Supplie-moi, implore-moi, prie-moi. Fais de moi ton unique maître.

— Je t'en supplie, arrête la douleur, arrête la peur. Je t'offrirais tout ce que tu veux de moi, mais fais cesser tout ceci.

— J'aime t'entendre implorer, je peux sentir d'ici le goût de tes larmes sur mes lèvres. Sans parler des effluves de sang qui m'entourent, je suis presque au paradis... Mais il manque un détail.

Un claquement de doigts suffit à me faire souhaiter la mort, un simple claquement de doigts, et ma vie fut condamnée. Le clown derrière moi, ouvrit grand la bouche, déchirant sa peau, pour laisser place à trois rangées de dents. Sa tête était révulsée en arrière, son corps était devenu deux fois plus grand, et ses bras n'étaient plus que les pattes avant d'une mante religieuse, prêtes à me faire implorer le ciel.

Sans que je comprenne comment, je me retrouvais attachée à une table de torture. Le clown au-dessus de moi s'amusa à rentrer ses griffes, ses pattes, ses extrémités dans mes jambes. Elles pénétraient ma chair, ne s'arretant que lorsqu'elles touchaient le bois au travers. Laissant mes os en poussière.

Tandis que mes cris résonnaient, la lune rouge semblait frissonner de plaisir. IL s'approcha de moi, levant la main pour faire cesser le monstre à son service, puis remit une mèche de mes cheveux derrière mon oreille et me susurra :

— Ma Lin, tu es mienne. J'aime te voir souffrir, j'aime te voir implorer la mort. J'ai tout pouvoir sur toi. C'est grâce à toi que je vis et que je suis si fort.

Il m'embrassa les lèvres d'un baiser chaste avant que de sa griffe ne vienne enserrer mon cœur. Ses ongles se refermaient autour, je le sentais battre dans sa paume.

Il resserra son emprise, me faisant hoqueter de douleur. J'étais en miettes, une coquille vide, gémissante de douleur quand il décréta que ce n'était pas assez, qu'il avait besoin d'encore plus de cris et de pleurs.

J'avais défié ce monstre, il était temps que j'en paye le prix. De son autre griffe, il ouvrit mon ventre d'un geste chirurgical. Je pouvais voir mes tripes sortir, mes organes pendre, j'étais en train de me vider de tout ce qui faisait de moi une vivante. Sa main toujours plongée dans ma poitrine se resserra, étouffant mes derniers battements cardiaques. Le noir, l'obscurité, un rire malsain, voilà ce qui m'accompagna dans la mort.

Ω

Je me réveillai en sursaut, le corps trempé de sueur, le rythme cardiaque bien trop rapide. Tout autour de moi, les ténèbres. J'étais paralysée par le cauchemar que je venais de vivre. Avait-il été réel ou avais-je tout imaginé ? J'étais perdue. Je tapotais ma table de nuit dans l'espoir de pouvoir allumer la veilleuse quand je me rendis compte qu'elle n'était pas là.

Je cherchais la deuxième. Elle avait aussi disparu. Prise d'une peur grandissante, je voulus prendre ma lampe torche sous mon oreiller. Même constat. Je me relevai, m'apprêtant à sortir du lit pour allumer le plafonnier quand je sentis quelque chose attraper ma cheville, me tirant sous le lit.

Je hurlais de panique, voulant courir jusqu'à la

lumière, mais la poigne autour de mon corps se resserra, me faisant m'écrouler au sol. Je me débattais, mettant des coups de pied dans le vide pour tenir à distance quelque chose dont j'ignorais la forme.

Je mentais. Je savais. Il ne pouvait s'agir que de LUI. J'avais eu si peur que je lui avais permis de me suivre dans ce monde. J'étais un portail, j'étais sa force. Malgré mes mouvements je ne touchais rien, ce qui ne m'aida pas à me rassurer. Comme lorsque vous vous rendez compte que le moment le plus terrifiant n'est pas celui où vous voyez l'araignée, mais celui où vous la perdez de vue.

J'eus énormément de mal à me remettre debout, mes jambes tremblaient, et je ne cessais de crier dès que mon pied touchait ou effleurait quelque chose. Arrivée au niveau de la porte, je me plaquais dessus, ne cessant d'appuyer sur l'interrupteur. Mais rien ne s'alluma. L'obscurité persistait amèrement, malgré mes yeux qui s'étaient désormais habitués aux ténèbres. J'arrivais à percevoir les contours de mes meubles, mais surtout la porte de mon placard. Il fallait que je fuie cette chambre.

J'entendis et vis la poignée du repaire du monstre tourner. Je me ruai sur celle menant au couloir de ma maison, mais elle avait disparu. À l'endroit où elle aurait dû être, je ne trouvais que le vide. Seule une porte en bois, m'enfermant dans cette pièce, aux griffes du Croque-Mitaine.

Le grincement du placard me fit me concentrer à nouveau sur son arrivée. L'antre s'entrouvrit doucement, laissant un halo rouge éclairer une partie de la pièce.

C'était fini, tout allait trop vite dans ma tête, plus aucune pensée cohérente n'arrivait jusqu'à moi.

Une griffe noire, suintante de sang, passa la porte, venant la tenir. Et je criai, plus fort que jamais. Il allait m'avoir tandis que j'étais seule dans cette maison.

Une deuxième main, si je pouvais appeler ça ainsi, suivit le même geste que la précédente. J'étais tombée, assise dans l'éclairage rouge, fixant ce placard, sachant que ma dernière heure allait arriver. Je ne bougeais pas, je ne pouvais pas, j'étais paralysée par l'effroi.

Ce fut au tour d'une jambe animale, arc-boutée tel un lycanthrope, velu et au sabot de faire son entrée. Une deuxième. Je remontai le regard le long de la silhouette représentant ma plus grande peur. Un torse noir, scarifié, dégoulinant de sang, des bras dans des positions que seuls des os cassés pourraient expliquer. Un cou haut, trop grand, venait donner de la hauteur à cette bête. Un museau, des dents acérées, et des oreilles de loup. Le corps tout entier était entouré de son sable noir caractéristique. Il bondit sur moi, toute patte en avant, prêt à me mettre en lambeaux. J'étais à sa merci.

CHAPITRE 17

La bête avait jailli sur moi dans une position animale, prenant de l'élan sur ses pattes arrière. Les babines retroussées, la salive dégoulinante. J'étais toujours assise, pétrifiée par l'effroi dans la lumière rouge du placard entrebâillé.

Le temps semblait figé, me laissant tout le loisir de voir que je ne pouvais réchapper de l'assaut monstrueux qui arrivait. Le Croque-mitaine atterrit au-dessus de moi et plongea ses crocs acérés dans la chair de ma cuisse. La douleur était abominable, sa mâchoire traversait ma peau comme une lame de ciseau. Lorsqu'il releva la tête, je vis des morceaux de chair pendre entre ses dents. Ma chair. Ma jambe saignait abondamment, mais je n'avais d'yeux que pour le monstre.

Sa similarité avec un lycan était flagrante, mais ce qui me surprenait le plus était le regard qu'il lançait à mon tatouage. À sa vue, il s'était arrêté, stoppé net. Ses griffes vinrent tracer son contour, tandis qu'un grognement naquit dans sa gorge.

Je tremblais tant que j'aurais pu rivaliser avec une feuille. La douleur dans ma jambe me tirait des larmes malgré tout le self contrôle que je mettais en place pour ne pas montrer ma souffrance.

Les yeux rouges se braquèrent sur les miens, me capturant. Face à ce regard, j'étais hypnotisée, ne pouvant me détourner. Sa griffe vint entrer dans ma chair, me tirant un cri de surprise et de détresse. Il ne me lâchait pas du regard, me testant, me repoussant dans mes retranchements. Il fit tourner son ongle, lacérant mon être plus profondément.

J'étais forte, je ne baissais pas la tête, ne laissant aucun bruit sortir de ma gorge. C'était un jeu de pouvoir, nous testions chacun nos limites. Si je pliais l'échine maintenant, j'acceptais d'être en servitude pour le restant de mes jours. S'il abdiquait, il ne se contenterait plus que la peur ponctuelle que je lui offrirais. Ni lui ni moi ne pouvions nous permettre de renoncer maintenant.

Sa langue vint laper la dernière larme que mes yeux avaient réussi à évacuer. Je les fermai, ne voulant et ne pouvant plus affronter la réalité. Ou peut-être étais-je folle? Tout ceci n'était peut-être que le fruit de mon imagination. Je n'étais plus sûre de rien.

Un claquement de porte, des pas apeurés le long de l'escalier, mais je n'ouvrais pas mes yeux et ne faisais toujours aucun mouvement. Une plaie s'ouvrait dans le bas de mon ventre, je sentais la douleur d'une griffe fouiller mes entrailles, le sang coulait à flots. J'étais meurtrie, blessée, et je fermais les paupières.

Les hurlements de Jace m'entourèrent. Il tapait à la porte, m'implorant de lui parler, de lui ouvrir, ou de ne serait que lui donner une raison de ne pas s'inquiéter. Mais je restais muette, plongée dans ma bulle avec le monstre.

Je me décidai à rouvrir les yeux, et vis la bête ensanglantée lécher ses griffes recouvertes de mon sang. Il jubilait, tremblait de plaisir, tandis que j'étais toujours immobilisée par la panique. Il prit enfin la parole.

— Ma Lin, tu es mienne, ne cherche pas à me combattre. Je me nourris de toi, tu es mon ancre dans ce monde.

— Je veux mourir.

C'était le moment. Les mots avaient été enfin prononcés tandis que j'enfonçais mon visage dans mes bras, laissant le champ libre à mes larmes qui redoublèrent. Je ne cessais de renifler, car c'était vrai, je ne souhaitais plus que mourir désormais. Je voulais en finir, en finir avec ces nuits de cauchemars, en finir avec cette peur du noir, en finir avec cette vie à aimer un homme qui ne daignerait jamais me rendre le quart de mes sentiments.

— La mort est bien trop douce pour toi Mélinoé. Tu es destinée à bien pire, bien plus grand, bien plus violent. Tu n'es pas le genre de personne qui vit une petite existence bien rangée, tu es faite pour l'incompréhension, la folie, la passion.

La créature eut un rire démoniaque et me griffa le long de la jambe, trois marques longitudinales, rouges, laissant dans leurs sillages des traînées de sang. Puis le silence fut brisé par le bruit d'une lame tombant au sol. En regardant là où le bruit avait pris racine, je vis un couteau de cuisine et une paire de ciseaux tous deux imbibés de liquide rouge. Mes mains aussi en étaient recouvertes.

La porte s'ouvrit, la poignée réapparut, et Jace pénétra dans ma chambre. La lumière rouge avait disparu, mais les traces d'ongles sur la porte du placard, elles restaient présentes, comme un avertissement que tout ceci n'était que partie remise.

— Lin putain ! Que s'est-il passé ?

— Je veux mourir.

Il dut voir la détresse dans mes yeux, car il se jeta sur moi, écartant d'un coup vif les armes encore au sol, et me prit dans ses bras, me promettant que tout irait mieux bientôt.

Mais rien n'irait mieux. J'étais ensanglantée, j'avais des plaies qui ne cessaient de couler, et je venais de dire que je voulais mourir. Je venais de gagner un nouvel aller sans retour pour l'hôpital Sainte-Thérèse, option chambre d'aliéné.

Jace se rendit compte en appuyant sur mon ventre, que sa main était désormais rouge, il me lança un regard apeuré, et s'empressa de contacter quelqu'un.

Moi, je voyais des points noirs danser, le monde tournait, et je me laissais aller. Je ne voulais plus souffrir, je ne voulais plus survivre, je voulais en finir. Je me laissais aller à la perte de sang qui m'ouvrait les portes de l'inconscient et de l'évanouissement.

J'abandonnais, laissant une fois encore à mes proches

la tâche de s'occuper de moi. De réparer les pots cassés. Tous ceux que j'avais brisés. Mais ne brisais-je pas les choses, pour tenter de faire écho à l'apparence de mon âme ? Je ne savais plus.

Ω

— Encore toi planche à pain ?

J'étais debout au milieu d'un palais des glaces, je voyais mon reflet se superposer dans des centaines de vitres. La voix était celle de Kei, je la reconnaîtrais entre mille. Étrangement, elle n'était pas identique à celle de Jace. Celle de l'humain était douce, hésitante avec un timbre tendre, celle du Marchand de Sable était plus forte, plus assurée, avec des sonorités sarcastiques. J'avais une préférence pour celle de Kei, car sa voix me séduisait, malgré les mots désagréables qu'elle ne cessait de prononcer.

— Je suis là ! Criais-je.

J'eus beau essayer d'avancer les deux mains devant, je n'arrêtais pas de percuter des miroirs. J'avais cette peur grandissante qu'il n'y ait aucune échappatoire à cet endroit, et que je me retrouve simplement dans un nouveau cauchemar dont je ne maîtrisais rien.

— Keisuke ?

Ce fut en interrogeant le jeune homme à voix haute que je me rappelai la véritable signification de son prénom. Je n'étais toujours pas sûre quant à son sujet. Était-il de mon côté ? Était-il véritablement le Marchand de Sable ? Était-il dans une forme agréable pour que je baisse ma garde ? N'était-il pas le Croque-Mitaine, celui-là même que je venais de laisser dans ma chambre ?

Je me heurtais à une paroi qui explosa en des centaines de brisures de verre. Je passais à travers le cadran, m'écorchant de toutes parts avec. Mes bras et mes jambes étaient striés, tandis que je portais toujours un simple débardeur noir recouvert de sang séché ainsi qu'un short de nuit en coton.

Pieds nus, j'avançais précautionneusement, ne cessant de grincer des dents lorsque ma peau rencontrait les éclats de miroir. Je laissais sur mon passage des gouttes de sang, tapotais les vitres dans l'espoir de trouver la sortie, mais compris vite qu'il me faudrait les briser pour réussir à fuir.

— Allez, Lin, tu peux le faire. Tu arrives à parler, tu arrives à vivre, et tu arrives même à penser clairement ici. Tu peux bien venir à bout de quelques vitres.

Je pris de l'élan, et percutai le premier miroir de mon épaule, subissant l'impact tout en geignant. Je dus recommencer l'opération des dizaines de fois, changeant de bras pour faire varier l'emplacement de la douleur.

— Keisuke ! Je t'en prie !

— Alors Kei, tu ne vas pas la délivrer ? Ou peut-être as-tu peur d'utiliser ta magie ici ?

La voix du monstre résonnait entre les murs de ma prison. Mon souffle se coupa, j'étais donc dans un cauchemar. Kei aussi était présent. Était-il simple spectateur, ou lui aussi, devait-il fuir ? Peut-être était-ce lui qui organisait toute cette mascarade?

Du sable noir apparu sur le sol, quelques grains volatils, qui me firent prendre conscience d'un détail non négligeable. Kei et le croque-Mitaine, employaient la même magie, ils se nourrissaient des cauchemars et de la peur, et ils n'avaient jamais été vus au même endroit ensemble. Toutes les preuves concordaient pour dire que le Kei que je connaissais n'était en vérité qu'une feinte créée de toute pièce par le monstre pour me berner et m'espionner.

Il ne me restait donc plus qu'une unique corde à mon arc, que j'allais décocher immédiatement. Je pris un grand souffle et me le représentai mentalement. Ses douces boucles blondes, ses yeux bleus, son corps athlétique, sa cape noire et son sable blanc.

— Akkio !

Je lui sautai au cou quand je le vis naître d'un amas de sable devant moi. Lui semblait extrêmement surpris, et effrayé par l'endroit. Il ne mit pas longtemps à assembler les différentes pièces du puzzle et me prendre dans ses bras en m'embrassant le sommet du crâne.

— Ça va aller ma Lin, je suis là. Je suis là pour toi, d'accord ?

Il me prit la main et m'interdit de continuer à casser les miroirs, le faisant à ma place, me portant dans ses bras pour que je ne marche pas sur d'autres éclats de verre. Il n'y avait plus que lui et moi. Simplement nous, qui affrontions cet horrible cauchemar.

Si Kei et Jace étaient aux antipodes l'un de l'autre, Cameron et Akkio étaient sans aucun doute la même personne. La douceur, l'amour dont ils me faisaient part, tout concordait. J'étais à ma place dans ses bras, dans la douceur de ses baisers réconfortants. Mon doux chevalier, l'homme de ma vie et de mes rêves.

— Regarde !

Je revins à la réalité grâce à la voix de mon âme sœur. Face au dernier miroir qu'il venait de briser se trouvait un couloir sombre dont les lumières vacillaient, s'éteignaient pour revenir diffuser une lumière jaune. Le chemin laissait imaginer un conduit d'égout, quelque chose de peu ragoûtant. Pourtant ce fut main dans la main que nous le prîmes, sans hésitation.

— Je lançai un dernier regard en arrière, espérant secrètement voir jaillir du dédale de miroirs Kei, mais personne ne vint jamais, transformant le labyrinthe en un simple point blanc à l'horizon.

Ce fut en nous tenant du bout des doigts que nous avancions dans ce conduit, l'eau boueuse nous arrivant au mollet, la puanteur nous prenant aux tripes. Le plus inquiétant était les bruits de chaîne que l'on entendait au loin, sans jamais réussir à définir leurs origines. Le couloir s'étendait à perte de vue, semblant sans fin. Tout cela ne laissait rien présager de bon.

— Sauras-tu courir assez vite ma douce Lin ?

Cette voix maléfique. Un avertissement clair, et je tremblais déjà.

— Cours !

Akkio me prit par le bras et se mit à me traîner, allant bien trop vite pour que je puisse le suivre. J'avais le souffle court, des points de côté, et horriblement mal aux épaules. En voulant m'arrêter, je pus constater que nous ne fuyions pas seulement un bruit, mais une créature horrifique.

Le monstre semblait avoir été un humain un jour, mais sa peau avait fondu sous l'acide, ses yeux pendaient dans ses joues, des tentacules vertes et suintantes d'une substance noire poisseuse s'agitaient autour de lui. J'avais peur, et je n'allais pas rester dans les parages pour savoir s'il me ferait, ou non, du mal.

— Planche à pain ! Invoque-moi !

La voix de Keisuke retentit dans le couloir tandis que je sprintais à nouveau, sentant mon cœur s'envoler de ma poitrine. Je devais courir, je n'avais pas le temps de réfléchir dans ce couloir droit et sans fin.

— Appelle-moi !

— Keisuke !

Un simple prénom et le voilà matérialisé dans un océan de sable noir à nos côtés. Akkio et lui se regardèrent quelques secondes avant de me rejoindre dans ma course contre le monstre. Nous étions trois corps, à bout de souffle, épuisés, meurtris par l'air ambiant et l'effort de fuite.

— Où étais-tu ? Je t'ai entendu m'appeler lorsque j'étais dans le palais des glaces.

— J'étais dedans aussi, piégée tant que tu n'avais pas franchi le dernier miroir. Je ne sais pas à quel jeu IL joue, mais il a décrété que tu en serais la pièce maîtresse.

Akkio ne parlait pas, se contentant de me tenir

fortement la main et de m'aider à courir. Kei me regardait sans se soucier du sol, il n'avait d'yeux que pour moi malgré son petit sourire en coin. Il se jouait du danger qui nous faisait face comme s'il savait déjà quels allaient être les prochains obstacles.

— Tu es définitivement l'élue, la seule et l'unique passeuse. Tu arrives à convoquer le maître des rêves. Je suis presque sûr que tu pourrais le convoquer LUI aussi, si tu essayais.

— Il ne vaut mieux pas essayer, nous sommes déjà poursuivis par un de ses sbires, je vous signale.

Akkio avait raison, pourtant le couloir était toujours identique, aucun signe distinctif qui nous aurait prouvé qu'il avait une fin, que nous nous en approchions. En m'arrêtant, je regardai derrière nous, il n'y avait plus le monstre, seulement un tsunami de sang se dirigeant droit sur notre petit groupe. Dans cette disposition nous n'avions aucun espoir de pouvoir l'esquiver... ni d'y survivre.

Je me dressai donc droite, face à la catastrophe non-naturelle qui approchait à une vitesse folle, obligeant mes deux compagnons à en faire de même. J'étais résignée à mourir la tête haute. IL voulait me voir apeurée, angoissée, et suppliante. Mais il n'aurait rien de tout ça.

— Bouge où nous allons finir noyer !

— Non. J'ai une théorie à prouver.

— Ta putain de théorie tu la valideras autrement qu'avec nos trois cadavres, ok ?

Je les retins des mains, les empêchant de s'éloigner.

Akkio se mura dans l'indifférence, étant prêt à encaisser pour moi, tandis que Kei ne cessait de regarder tour à tour ses mains et la rivière pourpre, se demandant s'il pouvait nous sortir de là avec ces pouvoirs. Mais il ne le pouvait pas, il n'avait aucune puissance dans ce royaume, alors que moi…

Quand nous furent fauchés par le courant, je pris une grande inspiration et me laissai entrainer vers le sol. Je laissais l'air s'amenuiser dans mes poumons jusqu'à ce moment fatidique où je cherchais mécaniquement de l'oxygène, laissant entrer le liquide. La noyade commençait.

Je me sentais vouloir cracher le sang qui pénétrait, ayant pour seule conséquence d'en obtenir toujours plus. Mes parois étaient gorgées, je n'avais plus de sens. Ne résidait que l'horreur de la situation. Pourtant je persistais à croire en mon idée.

Les points noirs vinrent danser devant mes yeux, signe de mon évanouissement prochain. Je me laissai aller à cette douce délivrance qui m'amènerait, si j'avais raison, à la seule échappatoire possible de ce cauchemar, la scule issue.

Quand j'ouvris les yeux et que je recrachai du sang par litres, je ressentis une pression douloureuse sur ma cage thoracique. Les mains de Kei en plein massage cardiaque, alternant mouvement de pompe et bouche-à-bouche. Je finis de recracher le reste de liquide contenu par mon corps et me relevai, laissant le monde tanguer sous mon manque d'énergie.

241

— Ne fais plus jamais ça, ai-je été clair ?

— On est en vie !

— Nous sommes toujours dans le royaume des cauchemars ne t'emballe pas trop vite planche à pain.

En regardant autour de moi, je reconnus le royaume des ondins, ceux disposés au fond du marécage. Les portes du palais s'ouvrirent et je sus que c'était une invitation pour nous trois. Cependant, quelque chose fit tilt dans mon cerveau. Nous n'étions plus que deux. Akkio étant aux abonnés absents. Pas une trace de sa personne, pourtant une petite montagne de sable noir était à mes côtés.

Mon regard se braqua immédiatement sur Keisuke qui leva ses deux mains en l'air pour me prouver qu'il n'était en rien coupable de la disparition de notre compagnon. Je ne me faisais pas d'idée, c'était lui qui l'avait renvoyé dans son royaume.

— Comment as-tu osé ?

— Mais je te jure que ce n'est pas moi ! C'est fou de toujours devoir se justifier avec toi.

Je savais très bien que l'un d'eux était le Marchand de Sable tandis que l'autre était le Croque-Mitaine, et plus les jours passaient plus les preuves qu'IL se cachait sous les traits de Kei devenaient difficiles à ignorer. Keisuke maniait le sable noir, il engendrait des créatures démoniaques et horrifiques, sa magie l'entrainait dans une personnalité décadente et suintant la luxure, il n'avait jamais été vu dans la même pièce que LUI, et aujourd'hui, il n'était apparu, qu'après que j'ai eu vaincu l'épreuve des miroirs.

Je savais qui il était véritablement, mais je me devais de continuer à jouer à celle qui ne voyait rien. Je voulais savoir où il m'emmenait, pourquoi il se jouait de moi ainsi. Et je devais surtout faire des rapports détaillés à Akkio qui saurait quoi faire de ces informations.

— Tu n'es pas possible, finis-je par dire.

— Ce n'est pas celui que tu penses, il se joue de toi.

— Il ne sera pas le premier.

Je venais de laisser parler mon impulsion. En une phrase, tout ce que je voulais garder secret, venait d'exploser au visage de la personne qu'il ne fallait pas. Il se contenta de rire et de prendre la direction du palais, marchant tel un roi, un souverain. La confiance, et la puissance transparaissaient par chacun de ses pores, et moi je le suivis, sur mes gardes.

CHAPITRE 18

— J'entends chacune de tes pensées alors ne t'inquiète pas, je sais déjà que tu me soupçonnes d'être LUI.

— Ce n'est pas ça ! C'est juste que... les faits sont tous contre toi.

— Les faits ne sont pas spécialement contre moi. C'est seulement que... lorsque tu vois monsieur parfait avec ces boucles blondes tu n'arrives plus à penser raisonnablement, tu as les hormones en feu et tu ne penses qu'à ta petite culotte trempée. Dès que le blondinet entre dans ton périmètre, il est pardonné de tout puisqu'il est beau. C'est l'exemple même du Beauty Privilege.

J'allais nier en bloc, mais je me rendis compte qu'il disait vrai. Je n'arrivais pas à associer Akkio avec le Croque-Mitaine, je restais bloquée sur l'idée que le méchant soit Kei. Mais rien ne concordait avec Akkio, il n'avait rien fait qui me prouve qu'il soit celui qui tire les ficelles. Alors que Kei…

— Tu n'as rien qui le prouve ? Peut-être est-ce parce que tu associes encore l'image d'Akkio à celle de ton tendre Cameron ? Nous ne sommes pas les mêmes. Mets-toi ça en tête, planche à pain.

Je détestais qu'il lise dans mes pensées comme dans un livre ouvert, je détestais qu'il ait raison. Et je détestais aussi le fait qu'à travers Akkio je ne voyais que l'homme que j'aimais. Mais il était Cameron avec l'attention que je lui réclamais, ici Natacha n'existait pas, il pouvait enfin être celui que je voulais. Il était la meilleure version de lui-même, tandis que Jace devenait un être odieux et froid.

— Arrête tes pensées, on est arrivés. Tu auras le temps de me dénigrer plus tard.

Nous étions devant les deux grandes portes du palais des ondins. Je savais que réclamer de venir ici aurait un prix. Une fois encore j'étais prête à assumer mes actes. J'étais prête à sacrifier quelque chose en échange de ma vie sauve. Je venais de réchapper à un tsunami de sang, je pouvais bien donner un prénom.

Pourtant, en regardant les yeux malicieux de Kei, je me rendis compte que lui aussi s'apprêtait à échanger quelque chose contre une faveur.

Nous avançâmes en silence, à travers des dizaines de couloirs remplis de rideaux, de portraits, de tapis et de dorures. Rien de tout ceci n'était là lors de ma première visite. Tout semblait changé, outrageusement luxueux.

— C'est sans fin, j'ai l'impression d'être encore dans un labyrinthe. Certes plus accueillant et nettement moins menaçant que le dernier, mais tout de même.

— Ce n'était pas comme ça avant. Le lieu a beaucoup évolué en à peine un mois.

— Je t'ai déjà dit, un mois chez toi est une éternité ici. Nous voyons les rêves de chaque personne défiler, peu importe où ils vivent. Notre royaume ne dort jamais.

Je commençais à comprendre pourquoi dans ce monde, le temps était distendu. Lors d'une simple journée de vingt-quatre heures, je n'en vivais réellement que seize. Alors qu'eux ne s'arrêtaient jamais, continuant sans cesse leurs tâches.

Nous arrivâmes devant un escalier de marbre blanc descendant en spirale et je fus poussée par mon instinct. Je savais qu'il ne nous mènerait pas là où nous souhaitions véritablement aller. Il me fallait trouver ce détail qui me mènerait au roi. Je fermai les yeux, me concentrant sur son aspect. Cette créature à la peau bleue, transparente, aux branchies visibles, à la hauteur vertigineuse. En ouvrant les yeux, je le vis devant moi, ce qui me fit reculer d'un pas de frayeur.

— Vous êtes…

— Rien, ce n'est que du sable que tu façonnes par ta pensée.

À peine la réponse de Kei avait-elle cinglé l'air, que la silhouette se fissura, ne devenant qu'un amas de sable de la couleur de l'asphalte. Je n'étais pas impuissante dans ce royaume, j'avais des dons, j'avais de la puissance, et je ne m'en rendais compte que maintenant.

— Ne t'emballe pas joli cœur, tu ne défieras pas le maître des cauchemars avec son propre sable.

Je soupirai devant le pessimisme et l'ironie agressive qu'il employait à longueur de journée. À peine avais-je pensé cela qu'il se mit à rire, s'habillant de son sourire en coin moqueur. Mais il avait raison, mon sable était le même que celui de Kei et le sien. Était-ce parce que nous étions dans une phase d'un cauchemar ?

Il ne prit pas la peine de m'attendre et rentra dans l'escalier en spirale, regardant dans le creux la magnifique cascade d'air qui s'y trouvait. Si à la surface, nous avions des aquariums, ici, ils avaient des sortes de bocaux composés d'air. Dedans, nous pouvions y voir de petites fées, des dragonnets et des chats à queues d'écureuils et aux cornes minuscules.

Keisuke semblait tester la solidité de la rambarde quand je le vis reculer pour prendre de l'élan et sauter dans la colonne d'air, bousculant quelques animaux et créatures fantastiques lors de sa nage verticale. Nous étions au beau milieu d'un fief de cauchemar, et je n'allais pas rester seule, à peser le pour et le contre. Je le suivis d'un saut très vacillant et peu confiant. Surtout comparé au sien.

Étrangement, je me sentais noyée dans cette bulle d'air. Pourtant mes poumons semblaient avoir laissé place à des branchies, s'être adaptés à l'eau qui nous entourait. Je sentais l'air tel des rasoirs qui venaient entailler ma gorge et mes cordes vocales. Je flottais, remontant vers la surface, tandis que l'escalier semblait devenir un lointain souvenir.

Mes poumons se remplissaient de cet air asphyxiant, se décomposaient en tâchant de le rejeter sans cesse. Je périssais, mais je refusais l'évanouissement qui me tendait les bras. Je savais qu'en m'y laissant aller je retournerais dans ma réalité, et ça, ce n'était pas une option. J'avais des choses à accomplir dans ce lieu avant de rentrer chez moi.

Lorsqu'une main agrippa mon bras et m'aida à m'extraire de cette colonne pour revenir dans l'eau de ce marécage, je me laissai faire. Nous étions pour la deuxième fois en moins de douze heures, dans une situation où Kei me prodiguait un massage cardiaque. Cela devenait presque une routine entre nous.

En reprenant mon souffle, je levai la tête et reconnus la pièce vide de tout, excepté du trône. Nous étions au bon endroit, nous venions de trouver l'antre du roi de ces cauchemars.

— Nous sommes dans le fief des noyades. C'est un rêve très fréquent chez les humains, tu en as déjà rêvé ? Normalement vous vous réveillez avant de mourir. Mais des fois, certains oublient de se lever et meurent ici, arpentant les lieux pour toujours.

— Quand on meurt dans ton royaume, que se passe-t-il pour notre véritable personne ?

— Vous ne vous réveillez jamais. Coma, arrêt cardiaque, des dizaines de scénarios possibles. Certains retournent dans leurs corps quelques fois, des cas rares que je gracie pour bon comportement.

Tandis que nous attendions le maître des lieux, Kei continua de dévoiler le fonctionnement de son royaume et de celui du Croque-Mitaine. Plus j'en apprenais et plus j'avais soif de nouveauté. Les heures passèrent durant lesquelles nous ne faisions que parler. Il me contait la beauté de son royaume, répondant avec patience à mes multiples questions. J'aurais aimé pouvoir voyager et voir la beauté des rêves, mais tant que la malédiction ferait effet, j'étais cloîtrée avec lui dans les prisons des cauchemars.

— Vous, ici My Lord.

La voix du souverain des ondins nous fit nous rendre compte que nous n'étions plus seuls. Nous nous relevâmes rapidement pendant que le roi des lieux mimait une révérence moqueuse.

— Assez. Ne dis rien.

La voix de Kei était sans appel, il n'était plus le garçon avec qui je venais d'échanger avec plaisir. Il était redevenu cet homme qui avait pris plaisir à me voir m'étouffer dans une tempête de sable sans lever le petit doigt.

— Que puis-je pour vous ? Pourquoi êtes-vous sur mes Terres ?

Le monstre s'assit sur son siège sans se soucier de nous, passant ses jambes au-dessus de l'accoudoir et claquant ses doigts palmés pour qu'un serviteur lui apporte de quoi manger et qu'un autre vienne l'éventer.

— Ma chère Mélinoé Tanaka, quelle bonne marée t'emmène jusqu'à moi ? J'ai cru entendre que le grand maître et toi jouiez un bras de fer serré.

— En effet, et venir ici a été ma seule solution pour ne pas le perdre de manière précipitée.

— Il connaît ton nom !

Le cri de Kei était empli de colère, je voyais ses narines

se dilater sous la colère, il me regardait comme s'il allait me tuer pour ma sottise. Je savais qu'il m'avait interdit de le lui révéler, mais je m'étais retrouvée dans une situation périlleuse qui ne m'avait laissé d'autre choix que celle d'utiliser ma monnaie d'échange.

— Mais ça ne change rien au fait ! Je t'avais interdit de le donner, une seule interdiction et tu fous tout en l'air !

— Laisse ma chère amie Mélinoé, sois gentil Keisuke. Dis-moi ce que tu veux savoir et je te donnerai mon prix. Ne me fais pas perdre plus de temps que prévu, j'ai une cour à gouverner.

Il écarta les bras pour donner du poids à ses dires. À travers les murs de verre de son château, je pus observer la foule qui y habitait. Rien n'était plus pareil que dans mon souvenir.

— C'est parce que tu as ramené ma terre à la vie avec cette bille. En transformant le cauchemar de cette jeune fille en simple rêve, tu as redonné l'aspect à mon royaume qu'il avait avant la malédiction du Croque-Mitaine.

Si chaque bille que j'avais recueillie avait été une étape dans la levée de son pouvoir sur les différents mondes du sommeil. Combien m'en restait-il à trouver ?

— Ceci est ma question Ragnar, je réclame l'identité de chaque rêve et cauchemar changé, et ceux qui persistent à être trouvés.

— C'est une demande très onéreuse que tu formules. Et en plus, tu te permets d'employer mon nom. Je ne sais quoi te dire…

— Je suis ton roi, ton maître, ne l'oublie pas.

— Tu l'étais, mais aujourd'hui qu'es-tu véritablement Keisuke Baku ?

Les deux hommes s'étaient levés et se faisaient face. J'étais en train d'observer un combat entre deux créatures qui avaient relevé les babines et qui s'apprêtaient à attaquer à chaque instant. Je me permis de faire un pas en avant ainsi qu'un raclement de gorge très bruyant pour reporter l'attention sur moi et alléger la tension qui s'accumulait. Je ne doutais pas des pouvoirs de Kei, mais nous étions dans le royaume de l'ondin, il serait malvenu de lui manquer de respect sur ses propres terres. Et cela, même si les terres en question n'étaient qu'un fief du royaume de Kei.

Puisque Kei était le Croque-mitaine, les cauchemars lui appartenaient, mais peut-être cherchaient-ils à se rebeller depuis la malédiction ? Je n'avais pas encore suffisamment de cartes en main pour comprendre, mais je sentais que j'étais sur la bonne piste.

— J'aimerais connaître les choses qu'il me reste à accomplir pour inverser la malédiction. Quand je vois la beauté de ces lieux, ainsi que la joie sur le visage de vos sujets, malgré le fait que nous soyons dans un cauchemar, j'aimerais apporter cette lumière partout dans le royaume.

— Tes intentions sont louables Mélinoé, mais les siennes, non.

Il me montra du doigt Keisuke qui une fois encore enrageait de la situation. Je voyais ses mains se serrer, devenir rouges tant il cherchait à se canaliser. Dans cette posture, il me donnait clairement du mal pour l'associer au gentil Marchand de Sable qui apportait la paix aux enfants.

— Je vais te donner ce que tu veux Mélinoé, mais cet homme doit me promettre que le jour où IL abdiquera, je serais graciée de mon rôle et je pourrais retourner vivre dans la réalité.

— Je refuse. Le prix n'est pas cohérent à la demande !

— Alors je demande que Mélinoé me rende ma liberté quand IL sera anéanti.

Je ne mis pas longtemps à réfléchir. Je n'avais que faire de cet homme, si je pouvais lui rendre sa liberté maintenant, je le ferais. Mais je n'en étais pas capable, et ne le serais jamais.

— Non, répondit très vite Kei.

— J'invoque le droit du nom Mélinoé Tanaka.

— Putain.

Je vis le sable noir s'enrouler autour de Kei tel un tourbillon, il cherchait à contrôler sa rage, mais elle ne demandait qu'à sortir. Il bouillait, devenait fou.

— Tu abandonnes ton droit au nom, et je t'accorderais ta volonté de retourner vivre avec les humains.

— J'accepte. Tu vois quand tu veux, on finit toujours par trouver un arrangement toi et moi, Keisuke Baku.

Les yeux de l'ondin devinrent blancs, ses mains se levèrent tandis que son corps se mit à flotter à quelques dizaines de centimètres du sol. Un son guttural résonna dans la pièce, et je sus que je devrais mémoriser ces mots au péril de ma vie.

« Sept cauchemars, quatre rêves dont il vous faudra sortir. Une fois fait, vous pourrez traverser. Une noyade transformée en sauvetage, une chute pour le lâcher prise, une humiliation pour vous rappeler le poids des autres dans votre vie, la trahison pour montrer la faiblesse de l'homme, la violence comme porte d'issus, la maltraitance comme résurrection et la captivité comme réalité, seront les sept enfers dont vous devrez changer les issus. La luxure en dégoût, la promenade en course pour survivre, un soin échoué, et un abandon final, vous devrez surmonter. Mais n'oubliez pas que peu importe les étapes, seul LUI décidera lesquelles il ajoutera dans votre sillage ».

La créature se dissipa comme du sable dans l'eau, j'avais cette impression que quelqu'un venait de jeter une poignée de coquillages dans un océan, emportant tout avec lui, détruisant le paysage pour en recréer un nouveau. J'étais attiré par quelque chose de fort, quelque chose qui m'appelait. J'attrapai mécaniquement la main de Kei, et le laissai m'emporter avec lui, où il le voulait.

Lorsque l'impression de tiraillement fut finie, je me trouvais toujours main dans la main avec ce compagnon de route, dans la chambre du palais où j'étais plusieurs fois arrivée. Il retira très rapidement sa main nouée dans la mienne, ne cessant de se l'essuyer sur sa cape.

— Je ne suis pas infectée tu sais. Et tu ne t'es pas essuyé après m'avoir fait jouir de ta langue.

—Arrête. Ne joue pas à ce jeu avec moi. Je ne suis pas assez maître de mes pulsions dans ce royaume.

Je ris de lui et me relevai, époussetant mon pauvre short en coton et mon débardeur de nuit toujours imbibé de sang. En relevant ce dernier, je vis un nouveau tatouage laissé par LUI. Un oiseau en cage. Je ne savais pas ce qu'il représentait exactement, mais le dessin était magnifique et j'attendais de pouvoir le faire, lui aussi, encrer sur ma peau à jamais.

— Encore LUI ?

— Toujours. Il est une part importante de moi j'ai l'impression.

— Ne le laisse pas t'effrayer planche à pain, tu es bien plus qu'une pisseuse. Je t'ai vue forte, je t'ai vue combattre, accepter la mort, ne pas sourciller, là où même moi j'ai été effrayé, tu es une grande négociatrice. Ne laisse pas un vilain cauchemar définir qui tu es.

Je lui souris et pris conscience qu'à ses yeux il avait beau me laisser entendre que je n'étais qu'un frein, pour lui, j'étais un peu plus que ça. Derrière ses aspects désagréables, il avait noté des choses bien à mon sujet, que moi-même j'ignorais.

— Ne prends pas confiance non plus, tu es toujours un frein.

Il avait repris son sourire en coin, et s'amusa à m'envoyer un oreiller au visage. L'espace d'un instant, il n'y eut que lui et moi, insouciant, et ne portant pas le poids des rêves sur nos épaules. Il était vraiment drôle, et je trouvais de plus en plus de Jace en lui.

Il était allongé au-dessus de moi en train de me chatouiller, pendant que je me tortillais en le suppliant d'arrêter, entre deux rires, quand il cessa, nos regards se croisèrent.

Pendant cette nanoseconde, il pouvait bien être le Croque-Mitaine, le Marchand de Sable, ou simplement une vision engendrée par ma prétendue schizophrénie, rien n'avait d'importance en dehors de ses dents qui mordillaient sa lèvre inférieure tandis qu'il regardait les miennes. Face à cette vue, j'aurais pu succomber immédiatement.

Il hésitait, je voyais ses yeux luire de rouge, je savais qu'il se battait contre son désir, qu'il luttait contre la bête en lui, contre la malédiction, pourtant en cet instant, il n'utilisait pas ces pouvoirs. Mais je ne voulais pas qu'il gagne, je voulais qu'il m'embrasse. Qu'il m'aime, lui qui avait vu en moi toutes ces choses, lui qui ne me promettait rien d'impossible, contrairement à Cameron. Je voulais qu'il ne soit qu'à moi.

— Oh et puis merde, rien qu'une fois.

Ses lèvres vinrent percuter les miennes avec violence, il m'embrassa comme si nos vies en dépendaient. C'était lui et moi, tout simplement, rien d'autre. Ses mains entouraient mon visage tandis que sa langue jouait contre la mienne, l'effleurant. Ses dents ne mordaient plus ses lèvres, mais les miennes, elles tiraient et j'aimais cette sensation de passion dévorante couplée à ce petit plus.

Il me prit par les hanches et me fit tourner. Il se retrouvait sur le dos tandis que j'étais à califourchon sur lui, nos lèvres toujours collées ensemble. J'avais besoin de respirer, mais encore plus de rester attachée à cet homme. Pourtant, je dus reculer ma tête pour reprendre mon souffle. Un long regard s'échangea et avant qu'il n'ose dire quoi que ce soit, je plaquai ma main contre sa bouche, sentant ses lèvres remuer.

— Je t'interdis de le dire, ou je te jure que je te castre. Je prends tes couilles en mains et je les serre si fort, qu'on ne les verra plus jamais. Ai-je été claire ?

Ses yeux s'ouvrirent de surprise tandis que ma seconde main s'approchait de ses parties intimes. Il était conscient que je ne riais pas. Je l'interdisais de dire que le baiser le plus fabuleux de ma vie avait été une erreur. Je refusais d'entendre ce que je savais qu'il pensait.

Je me décidai à enlever ma main de sa bouche, tout en conservant ma position. Je faisais tout pour montrer que la situation me laissait de marbre, mais mes efforts étaient inutiles, il lisait dans mon esprit.

— J'aurais tant aimé tomber amoureux d'une fille comme toi. Ça a l'air si simple de t'aimer.

— J'aurais aimé tomber amoureuse de toi, tu m'as l'air bien plus clair dans tes envies que celui qui fait battre mon cœur.

On se mit à rire, et tout se dissipa, la tension, la tristesse et le regret. Lui et moi n'étions pas si différents, nos cœurs étaient déjà pris par d'autres. D'autres qui n'en valaient pas la peine. Et nous n'arrivions pas à nous en détacher, peu importe les efforts fournis.

— Je l'aimerais pour toujours, malgré le mal qu'elle m'a fait et qu'elle continue de me faire.

CHAPITRE 19

Le regard de Kei était heureux, il ne souffrait pas de l'amour qu'il ressentait pour elle. Certes il le subissait malgré toute la douleur que ça lui apportait, mais plus comme un prisonnier volontaire, qui quémanderait d'augmenter sa peine.

— Pourquoi ?

J'étais curieuse, je voulais comprendre. Qu'avait cette personne ? Pourquoi restait-il amoureux d'elle à sourire de manière béate alors qu'elle n'était pas là ? Pourquoi m'embrasser alors qu'il en aimait une autre ? Pourquoi…

— Arrête de penser aussi vite, tu me prends la tête.

— Excuse-moi je ne peux pas m'en empêcher.

— Cette femme est unique. C'est ma raison de vivre, sans elle je n'aurais pas forcément accepté le rôle de Marchand de Sable. C'est elle qui m'a montré tous les intérêts de ce poste. C'est également elle qui m'a offert les meilleurs moments de mon existence, alors si pour ça je dois endurer dix ou vingt ans de douleur tous les cent ans, je l'accepte sans broncher.

Je fermai les yeux tant le bonheur qu'il irradiait était fort et tangible. Cet homme n'était pas du tout comme moi. Au contraire. Nous étions aux antipodes l'un de l'autre. J'étais plongée jusqu'au cou dans une relation à sens unique avec un homme qui ne m'aimerait jamais, qui ne me ferait jamais sentir différemment que comme l'autre femme de l'histoire, celle qu'on cache comme un vilain secret. Kei était tombé amoureux d'une femme qui l'aimait, qui lui donnait la force de vivre au quotidien, alors certes ils devaient être dans une mauvaise passe. Mais n'était-ce pas ça le véritable amour ? Endurer en sachant que même lorsque la nuit est noire, le soleil finira par se lever tôt ou tard.

La tendresse qui voilait ses yeux, son sourire niai, son pétillement de joie à sa simple évocation, c'est de ça dont j'étais jalouse. J'avais beau me mentir et me dire que je pourrais vivre quelque chose de similaire avec Jace, je saurais toujours au fond de moi que cet homme en aimait une autre.

— Nous ne sommes pas les mêmes. Il t'aime sois en certaine. Mais moi, je n'aime qu'une seule femme pour toujours et à jamais. Contre vents et malédictions.

Je lui souris tandis qu'il avait fermé les yeux, un sourire béat dressé sur les lèvres. Vu comment son bonheur irradiait autour de lui, il pensait certainement à elle. Il semblait différent, bien loin de l'image du Croque-Mitaine que j'avais de lui.

— Peut-être parce que je ne suis pas le Croque-Mitaine ?

— Si tu pouvais cesser de lire dans mes pensées à longueur de journée ce serait agréable. Je me sens violé dans mon intimité.

— Tout de suite… Tu es bien une femme. On est censé deviner en permanence ce que vous voulez, et quand moi je le fais, vous râlez.

Je fis mine de soupirer et de faire un non de la tête affligée, mais j'étais morte de rire. Cet homme était véritablement attachant ... Dans de rares moments comme celui-ci. Ou plutôt devrais-je dire depuis ma dernière arrivée dans ce royaume ? Il paraissait changé.

— Parce que je me libère lentement de ma malédiction, tu as trouvé plusieurs billes, tu as restauré l'énergie de différents fiefs des deux royaumes, mon essence me revient doucement.

Il venait de noter un point important dans nos recherches. Il fallait que l'on fasse un état des lieux des billes déjà retrouvées, de celles qui nous manquaient et des endroits où elles pourraient se situer.

— Tu as raison. J'ai déjà récupéré quatre billes distinctes qui, si je ne m'abuse, correspondent à la noyade, au lâcher prise quand tu t'es jeté dans le vide pour tomber dans le marécage, une pour la luxure devenue dégoût, quand nous avons… Et la dernière est apparue quand tu n'étais pas dans le royaume donc à toi de me dire.

Je savais à quoi correspondait cette dernière sphère, mais l'avouer revenait à avouer ma trahison ET à accepter que mes actions dans la réalité avaient un impact dans le monde des rêves.

— Dis-moi, je vais essayer de ne pas te juger planche à pain.

— J'ai obtenu la bille de la trahison.

Il me regarda avec tristesse, et je compris très vite qu'il se fourvoyait. J'avais beau essayer de bloquer le flux de mon esprit, plus j'essayais de rejeter ce souvenir, plus il revenait au-devant de ma tête.

Je me revoyais coucher avec Cameron en sachant pertinemment qu'il avait quelqu'un dans sa vie, quelqu'un qui m'avait demandé si je connaissais la femme qui prenait place dans le lit de son copain. Je lui avais menti, je lui avais dit qu'il n'y avait personne, je m'étais fait passer pour quelqu'un de sympathique avant de m'envoyer en l'air avec son mec et de ne pas le regretter un seul instant. Même encore aujourd'hui, je ne regrettais pas.

— Tu as couché avec lui ?

La voix était remplie de surprise et d'un fond de colère. Il semblait choqué par cette révélation, mais il marmonna dans sa barbe naissante que cela semblait logique au vu des fiefs éclairés.

— Passons, ça n'a aucune importance. Il nous reste à trouver celle de l'humiliation, celle de la violence, de la maltraitance et de la captivité. Pour les rêves il nous faudra la promenade, le soin et l'abandon. Mais je ne suis pas vraiment sûr que l'on puisse provoquer ces événements, je pense qu'il faudra attendre les convocations du Croque-Mitaine, c'est lui le seul maître du jeu.

— Je pense aussi, mais peut-être pourrions-nous voyager d'un fief à l'autre ?

Je le vis réfléchir longuement, toujours allongé sous moi, les mains derrière la tête tandis que j'étais à califourchon sur lui. Pour une raison que j'ignorais, cette position m'était confortable.

— Je pense que c'est une très bonne idée de visiter les différentes parties du royaume. Mais tout d'abord, il est temps que tu retournes un peu dans ton monde.

Il me souffla du sable noir au visage et je me sentis basculer en arrière, je ne sentis cependant jamais l'impact du sol.

Ω

J'étais dans les bras de Jace, allongée tranquillement dans mon lit quand j'ouvris les yeux. Il commença à se frotter les yeux, puis à s'étirer en me regardant avec un sourire à moitié endormi.

— Comment vas-tu Yoku ?

— Je suis ici, avec toi, pas à l'hôpital ?

Il se redressa, prenant mes mains dans les siennes et appliquant une pression dessus, une caresse délicate. Il me regardait avec des paillettes dans les yeux, tandis qu'il me dit d'un ton très calme :

— Quand je suis arrivé tu étais en pleine crise d'hallucinations, mais tu ne t'es pas fait de mal, tu as lâché ta lame quand tu as entendu ma voix. Ensuite, tu t'es évanouie et tu as cauchemardé toute la nuit, donc je suis resté à tes côtés pour te rassurer. Tu vas mieux ? À certains moments tu as murmuré mon prénom, j'ose espérer que c'était dans un rêve et non un cauchemar.

Je ne pris pas la peine d'essayer de lui répondre, sachant pertinemment qu'aucun son n'arriverait à sortir de ma gorge nouée par LUI. La dernière phrase avait été prononcée dans ce court laps de temps où la puissance du monde des rêves m'entourait encore. Je levai mon débardeur tandis que le jeune homme dans mon lit détourna le regard par pudeur. Il n'y avait rien, aucune trace de lame, sur ma jambe, aucune griffure ou morsure. Je ne portais pas ses marques. Pourtant je n'avais rien imaginé, je l'avais senti, j'avais souffert et un tatouage était apparu... dans cet autre monde.

Il me reprit dans ses bras en remettant mon haut à sa place et nous nous allongeâmes. Mais j'avais besoin de plus. Je voulais sentir qu'il me désire, j'avais l'impression d'avoir vécu trois mois et mille aventures dans cet autre pays, alors qu'ici je venais tout juste de tromper mon copain. Je voulais remplacer la sensation des doigts de Cameron par ceux de Jace, je voulais sentir ses baisers, je voulais que son odeur m'enveloppe. Alors je fis quelque chose de dégoûtant, j'utilisai mon petit ami pour oublier l'homme que j'aimais.

— Je ... Toi...

— Qui a-t-il ?

Je n'arrivais pas à dire ce que je voulais, mais le voulais-je vraiment ? Je n'en étais pas sûre. Mais j'en avais besoin en tout cas. Ce fut les larmes aux yeux que je l'embrassai sauvagement. Mais rien ne ressemblait à Kei et moi. Je cherchais à rendre cet échange mémorable, mais tout était plan-plan, sans vie et sans passion. Je sentis ses mains sur mes hanches qui cherchèrent à me repousser.

— Va moins vite Yoku, rien ne nous presse. Je veux te faire l'amour toute la nuit.

Il reprit le baiser, allant doucement, n'osant pas toucher ma poitrine. Il était doux, tendre et peu empressé. Ses mains se décidèrent enfin à retirer mon haut, mais lorsque ma poitrine fut dévoilée il ne lança pas un seul regard. Se contentant de m'embrasser le coin des lèvres et de me répéter en boucle qu'il m'aimait .

Quand il retira son jean et sa chemise, restant simplement en caleçon, je pris une claque mentale. Il ne ressemblait en rien à mon Kei. Il était moins musclé, ses abdos n'étaient pas dessinés, sa peau était immaculée, aucune blessure, aucune encre. Même ses épaules semblaient plus petites, je n'étais pas face au bon corps.

— Je t'aime ma Lin.

L'image de Cameron se superposa à celle de Jace et je me frappais mentalement en essayant d'enlever cette horrible comparaison. Je le laissai m'enlever mon short et me regarder pour la première fois tandis que j'étais nue. Il ne dit rien, pas un compliment, pas une remarque.

Sa main se posa sur mon sein et il commença à le pétrir doucement, mais rien ne se passa dans mon corps, pas une once d'étincelle. Je ne ressentais ni l'excitation que j'avais pour Kei, ni le désir que j'éprouvais pour Cameron.

— Tu aimes mon amour ?

Je me contentais de hocher la tête en le laissant

continuer. Il descendit sa main le long de mon corps et commença une friction sur mon clitoris. Mais je ne mouillais pas. Je fermais les yeux et imaginais d'autres mains, celle de Kei sur moi, son souffle dans mon cou. Je le voyais redire ce « Oh et puis merde » avant de se jeter sur mes lèvres.

J'ondulais le bassin, sentant enfin une humidité entre mes cuisses, je me laissais même aller au point de faire de petits bruits. En imaginant mon Croque-Mitaine tout était plus simple, je me laissais aller au plaisir.

En ouvrant les yeux, la réalité me percuta de plein fouet. J'étais accompagnée de Jace, qui venait d'enlever son caleçon et qui manquait grandement d'assurance pour mettre son préservatif. Il ne me restait que deux solutions, soit j'arrêtais tout, soit je continuais. Je savais quelle était la bonne réponse, mais bientôt, il connaîtrait ma tromperie, et peut-être que si nous avions passé ce cap, il ne m'abandonnerait pas.

Je ne pouvais pas le laisser partir, il représentait bien trop pour moi. Il était le seul à m'apporter du réconfort dans la douleur de la maladie, il ne me regardait pas comme le faisaient mes parents, il était également mon confident. Je ne le laisserais pas partir, il était à moi. Alors je pris en main les opérations, l'aidant à positionner son préservatif correctement.

Je l'allongeai sur le dos et vins me positionner au-dessus de lui, l'embrassant doucement sur les lèvres tandis que je le fis rentrer en moi. Il n'était pas volumineux ou douloureux, j'étais simplement très sèche.

Je lui souris et le pris entièrement en moi, commençant à bouger doucement pendant que mon corps mouillait mécaniquement. Je me penchais, laissant ma tête dans son cou pendant qu'il prit le relais pour les mouvements.

Ce fut doux, de long mouvement de va-et-vient ponctué de baisers sur mes épaules et mon cou tandis que je pleurais silencieusement cet homme que je n'aimerais jamais autant qu'il m'aime. Je ne faisais que continuer cette boucle de souffrance et d'autodestruction. J'avais donné mon cœur à Cameron en sachant qu'il ne me le rendrait pas, je commençais à tomber sous le charme d'un garçon qui était épris d'une autre fille et qui accessoirement était sûrement le monstre qui hantait ma vie, et je me jouais du seul homme qui ne m'est jamais aimé que pour moi.

— Mélinoé, si tu savais combien je t'aime.

— Moi… au…si.

Je l'embrassai en fermant les yeux, priant pour qu'un jour, je puisse lui rendre la puissance de ses sentiments. Mais je savais pertinemment que mon autodestruction m'en empêcherait. Je venais de dire un mensonge qui ne pourrait jamais s'effacer, de l'encre indélébile marquée sur son cœur, un fer rouge incrusté sous sa peau, lui laissant de l'espoir.

— Je vais venir. Peux-tu me laisser… Bou…

— En moi.

Une simple phrase, peu de mots, mais à cet instant, c'était un effort insurmontable. Je voulais que ce moment soit une véritable connexion entre nous, alors il vint en moi. Et je m'allongeais sur lui, tandis qu'il était toujours à l'intérieur de mon corps.

— Tu es venue ?

— Oui.

Un mensonge. Mais un mensonge qui me permit de voir un sourire sur son visage avant qu'il ne sombre dans un sommeil profond. C'était un petit mensonge, un faible prix au vu de sa joie. Je lui devais au moins ça, avant qu'il n'apprenne quel genre de trainée j'étais.

Je me levai et allais prendre une douche. Je me sentais sale, à juste titre, je venais de commettre l'irréparable. Je lui avais dit que je l'aimais. Je déambulais dans les couloirs de cette maison bien trop luxueuse et grande. Mon frère n'était toujours pas rentré, j'eus beau appuyer sur la poignée de sa chambre, elle restait fermée à clef.

Je continuais de me balader, dans une bulle de tristesse, hermétique. Une fois dans la douche, je laissai l'eau brûlante couler sur mon corps, je voulais souffrir pour me punir. J'aimais sentir la morsure de la chaleur, la douleur tandis que je contemplais la pièce. Elle était presque aussi vide que mon cœur. Une grande douche italienne, un style épuré comme le reste de la maison, aucune couleur, seulement des déclinaisons de blanc, de noir, et quelques touches de gris.

Des mains vinrent entourer mes hanches et je m'y blottis, laissant ma tristesse évacuer. J'avais besoin de réconfort sachant que ce n'était pas moi la victime de l'histoire. J'étais égoïste, démoniaque et vile. Mais ce soutien physique et émotionnel me réconforta.

— Ne laisse rien te toucher, planche à pain. Tu es courageuse, et forte, tu surmonteras ces obstacles

Je me retournais et fis face à Jace. Pas Kei, mais bel et bien son homologue humain. Pourtant, ce surnom, et ce timbre de voix... Le roi du monde du sommeil avait emprunté ce corps pour me faire passer un message. Je m'effondrai en pleurs en prenant conscience qu'il venait de réaliser un des gestes les plus tendres de ma vie. J'étais au sol, nue, sous l'eau du pommeau, à pleurer quand il me prit dans ses bras, me berçant doucement et me promettant que tout irait mieux.

— Ça ira, tu verras, demain est un autre jour. Je te le jure. Par contre si tu pisses sur moi dans cette douche, je te tue.

— Aucune chance, je sais me tenir.

Je ris, et mes larmes s'envolèrent. Il lui avait suffi d'une phrase pour faire disparaitre mes problèmes. Et pour cela, je lui étais reconnaissante. Il partit se sécher et retourna dans la chambre tandis que je continuais ma douche, plus sereinement.

En arrivant dans la pièce, nue, je fis de nouveau face à Jace. Il n'osait pas me regarder et balbutiait des compliments gênés. Je lui souris.

— Merci d'être venu me réconforter dans la douche.

Je venais de parler, une phrase complète dans ce monde. Pourtant, mon interlocuteur, à moitié endormi, n'y fit pas attention.

— Qu'est-ce que tu dis ? Je viens de me réveiller, je n'ai pas bougé d'ici.

Il ne se rappellerait donc jamais ce moment. J'en étais heureuse, cet instant appartenait seulement à Keisuke et moi. À personne d'autre.

Je vins me blottir contre lui, et je laissai le monde des rêves m'emporter, espérant n'être qu'un dormant ce soir et non la passeuse.

CHAPITRE 20

La semaine fut monotone, répétitive et sans profondeur. Je continuais de recracher mes médicaments dans ma boite à bijoux bien trop pleine, laissant entendre à mes proches que mes rares paniques n'étaient dues qu'à des pics exceptionnels et gérables.

J'allais en cours tous les jours, m'asseyant aux côtés d'Antoine et de sa bande. Ils me faisaient rire à longueur de journée, et je voyais que le gentil garçon commençait à essayer de se rapprocher de moi, toujours par le biais de blagues.

Je passais voir Kathleen tous les soirs, occupant nos débuts de soirée avec des émissions, des cochonneries à manger et des potins. J'étais enfin libre de mes mouvements et je pouvais passer du temps avec elle, comme je le souhaitais, d'autant plus que mes parents étaient toujours en déplacement. Elle me racontait toutes les informations qui circulaient sur les gens que j'avais côtoyés dans cette ancienne école, sur mon ancien flirt, mes anciennes amies. J'aimais vivre par procuration grâce à ce genre de soirée. Quant à moi, je lui racontais mes déboires amoureux en les écrivant sur mon ardoise, la laissant se moquer du désastre de ma vie amoureuse.

Je ne revis pas Jace, ni pour des rendez-vous psychiatriques, ni en tant que petit ami. Lorsque je m'étais réveillée, il était parti, laissant un simple mot à côté d'une de mes veilleuses. « Je t'aime, c'était formidable, je te rappelle ». Évidemment, cela faisait une semaine et demie et il ne m'avait pas rappelée, mais je ne m'en formalisais pas, je me doutais qu'il avait dû être mis au courant de mon escapade avec Cameron. Je me devais de lui laisser du temps, s'il m'aimait autant qu'il le prétendait, il reviendrait vers moi, tout comme je finissais toujours par revenir vers Cameron. C'était toxique, nous le savions, mais nous finissions tous par recommencer.

Cela faisait également dix jours que Cameron ne m'avait pas donné de nouvelle, qu'il n'était pas venu à la maison et que je ne l'avais pas croisé une seule fois sur le campus universitaire. Je lui laissais du temps, et surtout, je ME laissais du temps. J'avais besoin de souffler. Je me doutais que sa copine lui avait interdit de me revoir s'il tenait un tant soit peu à son couple. Et je devais me rendre à l'évidence, cet abruti était infidèle, menteur, et légèrement manipulateur, mais on ne pouvait pas lui enlever qu'il tenait à sa relation. La preuve en était, il avait disparu de ma vie.

Nous étions vendredi 13 décembre, un jour maudit d'après mes amis, mais pour moi, cette date annonçait juste le début de vacances. Finis les horribles cours et bonjour les deux semaines à rêvasser chez Kaithleen.

— Je m'appelle Mélinoé, et j'arrive à parler.

Je ne cessais de répéter cette phrase en boucle, devant le miroir, pendant que je me préparai pour aller à mes trois dernières heures de cours. J'avais envie d'être éblouissante aujourd'hui, il n'y avait pas particulièrement de raison, juste je savais qu'aujourd'hui serait une bonne journée. J'avais cette impression. Peut-être était-elle née de l'absence du monstre depuis une semaine.

Je pris soin de choisir des vêtements plus classiques que mon style habituel, prenant la décision de mettre un jean bleu simple et un petit top croisé vert olive. Mes longs cheveux noirs et lisses furent relevés en une queue-de-cheval tandis que je m'appliquai à mettre du maquillage sur mes yeux, crayon, liner, mascara. Tout y passait.

En descendant, je croisai mon frère. Et je sus qu'il était temps de lui parler, lui qui m'ignorait depuis cette soirée chez Kathleen. Il était en train de partir quand je réussis à l'alpaguer.

— Hélios !

Il se retourna, surpris que j'emploie son prénom sans bégayer. Il se présenta devant moi, les bras croisés, les sourcils froncés, attendant que je parle.

— Je… Dé…Lé.

Les mots ne sortirent pas comme je le voulais, les griffes acérées du Croque-Mitaine s'étaient resserrées autour de ma gorge, bloquant l'air. Je voyais son ombre longer les murs, mais je l'ignorais, gardant mon attention sur mon frère. Il n'existait que parce que je lui en donnais les moyens. Tant que je ne craquais pas, il ne me pouvait rien, j'avais remarqué qu'il prenait le pas lors de mes crises de panique et d'angoisse.

Hélios sourit et relâcha immédiatement son allure coléreuse pour me prendre dans ses bras et frotter le sommet de ma tête avec son poing. J'eus beau le frapper pour qu'il me lâche, il continuait de me décoiffer en riant.

— Allez Mélinoé, je t'emmène. Juste la prochaine fois que tu te tapes mon meilleur ami d'enfance, préviens-moi.

— Promis.

— Tu as fait un d'énorme progrès au niveau de la parole, ton psy doit être très fier.

Il lui suffit de me lancer un regard tandis qu'on prenait nos sacs pour aller à sa voiture, pour comprendre. Je n'avais plus de nouvelles de Jace. Mais je lui souris, lui montrant d'un haussement d'épaules que tout allait très bien. Je m'en sortais à merveille, et pour une fois, ce n'était pas un mensonge.

Mon frère me parlait, comme il ne l'avait pas fait depuis longtemps. Je ne savais pas ce qui lui arrivait, mais il semblait heureux. Comme apaisé dans son âme, je dirais même différent.

Il me déposa et vint même dire bonjour à mes amis de classes, repartant après avoir charrié Antoine sur son bob à fleurs.

— Il est vraiment cool ton frère.

Je hochais la tête en signe d'acceptation. Mon frère était génial, mais quelque chose clochait aujourd'hui, il l'était trop. Il n'avait jamais été comme ça. Donc soit il venait d'apprendre qu'il avait obtenu sa bourse d'étude, ce qui était peu probable vu que nous étions bien trop tôt dans l'année pour les résultats, soit il préparait un mauvais coup. Je penchais pour la seconde option, maintenant restait à savoir contre qui.

Nous rejoignîmes le cours de mécanique quantique, le dernier de l'année avant le partiel. Tout était toujours aussi abstrait, les équations, les passages de temporalité. Mais pendant que certains prenaient des notes, moi, je rêvassais. Je pensais à l'homme qui avait traversé les barrières de nos mondes juste pour me rassurer. Kei avait bien trop souvent occupé mes pensées cette semaine, je pensais qu'il était temps de lui faire payer un loyer.

Le cours se finit, et tandis que mes amis allaient faire un basket, je me dirigeais vers la bibliothèque quand j'entendis un appel général au micro.

— Tous les élèves de deuxième et troisième années sont priés de se rendre sur le stade pour une conférence organisée par le bureau des élèves.

Antoine fit un geste qui me parut extrêmement déplacé en prenant ma main pour me tirer. Je me dégageais très vite et il me répondit par un petit sourire penaud. Je m'en voulais d'avoir été si brusque, il n'avait fait que me toucher, mais je détestais les contacts que je ne choisissais pas.

Nous nous rendîmes sur le stade extérieur, assis dans les gradins, au milieu de la foule. Du bruit omniprésent, des chuchotements, des bruits de métaux, tout se percutait dans ma tête. Je me sentais déconnectée de la réalité. Je vacillais dans l'autre monde ou dans une crise de folie, au choix.

Les points noirs dansaient, le bruit devenait un brouhaha sans début ni fin, et peu importe où je regardais, tout bougeait. Mon frère vint se présenter sur l'estrade accompagnée de son équipe de copains, tous membres du bureau des animations.

— Ils vont nous parler du bal, j'en suis sûr !

Il était normal que le bureau nous dévoile le thème du bal de Noël juste avant les vacances, nous étions tous impatients de le connaître. Une soirée entière durant laquelle je pourrais danser et m'habiller comme les autres, me fondre dans une foule et savourer l'instant. J'avais déjà prévu d'acheter une place pour moi, et une pour ma cavalière qui ne serait nulle autre que Kathleen. Je voulais partager ce moment avec elle, et personne d'autre.

Je fus sorti de mes pensées par la magnifique Natacha et sa cascade de cheveux blonds venant prendre le micro pour un speech hors norme.

— Bonjour tout le monde. Je voulais déjà vous remercier d'être venu à cette conférence à l'improviste. Nous nous excusons, mais nous voulions vraiment peaufiner tous les détails avant de vous révéler notre thème.

Des bruits d'applaudissement et de sifflement voletaient de partout. Du coin de l'œil je voyais Antoine souffler nerveusement, et je savais où ça mènerait. Il cherchait la force de m'inviter au bal. L'espace d'un instant, je l'imaginai dans les filets de ma sulfureuse meilleure amie et je ris, en me disant qu'ils seraient parfaits l'un pour l'autre. Ne resterait plus qu'à les présenter à cette soirée.

— Alors voilà, cette année, nous avons choisi de reverser tous les bénéfices à une association qui nous tient tous à cœur. Il s'agit de l'association APA, aussi connue sous le nom d'American Psychiatric Association. C'est dans le département de la recherche pour la lutte et la non-stigmatisation de la schizophrénie que nous allons œuvrer.

Je voyais rouge. Le voilà le mauvais coup qu'ils avaient monté cette semaine. Ils allaient véritablement m'humilier devant toute l'école. Ils allaient dire à tout le monde de quoi j'étais atteinte. Détruire tout ce pour quoi je me battais depuis des mois avec mes parents. Ils allaient mettre ma folie sous le feu des projecteurs. Je me levais, mimant un mal de ventre. Je devais partir d'ici au plus vite.

Je passais au-dessus des gens assis, de leurs jambes, je les entendais râler, et se tordre pour continuer à voir l'estrade. Mais moi je ne pensais qu'à fuir. La crise allait survenir, il me fallait être seule et à l'abri des regards quand ça arriverait. Les ténèbres obscurcissaient ma vue, le bruit m'attaquait de toutes parts, pourtant j'entendis distinctement la suite du discours.

— La petite sœur de mon meilleur ami et de mon petit ami en est atteinte. C'est donc pour elle que nous voulions mettre à l'honneur cette cause. Mais je pense qu'elle nous en parlera bien mieux. J'appelle donc Mélinoé Tanaka à me rejoindre sur l'estrade.

Certaines personnes me connaissant me lancèrent des regards désabusés, et moi, je ne savais plus quoi faire. Je me sentais tirée vers cet autre monde, mais des yeux se braquèrent vers moi, je ne pouvais pas craquer maintenant. Je relevai donc la tête fièrement, dressai un sourire de façade et me pinçai la paume pour m'empêcher de pleurer.

Je me dirigeais doucement vers l'estrade et je me positionnai à côté de mon frère. Je sortis délicatement et sans me presser mon carnet et mon stylo de mon sac à dos et je me mis à écrire. Laissant Hélios lire à voix haute.

— Bonjour tout le monde, beaucoup de gens ici ne me connaissent pas, d'autres me reconnaissent comme la fille qui ne vient jamais en cours.

Beaucoup de rires ponctuèrent la phrase lue par mon frère, tandis que je continuais de gratter des mots. Je devais faire bonne figure. Ensuite j'irai pleurer et laisser libre cours à ma crise.

— Je ne parle pas comme vous vous en doutez, et mimer tout ce texte aurait été bien plus difficile que simplement le faire lire par quelqu'un d'autre, au vu de mes piètres talents au pictionary.

Les gens riaient à gorge déployée de mon « discours », et je me permis de laisser un sourire triste naître. Il me fallait être forte encore quelques petits instants, montrer à Natacha et sa clique que je ne me laissais pas abattre.

— Je suis atteinte d'une schizophrénie déficitaire, je ne parle que très peu. Certaines fois, mes crises m'empêchent de venir pendant plusieurs semaines, le temps que je me stabilise. Mais je suis ici, et si vous ne m'avez pas remarqué jusque-là, c'est que je peux être très fière de moi. Je remercie grandement le BDE de me soutenir, moi et tous mes confrères, dans ce combat.

Je laissai les gens m'applaudir, et siffler, et je respirai un grand coup, reprenant mes affaires et descendant de l'estrade. Mais tout ceci était sans compter l'envie de vengeance de Natacha. Je l'avais sous-estimé, je pensais qu'elle n'était qu'une greluche sans personnalité et aveugle, mais c'était une vipère assoiffée de sang toxique au possible.

— Ne t'inquiète pas ma chère Mélinoé, nous savons tous qui tu es. Tu resteras la traînée qui se tape des mecs en couple. Mais si au moins, nous pouvons faire diminuer le nombre de tarés de ton genre, alors nous le ferons.

Elle n'avait pas pris le micro pour dire cette dernière phrase, voulant que je l'entende sans salir sa réputation. J'étais au bord du craquage, je n'allais pas tenir longtemps, il relevait déjà du miracle que j'ai tenu si longtemps. Je croisai le regard de mon frère et celui de Cameron, aucun des deux n'osa maintenir la tête haute et soutenir le mien.

Je partis, n'allant pas me rasseoir dans les gradins, mais prenant la direction de la sortie, bien décidée à trouver un endroit calme. Je ne pus jamais y parvenir, m'évanouissant dans le rugissement bestial du monstre, sur la pelouse du campus.

$$\Omega$$

J'arrivais dans le monde des cauchemars dans la douleur. Lorsque je percutais ces terres, je ne me posais plus de questions, je n'espérais plus arriver dans la partie féerique des rêves. J'avais compris que je resterais cloîtrée dans les ténèbres et la peur tant que le Croque-Mitaine ne serait pas destitué.

Je n'avais plus d'espoir pour ce royaume. En me relevant, j'époussetai les cendres et la suie de mes vêtements. Ces derniers n'étaient pas ceux que je portais dans l'autre monde. J'étais vêtue d'une tunique noire en lin, d'un pantalon serré, de bottes en cuir et de cette fameuse cape noire que je ne cessais de voir.

— Tu es là ma planche à pain ?

— Apparemment, mais je t'assure que ce n'est pas le moment de te foutre de moi.

Kei venait de se matérialiser dans une vague de sable noir. Il semblait avoir été tiré d'une tâche, comme contraint d'apparaître dans les cauchemars que je subissais.

— C'est exactement cela. Quand tu arrives, je me fais gentiment téléporter également. Tu as l'air de vouloir en découdre.

— J'ai la hargne, je suis emplie de colère, je veux détruire des choses…

— Des gens plutôt de ce que je vois dans ta tête. Je dirais une petite blonde, et un monsieur parfait qui n'a pas levé le petit doigt face à ton humiliation publique.

Je me tournai vers lui, les yeux brûlant non de larmes, mais d'autre chose. Je bouillais de rage, dans ce mode je n'avais pas de points noirs, seulement des poussières de sable qui volaient autour de moi.

Keisuke jouait avec une bille entre ses doigts, celle-là était rouge, sanglante. Et je compris, il s'agissait d'un nouveau cauchemar que je venais de transformer en rêve. Pourtant, je ne me sentais pas apaisée, bien loin de là. Je me sentais au bord d'un gouffre, et ma seule envie était d'y plonger pour me laisser engloutir dans les flammes.

— Tes désirs et tes rêves sont paroles d'évangile dans mon monde Ma Lin. Tu devrais faire attention à tes souhaits ici.

La voix du Croque-Mitaine retentit et Kei se releva immédiatement, se tenant sur ses gardes. En un simple regard, il me fit comprendre qu'il était temps que j'apprenne à barricader mon esprit ou au moins arrêter de songer à des choses idiotes alors que nous étions des marionnettes dans le grand jeu d'un monstre horrifique.

Le décor autour de nous se métamorphosa, l'odeur de soufre était ancrée dans ma bouche, mon nez saignait de cette agression. Autour de moi, tout était ocre. Des terres arides, désertiques, des buissons en flammes. Mais le détail le plus inquiétant était que Kei et moi nous retrouvions sur un pont de bois, aux lattes cassées, reliées par deux câbles qui ne tarderaient pas à lâcher. En dessous, une rivière de flammes dans laquelle des créatures sautaient. Les crocs des monstres ne nous atteignaient pas encore, mais quelque chose me disait que plus je me laisserais envahir par la peur, plus ils auraient de chance de faire de nous leur repas.

— Cours Lin !

Kei me prit par la main et se mit à sprinter le long de ce

pont suspendu. Ce dernier ne cessait de basculer, les lattes explosaient, nous ralentissant. Il y eut un grognement. Je relevai les yeux et je le vis. Droit, fier et conquérant dans sa forme de lycan. Il était face à nous à une dizaine de mètres, nous barrant le chemin.

Un hurlement strident me fit regarder en l'air. Des dragons noirs zébraient le ciel à toute allure, crachant des vagues d'acide. Celui qui m'effrayait le plus était le dragon d'une envergure d'une trentaine de mètres, trois fois supérieure aux autres, dont les écailles étaient rouges.

— Si tu as déjà joué à Donjon et Dragon, tu dois savoir que là on est dans la merde.

— En effet, je vous laisse aux bons soins de mes créatures, en espérant, ma chère Lin, que tu apprécies de revivre ce rêve que tu faisais autrefois.

Il disparut dans un nuage de sable noir, tandis que Kei et moi reprenions notre course, esquivant les morceaux de bois se brisant sur notre passage. Nous étions à plus d'un kilomètre de la rive, et je ne me faisais pas d'espoir, si par hasard, nous nous en approchions trop, les cordes lâcheraient.

— Arrête, de lui donner des idées putain ! Tu ne pouvais pas être une enfant normale et rêver de licorne et de rivière en chocolat, non madame devait être « différente » et rêver de dangereux dragons.

— Désolé, mais je n'avais pas d'amis et je passais mes soirées sur League of legend, et les parties de jeux de rôle en ligne.

— Putain de nerd.

CHAPITRE 21

Nous continuions de courir à travers le pont suspendu, pourtant, les bestioles sauteuses commençaient à dangereusement se rapprocher. Par chance, les dragons noirs de nous avaient pas encore craché leurs acides dessus… Mais ils ne tarderaient plus à le faire. Nous étions tout simplement fichus. Je ne voyais aucune issue possible.

— Par pure curiosité, histoire que je ne meurs pas dans l'incompréhension la plus totale. À quel moment tu trouves que c'est kiffant comme rêve ?

— Normalement, je chevauche le dragon rouge et c'est moi qui extermine les gens que je n'aime pas. Ce n'est pas exactement la même chose qu'en ce moment.

— D'accord, donc tu es juste une grande malade en fait ? Tu gères bien tes pulsions meurtrières sinon ?

Une idée me vint, on ne pouvait pas simplement fuir sur le pont, nous devions combattre ce cauchemar, et dans un premier temps, il nous fallait détruire les dragons.

— Merci, madame, le génie, ça je l'avais compris, mais ni toi, ni moi ne le pouvons.

Je lui lançai un regard et un haussement de sourcil. J'étais extrêmement sceptique sur ce qu'il avait osé me dire. D'après moi, si quelqu'un avait la capacité de battre cette créature, c'était bien lui. Il se jouait simplement de moi. Je m'étais arrêtée de courir, les deux mains sur la corde du pont, et le regard en l'air, affrontant les dragons.

Si Kei ne voulait pas m'aider, il ne me restait plus qu'une personne. Je repensais à lui, à cette humiliation qu'il venait de m'infliger, au fait qu'il n'avait pas bougé, ni même moufté quand sa copine avait révélé ma honte devant l'entièreté de l'école, il n'était pas intervenu quand elle m'avait insulté et qu'elle m'avait demandé de parler.

Akkio se matérialisa dans un éclat de sable noir. Je ne savais pas s'il était simplement touché par la malédiction ou s'il était le croque-mitaine, mais peut importait pour le moment. J'avais besoin de lui.

— Vraiment ? Tu as fait venir Justin Bieber pour nous aider ? Tu veux qu'il nous sauve en remettant ses cheveux en arrière ?

— Je t'entends je te signale, répondit l'intéressé.

Aucun des deux ne se regardait en face, se contentant de prendre la même position que la mienne, chacun d'un de mes côtés. Maintenant, il était temps d'utiliser nos sables respectifs, peu en importait la couleur pour l'instant. La seule chose que je désirais c'était survivre. Et si possible exterminer le monstre encapuchonné sur le dragon rouge qui me narguait de sa puissance.

— Vous sentez-vous capable de créer des dragons de sable ?

— Tu me demandes, à moi, le Marchand de Sable, si je peux créer des rêves ?

Kei était tout sourire. Pour une raison que j'ignorais, l'idée de se battre contre cette armée de dragon le mettait dans le même état qu'un enfant le soir de Noël. Je le vis taper des mains, prêt à en découdre.

Il tira sur la ficelle retenant sa cape, restant en pantalon de toile et chemise à lacet. Je le vis remonter ses manches et invoquer son sable. Une pellicule de sa peau noircit immédiatement et commença à s'élever autour de lui de manière continue. Sous mes yeux, il façonna l'essence d'un bateau pirate. Un énorme navire composé de trois mâts, d'une poulie, et de deux étages, en plus d'une cale pour faire ramer des gens.

— Vraiment ? Tu crois que c'est le moment de t'amuser Capitaine Crochet ?

En tournant le regard vers Akkio, je le vis lui aussi, manches retroussées, en pleine invocation de canon à feu sur le navire. Les deux hommes semblaient s'amuser au possible, ne comprenant pas l'urgence de la situation.

— C'est toi Ma Lin qui ne comprend pas. On peut être des pirates. C'est une occasion unique ! À l'abordage moussaillon ! cria Akkio.

— Je rajouterais même que nous sommes des pirates dans un bateau volant qui se battent contre des dragons, je suis désolé, mais ce n'est pas négligeable sur un CV.

J'explosai de rire et me mêlai à leurs ardeurs. Je les laissais continuer à travailler les armes et le bateau tandis que je créais des personnes sans visage pour notre équipage. Nous étions prêts, et je me rendis compte que rire avec eux avait eu un effet apaisant sur le cauchemar. Comme si l'univers vibrait en diapason avec mes émotions.

Le pont semblait bien plus stable, plus aucune bestiole ne sautait de la rivière de flammes. Il n'y avait plus que le dragon rouge accompagné de ses cinq acolytes noirs.

— Occupez-vous des dragonnets, je m'occupe de lui.

Je remarquais que Keisuke avait un aspect qui m'était jusqu'alors inconnu. Sa peau avait noirci, ses yeux luisaient de rouge, et ses canines s'étaient agrandies. Il semblait très similaire au monstre de mes nuits. Je le vis monter des marches que son sable créait à chaque pas, le menant jusqu'au dragon rouge. Lorsque les noirs cherchèrent à le blesser, leurs jets vinrent s'écraser de manière inefficace sur des murs de sable.

Il avançait doucement tandis que notre navire prenait le vent. L'équipage chantonnait, insouciant, et je me pris au jeu, riant et visant extrêmement mal. Les rires cessèrent lorsqu'un dragon réussit à nous toucher de son jet d'acide. Le bateau se décomposait, ne redevenant qu'un amas de sable, nos subordonnées fondirent, et Akkio fut grièvement blessé au bras, saignant d'un liquide noir et opaque.

En relevant la tête, je vis que Kei était dressé sur un gigantesque dragon doré, les deux bêtes se mordaient, tournaient et envoyaient leurs cris l'un dans l'autre. Tandis que Kei et LUI se battaient par nuée de sable noir. Je continuais de compresser la plaie de mon compagnon quand ce dernier me dit :

— Ma Lin, je dois y aller, il faut que j'aille panser cette blessure dans mon royaume, ici ma magie est saturée par sa faute et celle de sa malédiction.

Je n'eus pas besoin de lever les yeux pour savoir qu'il me parlait de Keisuke, pour lui, tout ceci n'était qu'une mise en scène qui visait à me faire baisser ma garde. Mais un détail me frappa de plein fouet, il m'appelait « Ma Lin », tout comme Cam, mais également comme LUI.

Je ne pus le questionner. Il avait déjà disparu. Me laissant seule sur le navire qui redevenait poussière à une altitude bien trop vertigineuse pour que je puisse me remettre de la chute. J'allais tomber, j'avais beau me déplacer au fur et à mesure que le sable s'effondrait. Bientôt, il ne me resterait d'autre choix que l'impact.

— Kei !

— Planche à pain, ne bouge pas j'arrive.

Lorsque le sable sous moi se dématérialisa, je me sentis tomber en même temps que les restes du navire, la panique avait rendu au cauchemar toute sa splendeur précédente. Les flammes étaient désormais bien plus dévorantes, les monstres plus inquiétants, et le dragon rouge plus gigantesque encore.

Ma chute continuait tandis que je me rappelais une des théories que j'avais relevée, c'était la colère et la douleur qui me faisaient passer d'un monde à un autre. Je mordis donc mon poignet jusqu'au sang, laissant le goût du fer inonder ma bouche. Comme je l'avais espéré , les points noirs dansèrent devant mes yeux, et je me laissai aller, heureuse de m'être libérée de cette mort.

Ω

Ce fut une douleur aiguë dans mon bras qui me fit ouvrir les yeux. J'avais enfin compris comment voyager d'un monde à l'autre. J'étais définitivement actrice et non plus spectatrice de mon destin.

En contemplant la scène dans laquelle je me trouvais, les souvenirs me revinrent. Natacha, le discours... la crise. J'étais allongée sur l'herbe du campus, et devant moi se trouvait Cameron qui, aux mouvements de ses lèvres, ne devait cesser de parler. Pourtant, aucun son n'arrivait jusqu'à moi. Je ne m'étais absentée qu'une dizaine de minutes tout au plus, mais de mon point de vue, je venais de défier la mort, des dragons, j'avais été une pirate. Personne ne pouvait comprendre ce qui m'arrivait, j'avais moi-même du mal à mettre des mots sur les évènements.

Le son revint progressivement, si bien, que je pus enfin comprendre de quoi parlait le blondinet devant moi. Il continuait de déblatérer avec de grands signes de bras exagérés. Dans ce chaos, je notais quand même qu'il remettait frénétiquement ses cheveux en arrière, et immédiatement, je ris en me remémorant la phrase de Kei.

En pensant à ce dernier, je ne pus m'empêcher de culpabiliser. Je l'avais laissé seul, face aux maîtres des ténèbres et à une horde de dragons. J'avais été très lâche. Mais s'il s'avérait que s'il était lui-même le Croque-Mitaine, alors il n'avait rien à craindre. Pourtant, ce tiraillement au cœur ne cessa pas, je continuais de tourner en boucle sur le fait qu'il se pourrait que Akkio soit le monstre depuis le début. Peut-être m'étais-je fourvoyé tout ce temps.

— Tu ne m'écoutes même pas. C'est dingue, je te parle de quelque chose de méga important et toi tu rêvasses et tu ris. Je suis en train de te dire que j'aime Natacha, et qu'elle me pardonnera mon infidélité que si je promets de ne plus te parler, et toi, ça ne te fait ni chaud ni froid.

Je me sentais bouillir de rage, il avait réussi l'exploit de m'extraire la totalité de ma joie en à peine quelques secondes. Il m'en voulait de ne pas réagir ? J'allais lui montrer.

— Je réagis mal ? Mais tu te fous de moi putain ! Des années que je t'aime dans le silence, des années que je souffre de n'être que la pute que tu viens baiser en dix minutes chrono, des années que j'endure, tu n'es même pas capable de me faire jouir, et là tu viens m'engueuler parce que je ne m'énerve pas du fait que tu vas arrêter de me voir pour ta connasse de petite amie ? Mais c'est l'hôpital qui se fout de la charité !

— Tu parles ?

— Oui je parle, parce que c'est la rage qui m'habite en ce moment. Tu pourrais au moins être franc avec moi et tout avouer !

Il semblait complètement perdu face à mon flot de paroles, j'avoue que j'étais surprise de moi, mais la rage me donnait des ailes. Et il s'agissait de Cameron, la seule personne avec qui j'avais de tout temps réussi à communiquer. Aujourd'hui, les pièces du puzzle s'assemblaient. Tout me paraissait limpide, et je m'en voulus de ne pas avoir compris avant.

— Que dois-je avouer Lin ? Que je ne t'aime pas ? Que je ne t'ai jamais aimé ?

— Tu mens ! Hurlais-je.

Je n'arrivais pas à calmer ma colère, j'avais rentré mes ongles dans ma peau à m'en faire saigner, rien n'y faisait. Il n'y avait que ses mensonges, ces années entières de tromperie qui me venaient en tête, il s'était joué de moi, m'avait manipulée.

— Avoue que c'est toi le Croque-Mitaine ! Avoue que c'est toi qui te nourris de mes cauchemars depuis autant de temps ! Et avoue que je suis la seule femme que tu n'aies jamais aimée !

Je ne communiquais plus qu'en cris et en hurlement, je sentais toujours le sang couler de ma main, et la morsure de la plaie s'agrandir. Je souffrais physiquement, mais encore plus sentimentalement. La douleur physique n'était rien comparée à celle qui venait broyer mon âme et mes sentiments.

Son regard semblait médusé, puis il jeta sa tête en arrière, riant de tout. Le voilà son véritable visage, il ne cherchait même plus à se cacher. Il était donc le monstre qui avait hanté ma vie toutes ces années, tout était de sa faute.

— Tu es cinglée Lin, juste bonne à enfermer. Tu ne vois pas que tu vis dans tes hallucinations ?

— Ne me fais pas passer pour une folle, je sais que c'est toi qui tires les ficelles, c'est toi qui te nourris de ma peur et qui m'entraîne dans ces cauchemars.

— Tu commences à me faire peur. Pose tes ciseaux.

Je regardais ma main et me rendis compte qu'en effet, je tenais une paire de ciseaux. L'entaille n'était pas due à mes ongles, mais à l'arme. Je relevai cette dernière, l'examinant, et je me demandais si le tuer dans le monde réel reviendrait à en venir à bout dans le monde des rêves. Tout semblait si simple, il me suffisait de prendre mon courage à deux mains et j'allais libérer tous les habitants. Il n'y aurait pas de cadavre, seulement un tas de sable.

Je pris ma lame en main et la lui plantai dans l'abdomen d'un coup si rapide, qu'il ne put l'esquiver sous la surprise. J'étais prête à voir la substance noire s'écouler de son corps. Mais seulement du sang, il devait conserver ses charmes de dissimulation.

— Avoue que tu es le monstre ! Avoue que tu m'as aimé !

Je pleurais tandis que mon bras continuait de sortir et de rentrer de sa chair, agrandissant ceux existants et créant de nouveaux trous. Il se tenait le ventre, en prise à la douleur, mais je savais qu'il ne faisait que jouer la comédie pour m'amadouer. Je pleurais ce grand amour que je devais tuer pour le bien du plus grand nombre.

— Mélinoé !

La voix de mon frère me fit lâcher l'arme. Il le voyait, il voyait le monstre que j'étais en train de tuer. Je n'étais donc pas folle, la malédiction devait être en train de se lever, sinon il ne m'aurait pas vue dans ce combat.

Il me repoussa au maximum, sortant son téléphone et appelant une ambulance. Je ne comprenais pas, j'allais

291

bien. J'étais en parfaite santé. Il prenait le rythme cardiaque du Croque-Mitaine, il devait s'assurer qu'il était mort, que j'avais gagné.

Je m'assis sur l'herbe, un grand sourire aux lèvres. J'avais vaincu le mal, tout allait rentrer dans l'ordre désormais.

Je dus m'assoupir, car on me réveilla. Des hommes en blanc, des hommes portant la tenue de l'hôpital psychiatrique.

J'eus beau me débattre, on me passa quand même une camisole de force, entravant le moindre de mes mouvements. Mes parents n'étaient pas là, mais des policiers avaient balisé la zone de ruban. Je vis le corps de Cameron emporté par des médecins sur une civière, tandis que moi, on me poussait dans une camionnette.

— Hélios ! Dis-leur ! Je t'en supplie, dis-leur que je les ai sauvés ! J'ai tué le Croque-Mitaine ! Nous sommes tous libres !

Mon frère ne me lança qu'un regard larmoyant, et la voiture démarra.

J'étais seule… Mais j'avais vaincu.

CHAPITRE 22

Quelque chose clochait, j'étais habituée aux séjours en hôpital psychiatrique, mais le schéma était toujours le même. On m'y emmenait, on me mettait en chambre seule pendant trois à quatre jours, avec des consultations journalières avant de décider d'un traitement adapté et de me placer avec d'autres personnes. Venaient les consultations de groupes et les activités pâte à modeler. À la limite, on me mettait sous sédatif lorsque j'arrivais en pleine crise. Mais jamais on ne m'avait placée à l'isolement dès mon arrivée.

J'avais été mise en quarantaine, dans une cellule qui m'était inconnue. Aucune porte ouverte pendant ce que je comptai être quatre jours. Une trappe en verre que les infirmiers ouvraient de leur côté pour y faire passer un plateau dedans, puis refermaient, déverrouillant mon côté pour que je le récupère, comme seul contact humain. Pas un mot non plus. Pas que le silence me gênait, mais je n'y étais plus habituée.

Généralement quand je venais en cure ici, tout le

monde cherchait à me faire parler par tous les moyens. Cette fois, on m'ignorait. C'était reposant, mais intrigant. Je n'avais eu le droit à aucune visite non plus, que ce soit de mon frère, de mes parents, de mes amis ni même d'un médecin. Pas un seul bilan de santé, pas une fois j'avais entendu la question "comment vous sentez vous aujourd'hui?".

La seule chose dont j'étais sûre, c'était que l'on était venu m'apporter huit plateaux. Logiquement deux repas par jour, donc quatre jours. Mais aucune fenêtre ou conversation n'auraient pu me l'assurer. Ni aucune obscurité. Les murs matelassés de ma chambre restaient allumés en permanence, ce qui ne me déplaisait pas.

Personne ne m'avait donné de traitement à prendre non plus. Je ne comprenais pas. Cette fois, quelque chose de différent était en train de se mettre en place. Quelque chose qui changerait sûrement ma vie.

Ce fut lors de la cinquième journée que je me rendis compte que je n'avais pas eu de nouvelles du monde des rêves. Je n'avais pas cauchemardé, ou rêvé. Malgré mes nuits et mes siestes à répétitions, aucun rêve n'était venu m'accompagner. Avais-je véritablement réussi ? Je l'ignorais, mais plus les jours passaient, plus je m'en persuadais.

— Mélinoé. Je vais vous demander de bien écouter les instructions. Vous allez vous asseoir sur votre lit et tenir, avec les mains dans le dos, la barre en mousse que nous allons vous faire passer. Ensuite, vous ne bougerez pas, et vous nous laisserez vous passer la camisole. Nous vous emmènerons ensuite vers la salle de visite. Au moindre geste brusque de votre part, nous vous piquerons avec un puissant sédatif.

J'étais libre? On allait me sortir d'ici?

Je les vis mettre le morceau de tapis mousse dans la boite en verre, et le pris, respectant chacune des étapes. J'entendis le bruit des quatre verrous et je ris, me disant qu'ils avaient eu si peur que le monstre ne vienne se venger qu'ils m'avaient protégée ainsi.

Les murs entiers de la cellule étaient recouverts d'une sorte de matelas. Aucun objet hormis une paillasse à même le sol, et un toilette pour faire mes besoins. Rien de plus primaire, pourtant je savais que le point rouge que j'avais vu luire, n'était pas LUI, IL était mort. C'était simplement leurs caméras pour veiller sur moi.

Les infirmiers étaient deux hommes baraqués tout de blanc vêtus, excepté leurs surchaussures bleues. Ils me prirent chacun par un bras pour me guider, alors que je portais la camisole. On me fit passer par des dédales de couloirs que je n'avais jamais vus, tout ici semblait blanc et immaculé. En passant devant d'autres cellules, je me rendis compte que la partie isolement était bien trop grande pour être celle de l'hôpital Sainte-Thérèse.

On m'emmena dans une pièce qui me faisait penser à un parloir. Et tout de suite, ma théorie fut validée, je n'étais pas dans un endroit familier. On m'installa sur une chaise, tandis qu'un des infirmiers défaisait ma camisole, l'autre me menaçait avec la seringue. Lorsque mes bras furent libres, on les attrapa et les menottait à la table. Un système d'accroche et de chaîne en métal y était installé. Les deux hommes reculèrent, restant à trois pas dans mon dos.

Devant moi sur la table se trouvait une vitre pare-balle transparente, je commençais à vraiment avoir peur de l'endroit dans lequel j'étais. Mais la porte s'ouvrit et tout allait mieux.

Mes parents entrèrent. Ma mère était effondrée en pleurs dans les bras de mon père, et celui-ci, pour rester fier, regardait partout sauf vers moi. Un autre homme les suivait de près. Ils vinrent se poser de l'autre côté de la vitre. Sur des chaises sans attache. Ma mère n'avait pas son sac à main avec elle, quelque chose clochait. Je la connaissais depuis toujours et elle ne cessait de répéter qu'une femme sans sac était une femme nue. Qu'arrivait-il ?

— Mélinoé, je suis si heureuse de te voir. Si tu savais comme je m'en veux ma petite.

Ma mère éclata à nouveau en sanglots, tandis que mon père la consolait en lui murmurant des choses à l'oreille. Pour la première fois de ma vie, je les vis comme un couple, comme un ensemble et ça me réchauffa le cœur.

— Jace

— Jace n'est pas là ma puce, il est à l'hôpital Sainte-Thérèse.

Devant mon regard d'incompréhension, mon père prit une grande inspiration et me donna les pièces manquantes du puzzle.

— Tu es dans le centre pénitencier de la Caroline du

Nord, mon cœur. Nous sommes à une dizaine d'heures de route de la maison. Tu y as été placée ici car c'était le seul centre avec un quartier psychiatrique, pour les gens… comme toi… ceux qui ont besoin d'aide.

Je n'étais pas en hôpital psychiatrique. J'avais été écrouée. On m'avait enfermée dans le quartier des dangereux tueurs fous d'une prison d'État. Mes yeux durent commencer à bouger tout seuls, tandis que je tentais de me libérer de mes chaînes.

Les deux gorilles vinrent appuyer sur mes épaules pour m'immobiliser.

— On reste calme ou on retourne dans sa cellule, ai-je été clair ?

Je hochai la tête. J'étais au bord du néant, qu'arrivait-il ? Que s'était-il passé pour que j'en arrive à ce point de non-retour ?

— Je me présente je m'appelle maître Cooper. Je serais ton avocat lors du procès, entre mes mains, rien ne peut t'arriver d'accord ?

— Maître Cooper va t'expliquer les faits, la procédure et ce que nous avons choisi de plaider, soit forte Mélinoé.

Je me contentais d'écouter ces adultes me parler comme si j'étais une enfant perdue. Je ne l'étais pas, je comprenais ce qu'ils me disaient. La seule chose que j'ignorais c'était comment j'en étais arrivé là.

— Lorsque vous avez attaqué monsieur Mattews au couteau, il…

— Ciseaux.

— Excusez-moi, ciseaux.

L'avocat prit quelques secondes avant de feuilleter son amas de feuilles et de prendre conscience que non, je n'avais pas prémédité ce meurtre au point d'avoir un couteau sur moi. Je m'étais simplement servi des ciseaux de mon sac d'école.

— Oui, lorsque vous l'avez agressé, aux ciseaux. Monsieur Mattews a été emmené en soin d'urgence à l'hôpital le plus proche. Vous lui avez perforé un poumon et des organes vitaux. Il est mort sur la table d'opération peu de temps après.

Il n'avait pas survécu. Tous mes efforts n'étaient pas vains. Il ne pourrait plus semer le mal et les ténèbres partout dans son sillage. Moisir dans une cellule de prison était un faible prix face à cela, je souriais de toutes mes dents. J'avais vaincu.

— Mademoiselle, je vous prierais de ne pas sourire devant l'annonce d'un décès que vous avez orchestré. Je reprends, donc, un procès pour meurtre avec préméditation est en cours. Vous allez comparaitre pour ce crime, or, vous n'ignorez pas que dans cet état, la peine encourue est la peine de mort.

Je ne cillais pas, je m'en fichais de mourir, j'avais gagné. Et il avait perdu. J'avais vaincu le grand maître des ténèbres, je venais de libérer des dizaines d'enfants de l'horrible monstre sous leurs lits. Ma mère pleurait de toute son âme dans les bras de mon père. Ce dernier aussi avait craqué, laissant les larmes dévaler ses joues. Nous étions si loin de leurs images de businessman habituellement inébranlable.

— Nous avons décidé, vos parents et moi, que la seule alternative viable pour nous était de plaider la folie.

— Non !

Je hurlais, il était hors de question que je passe une nouvelle fois pour folle. Je ne l'étais pas. Que l'on me tue en martyre, en héroïne, mais qu'on ne m'emprisonne pas toute ma vie dans un hôpital psychiatrique comme une personne ayant vrillé mentalement.

— Méli ! Je refuse de perdre ma fille, nous viendrons te voir chaque semaine. Ta vie sera heureuse, tu seras surveillée en permanence, tout ira bien. Rien de mal ne pourra t'arriver.

Mon père cherchait à me consoler, me promettre que tout irait, mais c'était des mensonges. J'allais être condamné à vie. On m'annonça que j'allais devoir rester dans ma cellule jusqu'au procès, et que d'ici là; à la demande du juge, j'aurais également un bilan psychiatrique complet à faire.

Ma vie était une descente aux enfers. Les voilà mes dernières billes, je venais d'obtenir celle de l'humiliation et celle de la captivité en une semaine. N'étais-je pas géniale ? Même si le Croque-Mitaine était mort, si je ne trouvais pas les dernières, jamais la malédiction ne se lèverait sur le royaume des rêves.

Il me fallait rejoindre l'autre monde, au plus vite. Je devais finir la tâche pour laquelle j'étais née. J'étais leur héroïne.

Je me laissais ramener jusqu'à ma cellule sans murs. Je ne pleurais pas, j'étais bien trop intelligente pour cela.

299

Cependant, un problème se posait. Les seuls moyens que j'avais de traverser la barrière entre les deux mondes étaient la peur ou le sang. Or, ici impossible de m'ouvrir la peau. Et trop de lumière pour être terrorisée. J'étais coincée.

Je tournais pendant ce qui me semblait des heures afin de trouver un plan de bataille décent, et quand, enfin, il vint à moi, je sus que c'était le bon.

Je me jetai sur mon lit, les bras sous ma poitrine, et je commençai à gratter de mes ongles très courts la peau de mon poignet. Passant et repassant toujours sur les mêmes traits. J'avais mal, mais le sang ne venait pas, alors je continuais, limitant au maximum mes mouvements d'épaules, fermant les yeux pour donner l'illusion que je dormais.

Les lumières qui ne s'éteignaient jamais dans cette cellule semblèrent exploser toutes les deux en même temps, dans un saut d'étincelle jaune. Puis, ce fut le noir. Le noir complet. Même les points rouges des caméras avaient disparu. J'entendais les hommes hurler de remettre le courant dans cette section, tandis que d'autres cherchaient à basculer le système sur leurs générateurs de secours. Mais rien n'y faisait, ils n'y arrivaient pas. Les verrous de mes cellules semblaient infranchissables.

Et moi ? Je tremblais.

J'avais vu sa silhouette danser dans l'obscurité des ténèbres. Mais IL était mort. Il ne pouvait pas être ici.

— Je ne le peux pas Ma Lin ? Pourtant je suis bien là.

Je me rassis, encerclant mes jambes de mes bras, j'étais

effrayée dans ce noir des plus complet. Je l'entendais respirer derrière moi, je sentais ses griffes entrer dans la chair de mon épaule, et je subis sa langue râpeuse contre ma joue, récupérant mes larmes.

— Tu as vraiment pensé pouvoir me tuer ? Tu pensais pouvoir venir à bout de moi ? Tout ça en tuant un simple humain ? Mais Ma Lin, tu n'as encore rien compris je crois. Tu es mienne, je vais te détruire. Je n'existe qu'à travers toi, je ne me nourris que de toi, tu es mon essence même.

Je hurlais à l'agonie, je priais pour qu'on ouvre cette porte, pour qu'on rallume les lumières, je voulais qu'il s'en aille. Mais rien. Il continua de faire tourner ses ongles dans mon corps, lacérant ma chair. Je sentais le sang perler sur mon épaule et dévaler mon bras et mon dos.

Je suppliais, mais rien n'y faisait, il prenait bien trop plaisir. Tous ces efforts pour rien. Tous ses efforts pour du vent, il continuait d'exister, toujours plus fort que précédemment.

— Tu voulais lever la malédiction, je vais t'offrir une bille Ma Lin. Je vais te laisser une chance de gagner ce bras de fer. Je vais t'offrir la bille de la maltraitance comme renouveau. Il te suffit de changer ce cauchemar en rêve après tout.

Il disparut, me laissant avec ma douleur, et une voix que je reconnaissais bien trop. Un rire, un rire d'enfant qui me terrifiait à sa simple entente. Suivis d'un deuxième rire. Et je sus que la torture ne commençait que maintenant.

Jusque-là, IL n'avait fait que s'amuser de moi, il avait à peine bougé ses pions. Aujourd'hui il me prouvait ce qu'il pouvait véritablement faire. Il avait recréé la peur du noir primaire de mon âme. Celle qui avait tout empiré.

Je sentis deux bras attraper mes mains et les maintenir, puis un corps venir s'asseoir sur ma poitrine non formée.

— Comme ça elle ne pourra pas s'échapper. De toute façon personne ne l'entendra crier, elle ne le fera pas, n'est-ce pas mocheté ?

Une claque vint ponctuer cette phrase. Je revivais mon viol. Je revivais cette horreur, et tout comme la première fois, j'étais immobilisée, retenue prisonnière de mon propre corps. J'allais devoir subir sans pouvoir bouger.

Les mains du premier commencèrent à relever mon haut pour toucher mon torse, tandis que le second m'enlevait ma jupe, esquivant les coups de pied que je donnais à l'aveuglette. Je pleurais toutes les larmes de mon corps.

Cependant, un détail de mes souvenirs changea, des doigts dans ma chevelure et des yeux rouges.

— Allez Ma Lin, bas toi, prends en main mon cauchemar, qu'attends-tu pour le transformer en rêve ? À moins qu'une fois encore tu ne sois pas à la hauteur ?

IL se jouait de moi, IL me défiait. Mais IL avait raison, je n'étais plus cette enfant effrayée et calme qui ne parlait pas, désormais j'étais une femme courageuse et je savais comment traverser les mondes.

— C'est donc ça ? Tu savais que j'allais traverser alors tu es venu m'en empêcher ? Je ne te laisserais pas faire, je …

Mon beau discours et mes paroles se figèrent quand je sentis ce doigt pousser la barrière de mes chairs sèche. J'avais pris trop de temps, c'était trop tard. Je sombrais dans l'angoisse. Les doigts s'agitèrent, les rires se répandirent sur les murs matelassés.

Je sentis le crachat de l'un pour venir m›humidifier tandis qu'il allait rentrer en moi. C'était fini, j'étais toujours la même personne faible.

— Ma planche à pain ! Suis ma voix ! Rejoins-moi !

En entendant la voix de Kei, pour une raison qui m'échappa, j'eus l'impression de pouvoir le toucher, qu'il était tangible. En tendant la main, je me rendis compte que le cauchemar s'était évanoui et que je me sentais tiré vers le monde des rêves.

— Va Ma Lin, nous nous retrouverons très vite, sois en sûr.

Ω

Ce fut une prairie verdoyante et douce, peuplée de jolies créatures féeriques qui m'ouvrit ses portes. J'étais assise proche d'un cours d'eau bleue limpide dans lequel se baignaient des nymphes et des ondins. Je reconnus celle que j'avais sauvée.

— Oh comment vas-tu ?

— Très bien grâce à vous, vous restaurez ce monde à merveille. Merci pour tout.

Toutes les créatures baissèrent la tête pour me remercier, avant que je ne me souvienne du pouvoir des billes. Je venais d'en obtenir une nouvelle.

Un magnifique renard avec des petites ailes vint se nicher à mes côtés. Son corps était d'un blanc limpide et quand je me mis à le caresser, j'entendis son ronronnement ainsi que des petits glapissements de plaisir. Le ciel était parsemé de rose et de violet, nous étions au coucher du soleil. Tout était magnifique.

Mon cœur réduisit sa fréquence cardiaque, et mes membres arrêtèrent de trembler, se décontractant doucement de la crispation précédente.

— Tu as réussi à me rejoindre.

— Kei !

En le voyant, je lui sautai au cou et me mis à pleurer, déversant le trop-plein d'émotions ressenties jusque-là. Il s'assit et me permit de tout lui expliquer. Le meurtre de Cameron, l'internement, le procès, la visite du Croque-Mitaine.

— J'ai ressenti ton appel au secours et j'y ai répondu. Grâce à toi, j'ai récupéré ce fief de mon véritable royaume, et par ce biais un peu de force. J'ai donc pu te créer un passage pour venir.

— Merci, tu m'as sauvée.

— Non Planche à pain, tu t'es sauvée seule. C'est ta puissance qui est venue me trouver.

J'étais perdue, j'avais besoin de souffler un peu avant de retourner dans ma triste réalité. Je me relevai, déambulant le long de la rivière jusqu'à une jolie forêt dans laquelle je pouvais voir entre les branches touffues, une douce clairière.

— Je t'accompagne, ici nous sommes dans la prairie enchantée. C'est ici que finissent les dormants qui rêvent de créatures imaginaires. C'est un peu un refuge animalier en tout genre.

Je vis des hippocampes d'étoiles, tout jaune dont les crinières étaient semblables à de la poussière, ou des trainées d'étoiles filantes. L'un vint se jeter sur moi, quémandant des caresses.

— Il s'appelle Filaé, c'est un héros dans notre monde, un jour il a sauvé une impératrice, puis des centaines d'années plus tard, sa fille.

J'avais un drôle de sentiment. On aurait dit que le lac m'appelait, me demandant de passer par un chemin pavé de pierre, et l'apparence de cette sphère d'eau était noire, comme une nuit étoilée.

— Je te déconseille de t'y baigner.

— Pourquoi ?

— Car tout ceci n'est pas ton destin, c'est celui d'une enfant qui naîtra prochainement, mais ne lui vole pas son chemin, tu as déjà le tien qui t'attend. La salle des rêves appartient seulement au Destin, n'oublie jamais cela quand tu arpentes dans ces royaumes. Peu importe ton rôle, on ne s'approche pas de la salle des rêves.

Je le suivis, le laissant me mener à travers les arbres tandis que je voyais se dessiner des créatures magnifiques, des lucioles roses, des lions miniatures avec de petites cornes, des poissons marchant sur la queue.

Quelque chose me surprit, j'avais beau enjamber les ronces, esquiver les branches qui ne cessaient de m'agresser sous les impacts du vent, nous ne voyions pas la clairière devant nous. Pourtant je l'avais vu de loin, nous aurions déjà dû y être.

— C'est normal que le décor féerique devienne agressif envers ma personne ?

— Comment cela ?

— Disons que j'ai l'impression que je vais finir comme fertilisant pour arbre.

Kei s'arrêta, huma l'air et son air sérieux se peint sur ses traits.

— IL est là. IL est en train de prendre possession de l'endroit, et ma magie n'arrive pas à le stopper.

— Qu'allons-nous donc faire ?

— Tu sais courir ?

CHAPITRE 23

Kei ne m'attendit pas et se mit à sprinter, esquivant les rochers, les dards de scorpions de la taille d'êtres humains et les ronces grimpantes. Je le suivis de mon mieux, avant d'entendre une phrase qui me fit vaciller :

— Tu fuis ton viol, tu fuis une forêt, tu fuis même ta réalité, tu n'es pas très courageuse Ma Lin.

Je m'arrêtais, IL avait raison. Je venais de passer une vie entière à fuir, il était officiellement temps de combattre. Il voulait voir la Lin énervée qui voulait en découdre ? Qu'à cela ne tienne, j'allais la lui offrir sur un plateau.

— Non ! Ce n'est vraiment pas le moment. Si tu veux jouer à Xéna la guerrière, tu le feras toute seule dans ta chambre d'hôpital en te jetant contre les méchants murs.

— Je ne fuirai pas Kei. C'est mon moment. Mais si toi tu veux t'en aller, je t'en prie.

Je me dressais face à la tache noire qui avançait à travers les arbres. La végétation semblait se décaler pour laisser de la place au maître des cauchemars . En regardant ma tenue, je me vis en armure de cuir, chemise et pantalon de lin, avec un double fourreau dorsal. J'étais prête au combat. J'étais parée pour transformer ma peur en un carpaccio.

— Tu sais te battre à l'épée ?

— Absolument pas pourquoi ?

— Pourquoi as-tu matérialisé des épées et une armure ? Tu es une putain de mage, fais un effort quand même.

Nous étions en train de nous chamailler, alors que dans mon dos, les armes pesaient et que Kei se libérait de sa cape.

— Tu es conscient que l'on va affronter le Croque-Mitaine ? Tu ne vas pas l'intimider avec un strip-tease, quoique vu le corps... moi je suis intimidée.

— Tu ne la fermes jamais? Par pure curiosité hein.

— Connard.

Le monstre continuait de s'approcher de nous, doucement, lentement, la pression augmentait à chacun de ses pas, et nous continuions de nous bagarrer pour un rien. Nous savions que nous allions surement vivre nos derniers échanges, et que l'un de nous, si ce n'est nous deux, allait périr en ces lieux.

— Tu peux arrêter d'être aussi dramatique, ça en devient pesant.

— Question conne, tu t'es réconcilié avec ta femme ? Juste pour savoir si elle pourrait nous donner un coup de main ?

— Désolé, mais non, elle est toujours aux abonnées absentes et agit comme si elle ne me connaissait pas. Et toi ? Tu penses toujours que je suis le Croque-Mitaine ?

— Je serais bien tenté de te dire que oui juste pour te faire chier, mais je ne crois pas que ça soit le bon moment.

La bête était visible, dans son aspect aux pattes arc-boutées, à la pilosité noire, au museau long, aux canines acérées dégoulinantes de chairs et de sang, et avec ses yeux rouge sanglant. Il faisait une tête de plus que nous, son ombre frémissait alors même qu'il était immobile.

Il bondit sur nous, et le sable de Kei me projeta en arrière, me bloquant dans un étau. Ils combattirent ensemble, créant des griffes noires, des mâchoires acérées, et des lames. Il se blessèrent l'un et l'autre reculant pour mieux revenir à la charge.

Je vis Kei entourer de sable son adversaire, refermant le poing au fur et à mesure que le sable étouffait le monstre. Mais d'un coup les particules furent rejetées au sol dans un bruit d'explosion et IL se releva, plus grand d'un mètre.

— Tu te sers d'un sable noir, Mon cher petit Marchand de Sable. Quand comprendras-tu que la malédiction t'empêche de me vaincre ? Tant que tu utiliseras ma magie, tu ne pourras rien contre moi.

Le Croque-Mitaine leva sa poigne et je vis son sable noir comme l'ébène rentrer dans la bouche de Kei jusqu'à qu'il suffoque. Pourtant ce dernier gardait toujours sa barrière, m'empêchant de le rejoindre.

— Tu résistes encore, pour la sauver elle ? Elle qui a fui en te laissant seul en plein combat ? Mais libère-la, et tu verras qu'elle ne se sacrifiera jamais pour toi. Elle ne t'aimera jamais comme toi tu l'aimes. C'est bien là, ta plus grande peur, non ? Le problème c'est qu'elle est fondée…

Je vis Kei lever sa main et envoyer une salve en plein cœur du monstre. Ce dernier recula et mon compagnon usa de ce court laps de temps pour vider son corps du sable en toussant.

— Kei ! Laisse-moi t'aider !

— Fais tes châteaux de sable et ne me casse pas les couilles, y'en a qui se battent ici.

Le combat repris, le monstre prit appui sur ses deux pattes arrière et jaillit sur Kei. Ce dernier réussit à esquiver la morsure, mais reçu sa griffe sur le bras, hurlant de rage. Il façonna son sable en un fouet qu'il fit battre contre le sol avant de réussir à lacérer le dos de la bête. Du sang noir jaillit de son dos. Et je hurlais de douleur, des points noirs dansèrent devant mes yeux. Je dus utiliser toutes mes forces pour rester attachée à ce monde.

Kei fit voler des dizaines de poignards dans le ciel avant de les faire s'effondrer sur le Croque-Mitaine.

— Tu penses vraiment que quelques dagues mal lancées viendront à bout du Croque-Mitaine ?

— Non, mais elles parviendront au moins à le retenir.

Les dagues tombèrent toutes autour de lui, mais elles s'étaient transformées en épée longue, emprisonnant le monstre dans une cage d'arme.

— Quand comprendras-tu qu'avec ce sable tu n'es rien petit Marchand?

Il lui suffit de toucher les armes noires pour qu'elles ne deviennent que des amas de sable. Il jeta une salve de sa magie qui se métamorphosa en une flèche visant le cœur de Kei, qui réussit à l'esquiver en sautant. Ce que personne n'avait vu venir était la deuxième flèche cachée dans l'ombre de la première qui elle réussit à atteindre sa cible.

Je vis Keisuke tomber au sol, une main sur le projectile toujours enfouie dans son organe, tandis que le mur de sable me protégeant venait de s'écrouler.

Je me jetai à ses côtés, faisant fi du monstre debout à quelques pas. Je pris sa main et lui parlais tendrement. Je refusais qu'il succombe comme ça.

— Kei, je t'interdis de mourir, si tu meurs, je te jure que je te tuerai !

— Tu sais ma Planche à pain, je t'aime bien. Tu n'es pas elle, et il aurait été bien plus simple de t'aimer toi, mais au final je t'aime bien. J'irais même à dire que je t'aime différemment.

Je vis ses paupières se fermer, et son souffle s'arrêter. Et je sus ce qu'il me restait à faire. Je posais mes lèvres sur les siennes et imaginais un flot tel un petit ruisseau entre mon cœur et le sien, passant par nos bouches. Je m'imaginais lui donner une partie de moi, lui redonner une part de mon énergie vitale. Il ne cilla pas, son cœur ne repartit pas, et moi je pleurais cet être mort.

En me relevant, j'avais la haine, la rage de vaincre. J'étais prête à annihiler ce monde qui m'avait enlevé mon Marchand de Sable. Je voulais me venger d'avoir douté de lui malgré toutes ces promesses. Akkio se matérialisa immédiatement après que je lui en ai donné l'ordre.

Les yeux du nouveau venu étaient rouge sanguinolent, ses dents bien trop longues, et autour de lui du sable noir dansait.

— Je t'avais pourtant dit que ce n'était pas moi le Croque-Mitaine.

En me retournant, surprise, je vis Kei se redresser, son ombre noire opaque devint une entité propre en relief à ses côtés. Il me parla directement dans mon esprit m'expliquant que la malédiction était sur le point de toucher à sa fin, et que sa part maléfique n'était quasiment plus rattachée à son entité, le libérant de ce poids. Son sable vacillant autour de lui était de la couleur de celui des plages, doré. Les explications finies, je fis face à ce semblant d'Akkio, qui n'était définitivement pas le maître des ombres, mais simplement un sous-fifre.

— Qui es-tu ?

— Tu te demandes ce qu'est ton cher Akkio, Ma Lin ? Il n'est rien… Touche-le, je t'en prie.

Je m'avançais doucement vers lui, les deux mains en avant, ne voulant pas l'effrayer, et posais ma paume sur sa peau, elle était glacée, et il ne fallut qu'un battement de cil pour qu'il ne devienne qu'un tas de sable noir.

— Qu'avez-vous fait ?! Hurlais-je au Croque-Mitaine.

— Rien de plus que toi.

— C'est ta création Lin.

En entendant cette phrase de la part de Kei qui se relevait et retirait la flèche toujours plantée dans son cœur, je compris. Akkio n'avait jamais existé, il n'avait été que la matérialisation de mes pouvoirs depuis le commencement. Je l'avais engendré pour compenser Cameron, le façonnant comme l'image parfaite que je voulais du blondinet. Il n'était fait que de mes rêves, il n'était qu'une partie de moi, en fin de compte.

Je l'avais créé sans même le vouloir, mais un nouveau problème naissait. Si Le Croque-Mitaine avait appelé Kei, « Marchand de Sable », et qu'Akkio n'était qu'un rêve... Alors qui était en réalité le monstre ?

Ce dernier se dressa devant moi, et se nappa d'un tourbillon de sable noir, qui disparut aussi vite qu'il était apparu. Laissant place à cette image que j'avais eue dans le reflet du miroir la toute première fois, lors de la soirée chez Kaithleen. Le monstre avait pris mon apparence, nappé dans une cape noire, les yeux luisants de sang.

— Commences-tu à comprendre ?

Je voyais des choses que je refusais d'accepter, alors je matérialisai un arc et pris d'assaut le monstre. Mais ce dernier esquivait à peine, laissant mes flèches mourir sur des écrans de sable qu'il façonnait sans même se mouvoir.

Je vis Kei et ses tatouages s'illuminer, ils brillaient de mille feux. Sa plaie se refermait de manière magique, tandis que je ne cessais les assauts inutiles sur mon clone aux yeux rouges. Il redevenait, à mesure que les secondes passaient, le véritable Marchand de Sable. Quant à son ombre, elle disparut tout bonnement.

— Lin ! Il ne nous reste qu'une unique bille à trouver. Tu les as toutes eues, il ne te reste qu'à abandonner !

— Oui, alors je me passerais bien de ta demande, si j'abandonne maintenant, on meurt je te signale. Puisque je

313

ne te vois pas vraiment faire grand-chose pour m'aider…

— Fais-moi confiance, crois en ma théorie.

Il employait les mêmes mots que j'avais utilisés lorsque je nous avais téléportés dans le fief de la noyade. Il m'avait confié sa vie. Je comprenais qu'il était temps que j'en fasse de même.

Alors que les trois flèches que je venais de décocher simultanément avaient toutes été stoppées par le monstre, je déposais mon arc au sol. Il redevint un simple tas de sable.

— Rends-toi à l'évidence Ma Lin. Associe les dernières pièces du puzzle. Tu as toutes les cartes en main, il te suffit de les révéler.

Je réfléchis et pris conscience que, depuis toujours, la seule chose qui me faisait véritablement peur était mon esprit, ce qui s'y cachait. La seule personne qui avait une invincibilité de la part du Croque-Mitaine c'était moi. Il n'avait cessé de me dire qu'il se nourrissait exclusivement de moi, qu'il prenait puissance en moi, qu'il était une essence de moi. Mon sable noir similaire au sien, le fait qu'il apparaisse dès que je l'invoque... Il ne naissait que lorsque j'avais des trop-pleins d'émotion. Les épreuves à franchir pour devenir plus fortes, en aucun cas pour me tuer. S'il avait vraiment souhaité m'achever, il l'aurait fait.

— Tu es moi.

— Je suis toi.

Je tendis ma main vers la sienne , il fit de même. Lorsque nos deux paumes entrèrent en contact je fus projetée dans une autre vie.

CHAPITRE 24

Je me voyais plus épanouie que jamais, un sourire rayonnant aux lèvres, riant dans des champs de fleurs avec Kei. Je me voyais l'embrasser, vivre avec lui. Je me voyais lui hurler dessus et lui jeter tout ce que je trouvais au visage, et revenir en m'excusant, me blottissant contre lui dans un lit. Mais je me voyais surtout sur le trône des cauchemars, je me voyais gouverner ma maquette à la perfection, m'occuper moi-même de l'envoi et du sauvetage de certaines personnes dans le royaume des rêves. J'étais le Croque-Mitaine.

Puis les images arrêtèrent de défiler et je pus voir une scène de vie entre Keisuke et moi-même, comme spectatrice.

— Kei, je n'en peux plus de cette monotonie, laisse-moi revivre une vingtaine d'années. Juste vingt ans dans l'océan de l'immortalité.

— Tu n'en as pas les droits et tu le sais. Tu es trop insouciante.

Elle se leva face à lui, et en cet instant, je prenais

conscience que oui j'étais la personnification des cauchemars. J'étais menaçante et dangereuse dans cette cape noire, entourée d'un sable de la couleur de l'ébène, pourtant lui, n'en avait que faire.

— Je m'en fiche de tes droits. Je vais me réincarner dans un corps d'enfant, je vivrais ma vie et lorsqu'il sera temps, je reprendrais le royaume des cauchemars.

— Et en attendant, qui va le tenir ?

— Toi.

Il soupira et commença à s'énerver de l'attitude de sa femme. Il voyait bien qu'elle souffrait de n'être que ténèbres et monstre caché sous le lit des enfants, mais elle ne pouvait pas déserter, les lois de l'univers étaient claires. Il essaya de la raisonner, de lui expliquer, mais plus il essayait, plus elle s'énervait. Les paroles laissèrent place aux cris, et alors qu'il tenta de l'embrasser pour la calmer, le geste n'eut pas l'effet escompté.

Elle reculait, une vague de sable noir se dressa derrière elle, tandis qu'elle leva un doigt, pointant son grand amour.

— Keisuke je te maudis, toi et ton royaume ! Je vous condamne à n'être que ténèbres et cauchemars, à ne plus connaître la joie et la tranquillité tant que je ne serais pas de retour. Tu vas subir ce que je ressens au quotidien.

La vague noire déferla sur le royaume des rêves, mais également sur celui des cauchemars, emporté par la puissance et la colère de sa maîtresse, et le corps disparut. Keisuke chercha à le retrouver à l'aide de sa magie, mais seul un sable noir réussit à lui obéir. En la traquant dans les royaumes, il comprit vite que les portes des rêves lui restaient fermées, et que celle des ténèbres serait désormais son seul habitat. Les maquettes reflétaient l'état catastrophique des deux royaumes.

Il attendit désespérément de retrouver cette femme qu'il aimait, et qui était partie en le maudissant. Et un jour il entendit ses cris dans un des fiefs des cauchemars. Il vit l'ombre de celle qu'il aimait s'amuser de la peur du noir d'une enfant à peine âgée de six ans. Et il comprit. Cette ombre était une part résiduelle de la magie de sa défunte femme, et cet enfant, n'était autre que l'autre partie de son grand amour.

Alors il veilla sur elle de loin, la voyant se battre contre elle-même, assistant à des crises toujours plus violentes, plus monstrueuses de cauchemars et de peur. Et un jour il la vit débarquer dans son monde, il lui en voulait de l'avoir maudit, d'avoir condamné les peuples, mais surtout il lui en voulait de l'avoir quitté.

Il voulut la laisser mourir, mais il savait que malgré son manque de souvenir, au fond, c'était toujours elle. Alors, il l'aida dans la tâche qu'elle se créa toute seule, comprenant que c'était ce dont elle avait besoin avant de reprendre son rôle. Il la suivit à travers ses périples, l'épaulant, la sauvant, la réconfortant.

Mais ce fut trop pour lui d'apprendre qu'elle en aimait un autre. Il vit rouge en comprenant qu'un seul homme existait dans sa vie, monsieur parfait. Elle l'aimait tant qu'elle l'avait recréé de manière instinctive dans LEUR royaume. Mais il continua de l'aider.

Jusqu'au combat final, durant lequel, il pria pour que celle qu'il aimait véritablement reprenne ses esprits, et son rôle, libérant les peuples de la noirceur, arrêtant de condamner les humains à des nuits sans rêves ou bordées de cauchemars. Mais surtout, ce qu'il désirait, ce qu'il souhaitait, ce dont il rêvait, c'était retrouver son amour, aussi égoïste que ce soit.

Ω

Je fus projetée de nouveau aux côtés de Kei, je n'étais plus spectatrice. Ma main était toujours tendue, mais devant moi, il ne restait plus qu'un tas de sable noir.

— Je suis elle.

— Oui.

— Tu m'aimes ?

— Oui.

— Tu me pardonnes ?

— Ça c'est encore à voir. Tu m'en as fait baver, deux royaumes à tenir, un connard de sosie de Zac Efron, une malédiction, sans compter le nombre de fois où j'avais envie de toi et où je n'arrivais pas à te résister et que tu en jouais.

Mes joues devinrent rouges et je repensais à ce pauvre jeune homme que j'avais assassiné de sang-froid en pensant qu'il était un monstre.

— J'étais celle que j'avais juré de combattre.

Mon père m'avait toujours dit que lorsqu'une étoile était trop proche d'un trou noir, elle finissait par s'éteindre.

Mais dans cette histoire, je n'étais pas l'étoile. J'étais le trou noir. J'étais la méchante de l'histoire.

« Tu es mon étoile et tu le resteras à jamais », pensa Keisuke en me regardant droit dans les yeux. Désormais, moi aussi je pouvais entendre ces pensées, nous étions de retour, en osmose parfaite. Mon esprit, lui, était en ébullition, j'avais cette vie d'une vingtaine d›années, et cette éternité qui se superposaient. Je ne savais plus quoi faire ou penser.

Il me prit la main, me regarda et m'embrassa comme jamais je n'avais été embrassée. Notre amour était au-delà de tout. Il était le soleil et j'étais la Lune, c'était ensemble que nous formions un tout. Il m'emmena en nous téléportant sur la passerelle entre nos deux royaumes, l'accès était enfin rouvert, les habitants se précipitaient pour rejoindre leurs proches bloqués ailleurs depuis deux décennies, mais tous me regardaient avec effroi.

C'est là que je compris, que leurs yeux ne reflétaient pas des remerciements, mais de la peur. Tous me craignaient. Je n'étais pas leur héroïne. J'étais leur cauchemars. J'avais consacré mes derniers mois à vouloir sauver ce royaume, alors que c'est moi qui l'avais condamné. J'étais mon propre ennemi. Mais j'étais surtout le leur. Je n'avais pas été que l'héroïne égoïste de mes rêves, j'avais également été le monstre de chacune de leurs vies.

J'avais séparé des familles, plongé dans l'horreur les deux royaumes, et tout cela pourquoi ? Pour une crise existentielle.

Je m'agenouillais devant tous les habitants et me mis

à pleurer, en boule au sol. J'avais honte du monstre que j'étais devenue. Être le Croque-Mitaine n'avait jamais fait de moi les ténèbres, mais ne plus l'être m'avait fait devenir le vilain de leurs contes.

— Je m'excuse à genoux devant vous. Je vous implore, vous et votre clémence, d'un jour bien vouloir me pardonner. Je vous ai trahis.

Une main caressa mon dos. Celle de Kei. Il me pardonnait. Ce n'était qu'un début, mais pour le moment cela me suffisait.

Dans les jours qui suivirent, j'octroyais un nouveau droit à nos habitants, celui de reprendre une vie humaine en se réincarnant à travers un enfant nouvellement né ou au travers de gens dans des comas. Je leur laissais à tous l'opportunité de vivre une vie avant de revenir dans leurs royaumes. Nous levâmes également les barrières intra cauchemars et rêves, laissant les habitants vivre où ils le désiraient.

J'honorais ma promesse au roi des Ondins, le libérant de ces mondes. Lui promettant qu'il ne viendrait nous visiter que lorsque la fatigue s'imposerait à lui.

Et ce fut allongé dans l'herbe l'un contre l'autre, après avoir fait tendrement l'amour que je dis à mon âme sœur :

— J'aimerais y retourner une dernière fois, j'aimerais finir ce que j'ai commencé là-bas.

— Alors je t'y accompagnerais. C'est ensemble que nous avons commencé, c'est ensemble que nous finirons.

EPILOGUE

Mélinoé

Lorsque j'ouvris les yeux j'étais seule dans ma cellule faite de murs matelassés. Je savais que Kei avait dû se matérialiser dans son corps, mais la solitude me pesa. Je restais seule, assise à faire le bilan de mes actions, à réfléchir sur la manière de me faire pardonner par mon peuple, et à celle d'amenuiser le flux de cauchemars. Tout cela dura plusieurs jours.

— C'est aujourd'hui le grand jour mademoiselle la cinglée.

Les gardes me firent suivre la même procédure que la dernière fois et j'obéis. Aujourd'hui serait le jour de mes adieux à ce monde. J'allais libérer mes parents du poids de leur enfant fou.

J'appris que le bilan psychiatrique avait été fait pendant que je me trouvais dans l'autre monde, et qu'étant en pleine « hallucination », le verdict avait été sans appel, j'étais schizophrène au plus haut stade possible de la maladie.

Le procès fut simple et sans fioritures, l'avocat de la défense d'un côté, moi, mes parents et maître Cooper de l'autre. Un jury, un juge et personne dans la salle. Les parents du pauvre Cameron n'avaient même pas daigné venir.

On lut mon rapport, et on me condamna coupable d'un meurtre avec préméditation, de par le passif entre nous et la situation de jalousie avec sa petite amie. Puis, on me déclara mentalement déficiente, instable, et non maître de mon propre corps. Je ne fus pas acquitté, mais condamné à une éternité dans un quartier de haute sécurité, d'une prison fédérale.Un endroit dans lequel on envoie les tueurs mentalement inadaptés, comme moi.

Ma seule réaction fut de rire à l'annonce de la peine, j'étais libre. J'allais pouvoir retourner vivre ma vie dans le monde des rêves. Tout était fini.

Ma mère et mon père me prirent dans leurs bras en pleurant, en jurant qu'ils feraient appel, et remueraient ciel et terre pour me sortir d'ici. Mais je riais. J'étais libre. Je n'étais plus seule, et j'avais vaincu le Croque-Mitaine. Je réussis à leur parler, ne sentant plus mes propres griffes le long de ma gorge. Je leur dis à quel point je les aimais, et qu'ils avaient été des parents fabuleux pour Hélios et moi. Ils se contentèrent de me regarder, en état de choc, et de pleurer d'autant plus.

On me déplaça dans cette cellule dans l'heure qui suivit, et le médecin me donna immédiatement des cachets que je pris. Je dus m'y reprendre à deux fois, ayant ce mauvais réflexe de les enfouir sous ma langue au lieu de les avaler.

Je me mis à regarder le mur en souriant, et je dis au revoir à cette vie, prête à en commencer une nouvelle, à prendre cette véritable vie en main.

Médecin

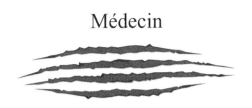

— Monsieur et madame Tanaka, votre fille est ici.

Je conduisis le couple pour la septième fois du mois vers leur fille. L'état de cette dernière ne bougeait plus, il était stable. Elle mangeait mécaniquement, prenait un traitement sans ciller, ne parlait jamais, et n'était jamais mentalement avec nous. Mais elle souriait, où qu'elle soit, c'était préférable dans cet hôpital psychiatrique.

— Vous savez docteur, je n'aurais jamais dû lui conter toutes ces histoires avant de dormir sur le Baku. C'est un équivalent du Croque-Mitaine, du Boogeyman, au japon. C'est un monstre se nourrissant de cauchemars. Je me rappelle encore le jour où je lui en ai parlé, c'est là que tout a commencé. Les mauvais rêves, la peur du noir, les hallucinations. Je ne cesse de repenser à cette soirée et me demander comment elle serait si je ne lui avais jamais rien dit ce soir-là.

— Ce n'est pas toi mon amour. Ce n'est pas toi. Elle aurait fini ainsi dans tous les cas, c'est ce qu'assurent les médecins.

Les pauvres parents pleurèrent. Ils restèrent des heures, comme à chaque fois, au chevet de leurs filles qui ne semblaient même pas les voir. Ils repartirent, lui promettant de revenir bientôt, et ils le feraient, car ils aimaient leur fille. Peu importait, qu'elle, ne puisse désormais plus les aimer en retour.

De rares fois, dans son sommeil ou dans ses hallucinations, elle parlait, mais je me gardais de le dire à ses parents. Ils n'avaient pas besoin d'entendre qu'elle était le Croque-Mitaine et qu'elle filait le parfait amour avec son Marchand de Sable. Ni de savoir la véritable signification de ses tatouages, un cycle lunaire pour le démon japonais de la Lune qu'elle regrettait d'avoir tué et un sablier brisé pour montrer que le temps n'effaçait rien.

Je ne leur avouais pas non plus que leur fille s'imaginait avoir un frère, Hélios. Qui la détestait et qui aurait été le meilleur ami de sa victime. Ses parents avaient déjà supporté la perte de ce jeune garçon âgé de neuf ans, et désormais la folie de cette jeune fille. Ce pauvre jeune homme assassiné n'était en vérité que le jardinier de cette famille, qui venait prendre refuge chez eux quand son père le battait, avec les années, il était devenu le fils disparu de la famille.

Quant à elle, elle se persuadait si fort de l'existence de ce frère qu'elle ne se voyait pas conduire jusqu'à l'école dans sa voiture. Croyant dur comme fer, qu'il l'emmenait. Elle était convaincue qu'il avait appelé les urgences, alors que c'était elle qui avait prévenu de la mort de Cameron.

Je n'osais pas non plus leur montrer le lien entre la perte du petit Jason, et les nouveaux cauchemars de leur enfant, âgée de six ans. Ce n'était pas mon rôle. Ce n'était pas non plus le mien, de leur montrer que les tatouages sonnaient comme la préméditation du meurtre dans sa folie, et que le nom de ce frère imaginaire ne représentait en réalité que l'opposé de ces cauchemars. Hélios, dieu du soleil. Drôle venant d'une enfant qui se nommait Mélinoé en l'honneur de la déesse des cauchemars.

Cette jeune fille me brisait le cœur chaque jour, mais certains patients n'étaient pas soignables, il fallait se rendre à l'évidence. Alors comme tous les soirs je disais au revoir au médecin traitant personnel qu'avait engagé sa famille, grâce à de nombreuses donations, le docteur Jace Clifford, qui la veillait bien trop amoureusement pour être éthique. Puis, je retournais auprès de ma femme et de mes enfants, remerciant le ciel de ne pas être dans la situation de cette famille.

CHAMP LEXICAL

Yume : signifie rêve, rêver

Yoku : Esprit de l'amour dans la mythologie japonaise. Le mot signifie le désir

Baku : Le baku est une créature fantastique japonaise originaire du folklore chinois, qui se nourrit des rêves et des cauchemars.

Tsukuyomi : Aussi connu sous le nom de Tsukiyomi ou encore Tsuki no Miya, est le kami et dieu de la Lune et de la nuit dans le shintoïsme et la mythologie japonaise

Mélinoé : Divinité mineure de l'orphisme. C'est la déesse des fantômes et des cauchemars.

Hélios : Dieu du Soleil personnifié, souvent représenté avec une couronne rayonnante

REMERCIEMENTS

Je tiens tout d'abord à remercier mon binôme d'écriture qui ne cesse de corriger mes "s", qui me laisse les commentaires les plus drôles au monde, et qui surtout est devenue la personne avec qui je me sens le plus à l'aise d'écrire. En espérant que tu aies été surprise de la fin, malgré que ça soit une "happy end".

Ensuite je vais remercier mon papa et ma maman que j'ai obligé à m'écouter parler de ce livre pendant des heures, et qui l'ont lu intégralement (du moins j'espère qu'ils ont passé les scènes olé olé).

Je remercie le grand paladin des kiwis, qui va lire ce livre alors qu'il déteste ce genre juste pour me soutenir.

Sarah West et Iride Salvatore aussi méritent des remerciements pour avoir répondu à toutes mes questions plus stupides les unes que les autres.

Et pour finir j'aimerais remercier l'équipe qui m'a entouré durant ce projet, la fabuleuse Déborah sans qui ce projet n'aurait jamais vus le jour à temps. Car, que l'on se le dise, tu as corriger ce manuscrit en cinq petit jours !

Merci à mes bêta lectrices Audrey, Enola, Maëllys, Florence, Jade, Mad et Estelle.

Ma graphiste génialissime Lydasa qui a fait un travail monstre autant à l'extérieur qu'à l'intérieur de mon bébé.

Ainsi que ma correctrice qui à eut énormément de boulot Sonia.

MENTION LEGAL

Dépôt légal : Aout 2023

Code ISBN : 9798854729284

Couverture : Lydasa Création

Corrections : Sonia

Printed in France by Amazon
Brétigny-sur-Orge, FR